恋物語《コイモノガタリ》

西尾維新
NISIOISIN

KODANSHA BOX

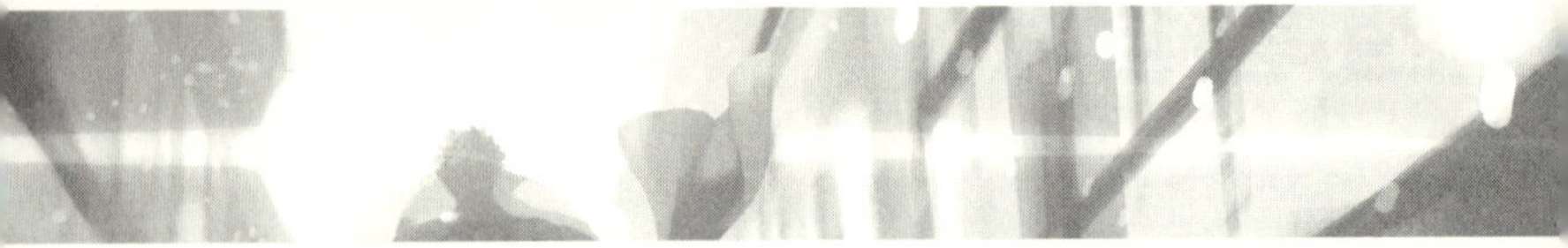

BOOK&BOX DESIGN
VEIA

FONT DIRECTION
SHINICHI KONNO
(TOPPAN PRINTING CO., LTD)

ILLUSTRATION
VOFAN

本文使用書体：FOT-筑紫明朝 Pro L

第恋話　ひたぎエンド

第恋話　ひたぎエンド

SENJYOGAHARA HITAGI

001

戦場《せんじょう》ヶ原《はら》ひたぎの語りで物語が幕を開けると思ってこの本を開いた読者諸君、お前達はひとり残らず騙《だま》された。この件からお前達が得るべき教訓は、本に書いてある文章なんてすべてがペテンだということだ。

何も小説に限ったことではない。

紙に書かれた文字は総じて嘘だ。

ノンフィクションと帯で謳《うた》っていようと、ドキュメントだのレポートだのルポだの銘《めい》打っていようと、すべてが嘘だ。

嘘以外の何であるものか。

営業文句を鵜呑《うの》みにするな。

俺に言わせれば本など、文章など、言葉など、信じるほうがどうかしている——ここで言う俺とは、つまり俺、詐欺師《さぎし》の貝木泥舟《かいきでいしゅう》ということになるが、それだって真実だとは限らない。

もっとも、疑うべきものを信じようという、人間の人間らしい気持ちが、俺にはまったく、毛ほども理解できないわけではないのである——俺はその気持ちとやらにつけ込むことを生業《なりわい》にしているのだから。

人は真実を知りたがる。

あるいは、自分の知っているものを真実だと思いたがる——つまり真実が何かなどは、二の次なのだ。

最近の話だが、アインシュタイン博士の相対性理論によって保証されていた『質量を持つ物質は光速を超えることがない』という、まあ圧倒的な『真実』が崩れ去った。

ニュートリノなる、恐らくは善良なる市民の大半は知らなかったであろう物質は、光速よりもほんの少しだけ、十億分の一秒だか百億分の一秒だか速いという『事実』が公表されたのだ——その驚くべき『事実』に、その恐るべき『事実』に、多くの者は、パニックに陥《おちい》ったという。

しかし俺に言わせれば、どうしてアインシュタイン博士の提唱する相対性理論を、今まで、そしてそこまで信じることができていたのかが謎であり、底抜けに興味深い点だ——もちろん俺も、浅学非才の身である俺も、相対性理論を一行だって理解しているわけではないが、それこそ善良なる市民の大半は、ニュートリノと同じくらい、相対性理論を知らないはずだ。

なのにどうして、『質量を持つ物質は光速を超えることがない』という法則を頭から、あたかも『真実』のように思い込めていたのか——それは多分、疑うことが面倒だからだ。

疑うことが。

ストレスだからだ。

『光より速い物質があるかもしれない』なんて、瑣《さ》末《まつ》なことを疑いながら日々を過ごすことは、ストレスになる——人間はストレスに弱い。

要するに疑わない、信じるというより、人は『疑いたくない』のだ——自分の過ごしている世界が、周囲が、信用するに足る、安心するに足るものだと信じたい。

安心したい。

だから疑《ぎ》心《しん》暗《あん》鬼《き》に陥らずに、信じる。

疑うくらいなら騙されるほうがいいと、馬鹿馬鹿しいことに、そして不《ふ》思《し》議《ぎ》なことに、多くの者が考えているのだ。

俺のような人間にとっては過ごしやすいことこの上ない社会である。いや、社会ではなく、システムの問題でもなく、あくまでも人か。

人の話か。

人を信じるのも、理論を信じるのも、そして妖《よう》怪《かい》変《へん》化《げ》——怪《かい》異《い》を信じるのも、やはり人の性《さが》なのだから。

世界がどう変わろうと、人は変わらない。

人は人。

人間は人間。

変わらないし、変われない。

だからもし、安易に、この物語が戦場ヶ原の一人語りから始まると思っていたのならば、俺はその点において、諸君に猛省《もうせい》を促《うなが》す。

抜け抜けと促す。

損したくなければ、疑え。損して得とれという言葉を、疑え。

真実を知りたければまず嘘を知れ。

それで精神を病んでもいいではないか。

当然、光より速いニュートリノの存在だって疑い尽くすべきだし、この俺が、本当に詐欺師、貝木泥舟なのかどうかも、やっぱり疑うべきだ。

案外俺は、貝木泥舟の振りをした戦場ヶ原ひたぎかもしれないぞ——男もすなる日記というものを女のわたしも、なんて出だしから始まる日記文学を記した男が、千百年くらい前にいたはずだ。

しかもそれも嘘かもしれない。

だからもし、騙されたことに短腹《たんぱら》を起こして本を閉じていない、根気強い読者がもしいるのなら、その根性に敬意を表して、冒頭における通例の自己紹介に代えて、俺は忠告をする。

粛々と忠告をする。

覚悟をしろ、と。

覚悟を決めろ、と。

俺は同じ嘘つき、同じ詐欺師とは言っても、気弱で根暗な戯言遣《ざれごとづか》いや、女装趣味の陰湿な中学生とは違って、物語を語る上での最低限のフェアプレイという奴さえ、守る気は更々《さらさら》ない。

卑怯千万ライアーマン精神にのっとりアンフェアに語ることを誓う。

好きなように嘘をつくし、都合《つごう》よく話をでっち上げるし、意味もなく真実を隠したり、真相を誤魔化《ごまか》したりする。

奴らが呼吸をするように嘘をつくのだとすれば、俺は皮膚《ひふ》呼吸をするように嘘をつく。

何が真実で、何が嘘なのか、気をつけながら、つまりは常に疑いながら、心に鬼を飼いながら、読むことをお勧《すす》めする——もっともその時点で、俺の罠《わな》に嵌《はま》っているのかもしれないと、付け加えておくことを忘れる俺でもないが。

ではでは。

虚実入り交じる描写、あることないこと織り交ぜて、戦場ヶ原ひたぎと阿良々木《あららぎ》暦《こよみ》の恋物語を、語らせてもらおう。

高校生の恋愛ごっこなど、高校生の頃から興味はなかったが、しかしまあ、俺の商売を邪魔《じゃま》してくれたあいつらが困っているときの話をするというのは、陰口《かげぐち》めいていていて楽しいものだ。

都市伝説。

街談巷説。

道聴塗説。

そして誹謗中傷——すべて、俺の得意分野だ。

俺の血肉。

俺が俺である証明だ。

真実かどうかは保証しないが、クオリティは保証する——最後に読者全員が『ざまあみろ』と思えるような結末が、あの二人に訪れればいいと、心の底から俺は思う。

俺に心があればだが。

俺なんて奴がいればだが。

それでは面白おかしく。

最後の物語を始めよう——なんて、もちろんこれも嘘かもしれないぜ。

002

その日、俺は日本・京都府京都市の、とある有名な神社に来ていた——俺に訪れられたなんて知れたら評判が下がってしまうかもしれないので、あえて神社の名は秘すが、その日というのは、俺が連中の恋愛ごっこに巻き込まれた記念すべき日という意味で、しかしいい加減に生きている俺がその日付を正確に記憶しているのは、あの二人が俺にとって印象深い人間だからというわけでは、断じてない。

憶《おぼ》えているのは単純に、その日が一年三百六十五日のうち、断トツで憶えやすい一日だったからだ——つまりその日は、一月一日だった。

元旦である。

神社に来ているのは、元旦ゆえの二年参りというわけだ。

というのは嘘である。俺は信心深い人間ではないし、と言うより俺が人間であるかどうかも怪しいし、ゆえにこの世には神も仏もあったものではないと思っているし、何より、命よりも大切なお金を、まるでゴミか何かのように手荒く放り投げる人間と一緒にされたくはない。

あれが人なら俺は人でなくてもいい。

大体、俺はその昔、ちょっとしたスケールの宗教団体を詐欺に引っ掛けて、潰《つぶ》したことがあるような人間なのだ——神も仏もない世の中における、血も涙もない人間なのだ。

そんな人間が初詣《はつもうで》なんてするわけがなかろうし、仮にしたとしても、そんな人間の喜捨《きしゃ》を神様とやらが受け取ってくれるはずもない。門前払いの受け取り拒否で、賽銭箱《さいせんばこ》で跳ね返って戻ってくるだろう。もちろん戯れにも試す気はさらさらないが。

じゃあ何をしに、わざわざ大量の参拝客でごった返す神社の境内《けいだい》に、こうして元日から訪れているのかと言えば、当然ながら、神主のバイトをするためだ——そんなわけがないだろう。巫女《みこ》のバイトが募集されている社会情勢は知っているが、さすがに神主をバイトが務めるわけにはいくまい——いや、そもそも巫女だって、本当はバイトでは駄目《だめ》なはずだ。

俺に言わせれば立派な詐欺だ。

もっとも、詐欺だとして、それを責める気は更々ない——一枚かませろと言いたいくらいだ。所詮《しょせん》参拝客の大半は、初詣という雰囲気を楽しんでいるだけなのだから。

その辺の女子大生が巫女服を着ているだけでも、それを巫女だと、特に疑いもなく信じるような人間は、騙されて当然だ。

信じる、ということは、騙されたがっている、ということだと、俺は思っている。

そしてそれこそが、俺が元日から神社を訪れ、何をするでもなく連中を眺めている理由だった——遊び半分で神社を訪れ、命よりも大事な金をゴミか何かのように放り投げる人間を観察するために、そういう人間の生態を研究するために、俺は神社にやってきたのだ。

善良な一般市民。

疑うことに臆病《おくびょう》な、一般市民。


こうはなるまい、こうなってはおしまいだ、と思うために、俺は毎年元日には、神社を訪れるのだった——別に正月でなくても、真夏であっても、気分が塞《ふさ》いだときや、商売が失敗して落ち込んだときなんかには、俺はどこぞの神社を訪れて、精神をリセットするのだった。

まあ元日ほどの混雑はなくとも、ゴミのように放り投げたりはしていなくとも、いつだって参拝客の一人や二人はいるものだ。

いつだって愚《おろ》か者はいるものだ。

人間はいるものだ。

そういう人間を眺め、こうはなるまい、こうなってはおしまいだと俺は思うのだった。

いましめ、である。

自戒、である。

というような話をすればそれっぽいかもしれないが、実際は全然別の理由かもしれない。本当は、今年一年の健康を、あるいは良縁でも祈りにいったのかもしれない。

とか、俺に関して『かもしれない』を追及すればキリがない、かもしれない。

とは言え、俺が神社にいた理由は、ここから先には全然関わってこないので、何が真実かなんてどうでもいい。大事なのは、俺が当時、京都の神社にいたということだ。

当然ながら京都が俺の地元というわけではない。近所の神社に立ち寄ったわけではない。というより俺に、『地元』というような意識のある地域はない。戸籍《こせき》のある自治体くらいあるだろうと言われるかもしれないが、戸籍なんて十代の頃に売り飛ばした。

まあ十代というのは嘘だが、売り飛ばしたというのも半分は嘘だが、現在の俺が戸籍のない人間であることは本当だ——貝木泥舟という人間は何年か前に、交通事故で死んだことになっている。その際に支払われた保険金の何割かを、当然の権利として俺が取得したという形だ。


というのは、作り話にしても嘘臭いか。

それでも、俺が今現在、定住地を持たない放浪者《ほうろうしゃ》であることは、天地神明《てんちしんめい》に誓《ちか》って間違いがない——神社で言うようなことでもないが、天地神明に誓って。

その点においては、俺は大親友である忍野《おしの》メメと、大差のない生活を送っているわけだ——違いがあるとすれば、奴は廃屋《はいおく》で眠るのを好み、俺はゴージャスなホテルで眠るのを好むという点のみだ。

どちらも好み、いわば好き好きであり、そこに貴《き》賤《せん》はない——忍野の奴はどうせ、俺が野宿《のじゅく》なんて死んでも御免《ごめん》だというのと同じように、ゴージャスなホテルや、携帯電話や、悪銭を嫌っているのだろうから。

もっとも、奴の放浪生活は職業上のフィールドワークという側面もあるのに較べて、俺の放浪生活は、あえて逃亡生活という側面を持つことを考えれば、あえて貴賤をつけるならば、やっぱり奴が貴《とうと》く、俺が賤《いや》しいということになるのだろう。

とにかく、そのとき俺が京都にいたのは、俺が京都人だからではない——俺は影縫《かげぬい》のように怪しげ極まりない京都弁を流暢《りゅうちょう》に使えるわけでもないし、この都市の陰陽道《おんみょうどう》に通じているわけでもない。

実にシンプルに、初詣と言えば京都だろうという理由で、俺は元旦はいつも京都にいるのだ——というのも悲しいくらいに嘘臭いか？

まあこの地名は、実際のところ、どこでもよいのだ——東京の有名な神社でも、福岡の有名な神社でも、どこでもいいのだ。

便宜《べんぎ》上京都とすればわかりやすいだろうから京都と言っただけ、と思ってくれて、実のところ全然構わない——本当は海外の、ハワイ辺りで優雅に正月を過ごしていたと考えてもらっても一向《いっこう》に問題はないし、なんならどこかの戦地にいたと考えてくれてもいい。確かなのは、俺が立ち入りを禁止されている、平和で牧歌的なあの町の中では絶対にないということだが、しかし、それだって不確かと思ってもらってもいい。

要するにどうでもいいのだ。

何がどうでも、構わないのだ。

俺がどんな場所で、どんな気持ちで、どんな行動を取っていたかなど、この物語のスタート地点を示す上では、何の意味もない。

スタート地点がどこであろうと、所詮俺は部外者で、最後の最後、ゴールテープを切るところまで、やっぱり部外者でしかないのだから。

だから重要なのは時間。

時間。

日時、正月というタイムテーブルだ——ただそれだけが重要だ。一年のうちで一番印象深い、記憶に残りやすい一日が正月である理由は、当然、それが特別な日だからであり、俺のような人間にとってさえ、それは例外ではない——夏休みも冬休みも春休みも、一切《いっさい》意味を見失ったおっさんである俺にとってさえそうなのだから、まして高校生にとっては、なんだ、お年玉とか年賀状とかがもらえる、大事な日のはずだ。

そんな大事な日に、俺は電話を受けた。

高校生から電話を受けた。

「もしもし、貝木？　私よ、戦場ヶ原ひたぎ」

刀で斬りつけるような名乗りだった。

声だけ聞けば、絶対に高校生だとは思わない。

「あなたに騙して欲しい人間がいるの」

003

怠《なま》け者の節句《せっく》働《ばたら》きという言葉があるが、俺は怠け者のつもりはないけれど、むしろ勤勉をもって自任しているけれど、しかし正月から働くことに抵抗はない。そもそも詐欺師というのは基本的には働き者だというのが、俺の持論である。

法治《ほうち》国家においては純然たる、言い訳のしようもない犯罪であるだけに、普通、コストパフォーマンスは悪いのだ――追われるわ嫌われるわ、最悪と言っていい。たまに、真面目に働いたほうが儲《もう》かるんじゃないのかという疑念にかられることもあるが、しかし真面目に働くのであれば、俺はここまで真面目には働かないだろう。

組織によって保護された立場で、どうして真面目になれようか――とは言え、正月からいきなり、非通知でかかってきた電話での、さながら出会いがしらの事故のような仕事の依頼をほいほいふたつ返事で引き受けるほど、俺は仕事に不自由しているわけではなかった。

明日飢えて死ぬわけではないのだ。

実際、このときも俺は、五つ六つ、同時に並行して詐欺を行っている最中だった――五つ六つというのはやや見栄《みえ》を張ってサバを読んでいるけれど、これはまあ、嘘というほどのこともあるまい。仕事上の数字で嘘をつくくらい、誰でもやっていることだ。

だから俺は、

「は？」

と聞き返した。

は？

つまり、相手が切り出した仕事の依頼を、否、その前の素性《すじょう》の確認から、聞こえなかった振りをしたのである。

「とぼけないで。貝木でしょう」

追及してくる高校生に、

「私は鈴木と言います。首輪につける鈴に、木で鼻をくくるの木と書いて、鈴木です。失礼ですが、どちらにお掛けですか？　戦場ヶ原？　まるっきり憶えのない名前ですが」

と、俺は根気強くとぼけ続けたが、しかし相手はむしろ呆《あき》れたかのように、

「そう。じゃあ鈴木でもいいわ」

と言うのだった。

妥協しやがった。

「私も戦場ヶ原じゃなく、千沼ヶ原《せんしょうがはら》でいいわ」

千沼ヶ原。

誰だ。いやどこだ。

確か東北の地名だ。観光事業系の詐欺を働いたときに、訪れたことがある。いい土地だった。いや、訪れてはいないかもしれないが。詐欺を働いてもいないかもしれない。

いずれにせよ、その切り返しが、俺は気に入ってしまった。

迂闊《うかつ》だった、話を聞いてしまった。

いや、本当に節句働きが嫌だったら、携帯電話を電源から切り、へし折って、ＳＩＭカードを破壊した上で雑踏《ざっとう》の中に捨ててしまえばいいだけのことなのだから——そもそも電話に出たりしなければいいだけのことなのだから、そもそも俺は、最初から、仕事を引き受けるつもりで電話に出たのかもしれな

い。

依頼人が誰であるかなど関係なく。

予感めいたものに従って——などと、まるで予感していたような、彼女からの電話を待っていたような振りをしてみたりしてな。

「鈴木」

と、言う。

千沼ヶ原という知らない女は言う——誰だかわからないけれど、年齢的には、きっと、女というよりは女子なのだが。

「あなたに騙して欲しい人間がいるのよ。直接会って話したいんだけれど、どこに行けばいい？　そもそも今あなた、どこにいるの？」

「沖縄」

俺は即答した。

なぜか即答した。

「沖縄の那覇《なは》市の喫茶店だ。喫茶店でモーニングを食べている」

さっき、地球上のどこにいると思ってもらっても構わないというようなことを言ったが、あれは嘘だったということにしてもらいたい——俺は実は沖縄にいたのだ。

日本が誇る観光地、沖縄である。

なんて、そんなわけはなく、少なくとも、俺がその正月にいたのは沖縄だけはなかった。

咄嗟《とっさ》に嘘をついてしまった。

言ってなかったかもしれないが、俺は結構な頻度で嘘をつくのだ。

職業病、というより、職業上の悪癖《あくへき》と言うべきかもしれない。質問に対しては、五割以上の確率で嘘を返してしまうのだ。

バッターとしてならいい打率なのだが、詐欺師としては打ち過ぎか。

しかしこのときは、その病や癖《くせ》の結果ではなく、策略を持っての嘘だったということにしておくとしよう。

そうすれば千沼ヶ原とやらに対しても格好がつく。沖縄と言えば、電話の向こうの、恋人ができて改心したはずの怖い女も、案外諦《あきら》めるかもしれないではないか。

面倒臭い、という気持ちが、案外人の心を、一番折るものなのだ。

折れろ折れろ。

しかし、残念ながら俺の計算ずくの思惑は外れ、戦場ヶ原は、いや、千沼ヶ原は、

「わかった。沖縄ね。今すぐ行くわ。既《すで》にもう靴を履いたわ。そっちの空港についたら電話する」

と、躊躇《ちゅうちょ》なく言い切った。

近所の公園に遊びに行くかのような気安さで、あの女は沖縄まで来るつもりらしい。ひょっとするとの正月旅行で那覇市近辺に来ているのかもしれないと疑ったが、しかし現在のあの娘の家庭環境は、そんなことができるほど裕福《ゆうふく》ではなかったはずである

——それなのに。

それなのに沖縄に行くという決断に対する迷いがまったくなかったのは、逆説的に、あの娘が今おかれている状況のヤバさを表しているように、俺には思えた。

あの娘というのがどこの誰なのか、俺にはわからないということになっているが。

俺が昔騙した一家の娘は確かに金がないが、そうだ、千沼ヶ原さんは、沖縄住まいの成金かもしれないじゃないか。

「携帯の電源は、ちゃんと入れておきなさいよ。もしも原因がただの圏外《けんがい》であろうとも、繋《つな》がらなかったらぶっ殺すから」

剣呑《けんのん》な捨て台詞《ぜりふ》を吐いて、千沼ヶ原は電話を切った。

正月の境内、数万人の人間がごった返す場所において、携帯電話の電波が繋がった奇跡に、俺は感謝しなければならないようだ。

この世は奇跡でできている。

概《おおむ》ね、どうでもいい奇跡で。

いや、正確にいうと、その捨て台詞の前に、電話を切る前に、千沼ヶ原は、更に何かを言ったようだった。

何かを。

俺の聞き違いでなければ、小声で付け加えるように口にされたその言葉は、

「よろしくお願いするわ」

だったかもしれない。

よろしくお願いする。

よろしく。

お願いする。

あの娘が、恨《うら》み骨髄《こつずい》であるはずの俺に対してそんな言葉を吐くとは——にわかには信じられない。いや、だからあの娘というのがどの娘なのかはともかくとして、あいつが切羽《せっぱ》詰《つま》っているのは確かのようだった。

とにかく。

俺はその日、自分のついたくだらない嘘のために、沖縄に行かなくてはならなくなってしまったのだった。

004

とは言え旅費は、空港までのバス代くらいしかからない——バス代と言っても馬鹿にならないが、何故なら俺は、全日本空輸が販売している、プレミアムパスというカードを持っているからだ。

プレミアムパス、正確にいうと、プレミアムパス300というカードは、三百万円を先払いすることで、一年間、十月頭から九月末までの一年間、国内ならばどの路線のどんな席でも、三百回まで自由に乗れるという、まああえて気取らずにとてもわかりやすく言ってしまえば、度を越した回数券のような

ものである。

北海道から沖縄に飛んだところで、割合的には一万円で済むのだからかなりお得なカードと言える——もっとも北海道から沖縄へ、直接飛ぶ便はないから、その場合はきっと、乗り継ぎで二回分、カードを使用することになるのだろうが。

そもそも一年が三百六十五日しかないのに、どうやって三百回も飛行機に乗るのかという疑問もある。ほとんど毎日飛行機に乗るような生活がありえるのか？　放浪者である俺でさえ、きっとこのカードを使い切ることはできないだろう。

だから計算通り、一回の飛行に一万円というわけにはいかないだろう——もっとも、それでも百回も使えば、十分以上に元は取れるので、俺は何の文句もなくむしろ喜びいさんで購入したのだが。

俺は買い物が好きな人間で、高価で面白くて、洒落《しゃれ》が利いていて、その上でかさばらないものを買うのが好きな人間だ——だからそのすべてを満たすこのプレミアムパスは、とてもいい買い物だったと思っている。

ちなみにこのカード、三百枚限定の発売である。

俺と同じ趣味の人間が、ひょっとするとあと二百九十九人いるのだと思うと、心が躍《おど》らなくはなかったが、しかしその二百九十九人の大半は、俺のような詐欺師を心底軽蔑《けいべつ》するエリートサラリーマンだったりなんだったりするのだろうから、深く考えると、あまり面白くはない。後ろ暗くさえある。

とにかく、大手を振ってクレジットカードを作れる身分ではなく、さし当たって現金もあまり持っていない俺ではあったが（年末に散財してしまっていて、そして正月はＡＴＭも大体休みだ）、このカードのお陰で、予約さえ取れれば、沖縄に行くことはそう難しくはなかった。

幸い予約はすいていた。

関西新空港発那覇空港着。

かどうかはともかく、とにかく最寄りの空港発那覇空港着。

　冬休み期間とは言え、元日のその日に沖縄に行こうという酔狂《すいきょう》な人間はそうはいなかったらしい——問題は戦場ヶ原よりも、否、千沼ヶ原よりも先に沖縄に行けるかどうかということだったが、そこはもう、運を天に任せるしかない。

　その天を飛んでいるわけだが……。

　携帯電話の電源を入れておくこと、と言われても、さすがに飛行機の中では、電源を切らないわけにはいかない——その程度のルールは、俺でも守るのだった。

　ただこのルール、最近改正されたらしい。

　昔は機内では問答無用で携帯電話を含む、電波を発する機器（ウォークマンやらパソコンやらゲーム機やら）の電源を切らなければいけなかったのだが、今は飛行機の扉が閉められるまでは電源を切らなくてもいいし（つまり扉が閉まるまでは飛行機内で電話をしていてもいいわけだ）、着陸してから飛行機の扉が開いてしまえば、もうその時点でつまり機内から降りる前でも電源を入れてもいいことになったそうだ。

　停まっている飛行機の中で計器が狂ったところで、特に問題はないということだろうか——詳しい仕組みはわからないが、言われてみればそりゃそうだという話でもある。

　大体、携帯電話の電波が飛行機の計器に影響を、飛行に問題が生じるくらいの影響を本当に与えるのかどうかというのも怪しい話だと言うが、まあそれはどうでもいい。

　ここで俺が言いたいのは、ルールなんてものは、割と知らないうちに変わっていることが多いという事実だ。

　道路交通法が改正され、自転車が歩道を走っても事実上法規違反にならなくなり、そうかと思えば最近また見直しがあったりしたことを、自転車好きだという阿良々木暦は、きっと知らない。

知らずに自転車を漕いでいる。

まあ相対性理論だって否定されてしまうような時代だ、法律くらい変わるだろう——それに付き合わされるのはたまったものではないが。

ああ、何事にもルールの裏側はあるという話をするのなら、数々の電子機器の電源を落さなければならない中、なぜかカセットテープやCDのウォークマンなら、機内で、離陸着陸中に聞いていても問題はないらしい。

あれは電子機器ではないのだな。

まあ俺も今時カセットテープのウォークマンを使っているわけではないので、どうでもいいと言えばどうでもいいのだが、そういう『規則の例外』をつくのが俺の仕事でもある。

だから意識はしておこう。

考えることを。

そして疑うことを忘れてはならない。

ルールを守ることは、ルールを信じることではない。

考える、考える、考える。

そういう意味では、飛行機の機内というのは、考えごとをするのには最適だとも言える——シートベルトで拘束《こうそく》されてしまえば、考えごとくらいしかすることがないのだ。

そして当然今考えるべきは、航空機の中における電子機器の使い道ではなく、当然、今から俺が請《う》け負《お》うことになる仕事についてだった。

いや、請け負うとは限らない。

断るかもしれない。

まだ話を聞くと決めただけだ——それに、そんな決意さえ、俺はあっさり覆《くつがえ》す。決めて定めて引っ繰り返す。那覇空港から、そのまま別の空港へと飛ぶかもしれない。

とは言え俺も命は惜《お》しいので——金の二の次においてはいるが、だからと言って命が大事でないわけではないので、約束を破れば本当に俺を『ぶっ殺し』

かねない戦場ヶ原、いやさ千沼ヶ原の剣幕《けんまく》を前に、約束を破りはしないだろうが……まあ、うん、これは俺は自分の決意に対しても疑いを抱いて生きているという話だ。

とにかく千沼ヶ原からの依頼。

知らない女からの知らない依頼。

ちゃんと金になるのだろうか。

戦場ヶ原にしろ千沼ヶ原にしろ、ここで確かなのは、奴が高校三年生の女子であるということだ——高三の女子にそれほどの大金を自由にできるとは思えない。

時代も変わり、年に数億動かす高校生社長なんてのもいないじゃないのだろうが、そんな人間ならば俺のような怪しげな人間に、仕事の依頼をしはしないだろう——まして詐欺の依頼など。

騙しなど。

「あなたに騙して欲しい人間がいるの」

どういう意味だろう？

いや、意味などないのかもしれない。俺の興味を引きたくて、それらしいことを言っただけなのかもしれない——無意味どころかそれこそ騙しで、沖縄についた俺を待っているのは、彼女が配置した警官隊か愚連隊《ぐれんたい》という可能性もないでもない。

ふむ。

と言うより、気付いてしまえばその可能性はかなり高いのではないか。

もっとも俺もプロなので、そんな包囲網《ほういもう》を怖いとはまったく思っていないが。その程度、俺にとっては修羅場《しゅらば》でさえない。精々《せいぜい》、いい運動になると思うだけだ。

生活にはたまには刺激が必要だ。

それに、あいつがそこまでつまらない人間になっていてくれれば、俺も今後の人生に不安を覚えずに済む——あの女がいつか俺を刺しにくるのではないかという妄想《もうそう》から、ついに脱することができるわけだ。

だから、意味があった場合のほうが——「あなたに騙して欲しい人間がいるの」という言葉に、意味があった場合のほうが、つまりあの娘が正式に、俺に依頼をするつもりだった場合のほうが、俺にとってはよっぽど厄介《やっかい》だ。

それなら修羅場と言ってもいい。

恐怖と言ってもいい。

少なくともいい運動などと、余裕のあることはとても言えない。

俺は訓練を受けているので、感情がダイレクトに表情に出ないようになっているが、しかしそれは、感情を完全にコントロールできるという意味ではない。

恐怖くらいは普通に感じる。

怯えもすれば恐れもする。

また、それを感じなくなっては人としておしまいだろう——詐欺なんてやっている段階で既に終わっているという意見も聞こえるが、聞かなかった振りをしよう。

ただ、恐怖を感じるのと同じように、興味も感じているわけで、好奇心に突き動かされる形で、俺は考えを進める。

進行させる。

恐怖に立ち止まらず、前進する。

あいつに、誰だかわからないがあの娘に、騙したいと思うような人間がいるのか——詐欺の被害に遭《あ》い、酷《ひど》い目に遭った人間が、同じように人を騙そうなどと思うものなのか。

興味深い。

好奇の目で見ざるを得ない。

俺は詐欺に遭ったことがないのでわからないが、どうだろう、聞く限りにおいては、被害者というのは、加害者に転じることなく、ずっと被害者のままであることが多いように思える。

それはきっと、一度詐欺の被害に遭えば、次から次に詐欺の標的になってしまうのと同じ仕組みなのだろうが。

　そんな彼女が、誰だか知らないがとにかく彼女が、他ならぬこの俺に詐欺の片棒《かたぼう》を担げと言うのだから、不自然極《きわ》まりない——その点においては、違和感しかない。

　あえて別の言葉を探せば、違和感ではなく、嫌な予感という奴だ。

　嫌な予感。

　嫌悪する予感。

　絶対にロクな仕事内容ではない。

　それも詐欺である以上、もとよりロクな業務ではなかろうという意見もあるだろうが……それを踏まえた上でも尚の嫌な予感だ。

　今回俺が座ったのはプレミアムシートだったので、機内で無料でアルコールを注文することもできたが、しかし控えることにした。戦場ヶ原、否、千沼ヶ原がどう出てくるのかわからない以上、できる限り意識をクリアにしておきたかった。

005

　那覇空港に到着し、飛行機の扉が開いた直後、それを見据《みす》えたように、本当にどこかから見ていたかのように、そう、見計らっていたというよりは見張っていたかのように俺の携帯電話に着信があった。

　それを言うなら、そもそもこの携帯電話の番号を知っている人間は限られているはずなのだが——千沼ヶ原がたとえ戦場ヶ原だとしても、この携帯の番号を知っている理由はないのだが。

　だって、あいつが知っている俺の番号は、何を隠そうあいつ自身によって破壊されたのだから——まあ厳密に言えば破壊されたのは携帯電話本体であって、番号はそのまま引き継ぐこともできたのだけれど、しかしあいつに知られている番号を使い続けることは危険だと判断したので、直後に俺は解約したのだ。

……もっとも、あの娘がその気になれば、俺の連絡先くらいは手に入れられるか。あの娘というのが誰であろうと、というより素直にどこの誰であろうと、人間、頑張ればある程度の情報は入手することができるのだ。

俺のよく知る先輩のように、何でも知れるわけではないが。

しかしある程度は知ることはできる。

根気があれば——その根気というものを、大抵の人間は、思っている以上に持たないのだ。

人間は怠惰《たいだ》なのだ。

怠惰は、愚かであるより厄介だ。

人を殺すのは退屈ではなく怠惰なのだ。

「貝木？　着いたわよ」

「貝木とは誰でしょう。私は鈴木と言います、千沼ヶ原さん」

「わざとらしい演技はもういいでしょう。いつまでも子供っぽい真似を続けるのはやめて頂戴《ちょうだい》。私はどこに行けばいいの？」

とぼける俺に野暮《やぼ》なことを言いつつ——遊びは終わりだと言わんばかりだ——、千沼ヶ原は、そんな風に言った。

「千沼ヶ原さん」

俺は言う。

わざとらしい演技、子供っぽい真似を続けるのも、まあ嘘のうちのようなものだ。

つまり癖だ。

悪癖だ。

「実は既に空港のそばまで千沼ヶ原さんを迎えにあがっております」

「あらそう」

「クライアントにわざわざご足労《そくろう》いただいたのですから、それが当然だと……ですから、空港のロビーでお会いしましょう」

「まあまあ。ありがたい気遣いね。なかなかユーザーフレンドリーな詐欺師じゃない。本当に笑っちゃうわ」

まったく、にこりともしていないであろう千沼ヶ原の表情が、テレビ電話でもないのに伝わってくるようだった。

やはり改心の気配は窺《うかが》えない。

二年前そのままのあの女だ。

どうしたのだろう、阿良々木暦は一体何をやっていたのだ——阿良々木暦というのが誰のことか、俺には皆目《かいもく》見当がつかないが、しかし本当、あの馬鹿《ばか》は何をしているのだ。

こんな危険な女から目を離すとは、何を考えている。

それとも改心したはずの戦場ヶ原が、また変心したのだろうか——それに足るだけの出来事があり、それについて俺に相談するつもりなのだろうか。

だとすると。

……だとすると。

「てっきり、あなたも日本のどこかから、沖縄に飛んできたところなのかと思った。私同様に、空港についたばかりなのかと」

千沼ヶ原は、更に見ているようなことを言う——これに関しては、『何でも知れるわけではない』の、例外情報のはずだが……。

ANAの顧客《こきゃく》情報にこれだけの短時間で、アクセスすることが、あの娘に可能なはずがない。

だから当てずっぽう、というより、当てこすりのようなものなのだろう。それが俺にはよくわかっているから、

「何を仰《おっしゃ》っているのかまったく意味がわかりませんね。確かに私は、ゆいレールで、今空港に着いたところではありますけれど」

と、平然と答えた。

俺にとって嘘をつくことは、真実を言うことよりも数倍易《やさ》しい——普通にしていれば、それで俺の口

は嘘をついてくれるのだ。

気分的には自動書記に近い。

現象としては自然現象だ。

そもそも、人を見透《みす》かすことにかけてはプロフェッショナルのような存在だった忍野や、それに臥煙《がえん》先輩を知っている俺にとっては、見据えられようと見られているようであろうと、そんなことには何の痛痒《つうよう》も感じない。

見たければ好きなように見ればいい。

俺は見られたすべてを嘘にするまでだ——真実なんていくらでも嘘にすり替えられるというのが、俺の持論なのだから。

持論？　そんなものを持ったことがあったっけ。

いつからだよ。一体いつから。

「そう。まあ何でもいいわ。ロビーというのでは曖昧ね。空港内の喫茶店かどこかで会えないかしら？」

「わかりました。ではそうしましょう」

あくまで慇懃《いんぎん》無礼《ぶれい》に、ではなく、どこまでも丁寧《ていねい》な言葉遣いで、俺は提案する。千沼ヶ原に直《じか》に会った後でも、こんな口調を続けることはさすがに難しいだろうが。

「お好きなお店に入って、コーヒーでも飲みながら、お待ちください。私のほうからお声がけさせていただきますので」

「……店に入ってから、店名を電話で知らせればいいのかしら？」

「いえいえ。クライアントにそんなお手間は取らせません。空港内の喫茶店、すべてを巡《めぐ》って必ずこちらからお声が け致しますので、千沼ヶ原さまは優雅に紅茶でも飲みながらお待ちくだされば」

「……お互い、初めて会うのだし」

と、彼女は言った。

俺に付き合ってなのか、俺に呆れ果ててなのかはわからないが、どうやらわざとらしい演技を再開してくれたらしい。

「何か目印のようなものを持っておいたほうがいい

かしら?」

「そうですね。では、アイフォンを右手にお持ちください」

「……アイフォンを使っている人なんて、今やかなり多いでしょう。特定できるわけがないわ」

「アイフォンと言っても、初期型ですよ」

この辺は冗談《じょうだん》だった。面白くもない冗談だ。腹黒い冗談でないだけよいだろう。

そろそろ俺も飛行機を降りなければ機内清掃が始まってしまうので、電話を切らなければならず、そんな冗談を言ってられるようなゆとりはないのだが、ゆとりがないときほど、俺は冗談を言ってしまうのだ。

この辺は学生時代、忍野によく窘《たしな》められた。あの忍野にだ。

地球上の誰に言われようともお前にだけは言われたくはないと思ったが、逆に、あいつに言われるほどのことだったのだと言われれば、悔しいがそれは認めざるを得ない。

これでも大人になったつもりだったが、高校生と同じレベルで会話しているようでは、俺もまだまだガキっぽさが抜けていない。

「そもそも私の使っている携帯電話はアイフォンではないわ。家にパソコンがないから、あれ、使えないのよ」

「おやおや。そうですか」

「眼鏡《めがね》をかけているから、それを目印にして頂戴」

そう言って、彼女は電話を切った。

眼鏡をかけている人間など、それこそ店内にいくらでもいそうなものだが……、いや、そもそもあいつは眼鏡などかけていたか?

あれから受験勉強で視力を落としたのだろうか。

もっとも、視力の善《よ》し悪《あ》しというのは、概ね遺伝によって決定するところが多いらしいので、たとえリアルに『蛍雪《けいせつ》の功《こう》』としゃれ込んでも、そうそう視力は落ちはしない——とも言うし、そしてもっと言えば、そもそもあの娘は、受験勉強などしないだろう。

俺も随分要領よく受験勉強をこなしたものだが、しかし戦場ヶ原はそんな要領さえ鼻で笑う。

勉強したほうがテンションが下がって成績も下がると、冗談みたいなことを言っていた。遊んでいたほうが成績アップに繫がるとか。

それは本当に冗談だったとしても、俺が知っている彼女の学力は高校一年生時点のものだが、そこから順調に育っていれば、おそらくは受験勉強などしなくとも、大抵の大学には受かるはずだ。

ならば、眼鏡がどうとかいう、あれもあれで、冗談だったのかもしれない。彼女も、それが許されないほどに真剣で、深刻な状況であればあるほどに、ふざけたジョークを言ってしまうタイプの人間だった。

というか、ある程度自意識過剰なことを言ってしまえば、あの女は俺の影響を受けて、そんな人間になってしまったのだが……高校一年生の女子、思春期の子供には、俺の性格はいささか毒が強かったのだ。

ともあれ俺は、携帯電話をポケットに入れて、飛行機から降りた——手荷物はない。今日に限らず、いつだって俺は手荷物なんてものを持たない主義なのだ。

身体ひとつが全財産。

ポケットに入らないものは持ちたくない。

もちろん仕事の内容によってはそうはいかないのだが、そういう場合も、必要とした機材は最終的に、それもすぐに、処分することにしている。

忍野に昔、きみの生き方はいささか極端過ぎるというような意味のことを言われたことがあるが、だからお前に言われたくはないんだって。

本当にな。

学生時代を少し思い返し、少し懐《なつ》かしい気分にとらわれつつ、俺は機上の人から地上の人になったのだった——懐かしい気分になったというのは、当然ながら大嘘だが。

006

そして俺は那覇空港内を徘徊《はいかい》した——大した手間もかからず、依頼人はすぐに見つかった。俺は沖縄に来るのは別に初めてではなかったので、那覇空港内にある喫茶店を大体把握していたからというのもあるが、実際に依頼人、千沼ヶ原が装着していた『眼鏡』が、見た目に非常にわかりやすい『目印』だったからだ。

実際目印としてはそれ以上のものはなかっただろう。

店外からでも、はっきりとわかった。

断言できた——なぜなら彼女の『眼鏡』は、いわゆるパーティーグッズの鼻眼鏡だったからだ。髭《ひげ》のついているあれだ。

制服を着た女子高生が、鼻眼鏡をかけて喫茶店にいたら、目立つことこの上ない——目立つというより最早異様である。俺としたことが、迂闊にも驚かされてしまった。

空港の売店で売っているものではないだろうから、俺と目印云々《うんぬん》の話をする前から、あの女子高生はそれを準備していたということになるのだが……、ああ、いや、そう、まったく、素直に、馬鹿じゃねえのか、と思った。

しかしそれと同じくらい、一本取られたという風に思ったのも確かだ。

俺は敗北感にとらわれてしまった。

負け犬気分にさせられた。

この辺りの勝敗の基準は、非常にデリケートかつ繊細なので少しばかり説明しづらいのだが、わかりやすく言えば、負けたと思った時点で負けということである。

戦場ヶ原なのか千沼ヶ原なのか知らないが、俺は彼女を発見したものの、しかしだから、店内に入る気にはなれなかった。

　今このまま入店すれば、そしてそのまま奴の前の席に座ったら、確実に主導権を握られてしまう。そして彼女のペースで、終始話が進むことになるだろう——それは好ましくない。

　好ましくないというより、嫌だ。

　俺はそっとその店を離れ、空港内のおみやげ物屋に向かった。そして沖縄の売店には必ず売っているアロハ服とサングラスを購入した。

　どうしてアロハ服が沖縄で売っているのかは謎だが……、まあそもそも、ハワイの名産品であるアロハ服も、元を辿《たど》れば日本の着物がベースだと言うので、逆輸入だと思えば不思議でもない。

　そして俺はトイレの個室で、上着とシャツを脱ぎ、アロハ服とサングラスを身につけた。鏡で確認する。誰だこいつはという感じの、陽気な男がそこにはいた——これでウクレレでも持てば完璧《かんぺき》だが、何事も完璧さを追い求めてはならない。

　余地、というか、遊びを残しておかなければ、いざというときに身動きが取れなくなってしまう——自動車のハンドルみたいなものだ。

　ポケットの中に何も残っていないことを確認してから、俺は上着とシャツ、それにネクタイをトイレを出たところにあったゴミ箱に捨て、それから改めて、依頼人の待つ喫茶店へと向かった。

　俺は迷いなく堂々と、一切気後れすることなくクールな表情を保ちながら、その格好で依頼人の対面の席に座った。

「ぶはっ！」

　鼻眼鏡の女が、飲んでいたオレンジジュースを噴き出した。

　飲んでいたのがコーヒーでも紅茶でもなくオレンジジュースだったのは、それを勧めた俺に対する反抗心というものだったのかもしれない。

　どの道俺のせいで噴き出してしまうのでは、何を飲んでいようと俺の手のひらの上のようなものだがな。

　くっくっく。

　よし勝った。

　頭脳の勝利だ。

　と、俺は内心ガッツポーズを取った——当然のことながら、そんな感情を一ミリだって表には出さないが。

　むしろそれが当然のような顔をして、俺は急がず慌てず席について、お絞りを持ってきた従業員に対し、

「ホットコーヒーを。それからこちらの女性に、オレンジジュースをもう一杯」

　と注文した。

　沖縄の空港で、アロハ服でサングラスの男など珍しくもなんともないのだろう、従業員は普通にその注文を受けて去って行った。俺の目の前で腹を押さえて苦しそうにしている女子高生を、いささか不審そうに見てはいたが。

「い……いつもの」

　ようやく喋《しゃべ》れる程度まで復活した鼻眼鏡の女子高生は、息も絶え絶えに言った。

「喪服《もふく》はどうしたのよ……沖縄に来たら、あなたみたいな人間でも……、人間でも、その、陽気になるものなの？」

「あれは喪服ではない。黒いスーツをすべて喪服だと思うな」

　思っていた通り、やはり直に会うと言葉遣いが崩れてしまった。

　俺としてはもうしばらく、わざとらしい演技を続けたい気持ちもあったのだが、しかしそういう気持ちを自覚してしまえば、俺はむしろ意識的に早めに切り上げてしまう。

　ひねくれ者で、天性の嘘つきなのだ。

　己すらも、騙し騙しやっている。

「俺だってアロハくらい着るのさ」

「よく見たら、下半身だけはいつものスーツじゃないの……、靴も革靴だし。その冗談をひっくり返したみたいなバランスの悪さで、二度笑ってしまうわ……」

む。

意図しないところで笑われてしまうのは心外だ。

俺は苛ついた。人間が小さいか？

「お前こそ、あの長ったらしい髪を切ったのか。驚いたぞ、似合うじゃないか」

人間が小さいかもしれない俺はあえて鼻眼鏡のことには触れず、つまりシカトして、この間会ったときに較べて大胆に短くなっている彼女の髪の毛のほうを話題にした。

もっとも、彼女が髪を切っていることは、夏頃に既に阿良々木暦に見せられた写真によって、俺は知っていたのだから、驚くはずもないのだが。

とは言え、写真で見たよりは、少し伸びているくらい――かな？

「…………」

自分のお絞りで、自分の噴き出したオレンジジュースを拭いてから、彼女はそして俺のほうを向いた――ようやく見られた彼女らしい鉄面皮《てつめんぴ》だが、しかし鼻眼鏡をかけたままでは締《し》まらない。

どうやら彼女は、それを外す機会を逸《いっ》してしまったようだった。

「久し振りだな、千沼ヶ原」

「久し振りね、鈴木」

半年振りの再会だった。

確か半年振りのはずだ。

違ってもいいが。

どうでもいいが。

こうして俺は、二度と会うことはないと思っていた、会った瞬間殺されると思っていた女に再会したのだった――かつて詐欺に引っ掛けた家庭の娘に再会したのだった。

戦場ヶ原ひたぎに。

007

「お前から俺に連絡してくるとはな。どうした？何かあったのか」

「騙して欲しい人間がいるのよ」

千沼ヶ原、といちいち言う必要ももうなくなったクライアント、戦場ヶ原ひたぎ、確か直江津《なおえつ》高校だったか、とにかく高校三年生の女子高生は、電話での台詞を繰り返した。そんな風に、アンチョコでも読むようにしなければ俺に頼みごとなどできないという風だ。

そんな態度からすれば、よろしくお願いするわ、という言葉は、やはり俺の聞き違い、あるいは希望的観測だったのかもしれない。

これもまたどうでもいいが。

そもそも、俺にどうでもよくないことって、あるのかよ？

もしもあの小声が、俺を呼び出すための小細工《こざいく》だったとしても別段驚きはしない——実際俺がここにこうして呼び出され、仕事の依頼を聞いてしまっている時点で、そういう事実が成立してしまっている時点で、そんな大昔の会話内容は、果てしなくどうでもいいものになってしまっている。

俺は過去にはこだわらないのだ。

だから目の前の女が、昔騙した女であろうと、行きずりの観光客であろうと、世話になった恩師の娘だろうと、そんなのは何でもどうでも、同じことなのだ。

同じくらいどうでもいい。

「騙して欲しい人間がいるのよ」

更に言った。

三度目ともなると、それは俺に言っているというよりも、自分に言い聞かせているかのようでもあった。

　俺はしつこいとしか思わないが。

「騙してもらえるかしら」

「漠然《ばくぜん》と言われても困るな。もちろん、俺に騙せない人間などいないが——」

　わざと大きなことを言う。こういう大言壮語が、戦場ヶ原は一番嫌いなはずだからだ。何を話していいかわからないときは、とりあえず相手が嫌がることを言い、相手に嫌われることをするというのが俺のスタンスだ。

　意味はあるのかって？

　取り立てて意味はない。

　好かれるよりも嫌われるほうが楽なだけだ——強《し》いて言うなら、どうだろう、好かれるというのは軽《かろ》んじられることで、嫌われるということは重く捉《とら》えられているということだから、ということなのかもしれない。

　なんてな。


「——しかし具体的な話を聞かせてもらえない限り、返事はできない」

「……一応、目上ではなくとも年上ではあるあなたの顔を立てるつもりで、仕事の依頼という形を取っているだけで、あなたは本来、それくらいのことはしなければならないのよ」

「なんだそりゃ」

　戦場ヶ原の言葉に、俺は肩を竦《すく》める。

　言っていることがわからなかった。

　それこそ意味不明だ。

「償《つぐな》いと言う奴か？　昔お前を酷い目に遭わせたのだから、その埋め合わせをしろとでも？　そりゃあ、なんというか……、大きくなったな、戦場ヶ原。おっぱい以外も」

　最後に付け足したセクハラじみた台詞も、もちろん嫌われるために言ってみたのだが、しかし普段からあの、幼女好きの阿良々木暦と接しているであろうこの娘には、こんな言葉は意味がないかもしれない――そもそも『とりあえず嫌われてみる』という俺のコミュニケーションのとり方は、数年前にこの娘に看破《かんぱ》されているのだ。

鋭く、刃物のようにと言うより尖った筆記具の先のように鋭く、看破されているのだ。

だとすると、本当に無意味かもしれない。

腹芸をいくら繰り広げたところで、種の知れた手品をやっているようなものだ――詐欺の被害者はそれからも被害者になりやすいとは言っても、あれほど手ひどく騙したこの娘が、再び俺に騙されるとは思えない。

思わない。

「私に対する埋め合わせではないわ」

戦場ヶ原は、やはりノーダメージという風に、返す刀でそう言った。

その知ったような態度を、俺は不愉快に思う。

極めて不愉快に思う。

「あなたに傷つけられた分は、阿良々木くんに、ちゃんと埋めてもらったもの」

「ほう。そりゃあ重畳《ちょうじょう》。お安くないな」

「だからあなたが埋め合わせるのは、まったく別のものよ――あなたは、必ず、そうしなければならない」

「……そんな風に、自分の行動を制約されるのは、いささか嫌気が差すな」

俺は言った。

珍しく正直な気持ちだった――俺の場合、正直という言葉も嘘っぽく響くかもしれないが、まあ本当に、正直な気持ちだった。

「なんなら今すぐ、俺は帰ってもいいんだ」

「そんなことをしたら刺すわよ。私が何の用意もなく、ここに来ていると思わないで」

「………………」

嘘だな、と直感する。

直感とは言ったものの、実際のところ勘《かん》ではない――誰だってわかる単純な推理だ。飛行機に乗ってここまで来た以上、たとえ彼女が用意をしていたところで、刃物の類《たぐい》はすべてとりあげられているはずである。

まあ、手荷物として預けるような、手の込んだ真似をしているかもしれないし……、また、そうでなくとも、たとえ刃物を用意していなくとも、対応を誤れば、戦場ヶ原は俺を殺しにかかってくるだろう。

それだけのことを、この娘は俺にされている。

俺は、それだけのことをした。

だからと言ってその埋め合わせをするつもりはない、それは俺がそのとき稼《かせ》いだ金に対して失礼というものだ。

金に対する礼だけは失してはならない。

決して、決して、決してだ。

しかし、そんな風に、自分の行動を決め付けられたことに対する反感の一方で、俺は、強い好奇心にもかられていた。

戦場ヶ原に対して埋め合わせるのでなければ、果たして俺は一体、誰に対して埋め合わせをするのだろう？

誰の、何に対して？

ひょっとして、あれか。

阿良々木暦の妹か。

いたな、そういう奴……、名前は確か、阿良々木火憐《かれん》。極めて勇敢《ゆうかん》な娘だった。絶対友達にはなれないが、ああいう馬鹿な子供には好感が持てる。意外と子供好きなのだ、俺は。だから憶えていた。

ふむ、あの娘に対する埋め合わせというのなら、多少はやる気も出てくる。

はずがない。

出会いがしらにぼこぼこにされるのが目に見えているのに、どうしてあんな生意気なガキのために、俺が何かしなければならないのだ。

金をもらっても御免だ――いや、金をもらったら、考える。少なくとも交渉のテーブルにはつく。その後は額次第だ。

「刺されるのは嫌だな。仕方がない、話くらいは聞いてやろう。言うことを聞いてやるかどうかはわからないが……」

反感に対する好奇心の勝利。

俺は高校生の娘に迎合《げいごう》するようなことを言う。

この程度で揺るぐようなプライドの持ち合わせはなかった——大体、こいつが高校一年生のとき、俺がこいつに取っていた態度は、迎合なんてものじゃなかったのだから、今更気取ってみても、あまり意味がなかろう。

「聞かせろよ、戦場ヶ原。お前、俺にどこの誰を騙して欲しいと言うんだ？　なんとなく、口振りからすると、俺の知っている人間っぽいが」

「千石撫子《せんごくなでこ》」

戦場ヶ原は言った。

その端的《たんてき》な答はわかりやすくてよかったが、しかしあにはからんや、それはまったく知らない名前で、俺にとっては期待外れだった。

008

ここで戦場ヶ原ひたぎと俺、貝木泥舟との馴《な》れ初《そ》めというか、因縁《いんねん》について、説明しておくことにしよう——あくまでも俺の主観だから事実とはいくらかずれているかもしれないなんてお決まりの文句を、俺は言わない。

言うものか。

そんなのは当たり前のことで言わずもがなだし、そもそも最初に言ったとおり、俺は真実を語る口を持たないからだ。

ローマの教会にあるという『真実の口』は、嘘つきが手を入れると噛《か》みつかれると言うけれど、実際にはそんなことはないわけで、これは自家撞着《どうちゃく》しているなと言えるが……まあそれになぞらえて言うならば、俺の口は、虚実の口というわけだ。

だからどこまで本当かなんて考えるな。

全部嘘だ。

どれほど真実めいていても信じるな。

それは二年前、戦場ヶ原ひたぎが直江津高校に入学したばかりのぴっかぴっかの一年生で、俺がまだぴちぴちの十代の頃だった——いや、四十代の頃だったかな？

ゴーストバスターとして、俺は戦場ヶ原の母親から仕事の依頼を受けたのだ。それは娘のため、つまり戦場ヶ原のための依頼だった。

その頃彼女は、自分の体重が消えるという奇病にかかっていた。過剰に痩《や》せているわけでもないのに、なんと体重が五キロまで減少したという。

まあ奇病だ。

それが奇病でなくてなにが奇病か。

通っていた病院でも、症例として記録されていると言う——その際に謝礼金が出ていたので、治療《ちりょう》費《ひ》にだけ関して言えば、少なくとも当時は、それほど家計を圧迫していたわけではないようだが。

いや、違ったか。

その謝礼金さえ、母親が使い込んでいたのだったか——彼女の母親は愚かにも、悪徳宗教に入れ込んでしまっていて、外資系の企業に勤め、かなり稼いでいた父親でさえ追いつかないほどの浪費《ろうひ》をしていたそうだ。

まあそれはそれほど責められることではないのかもしれない——俺に言わせれば、その行為は正月の参拝客と大差ないのだ。

それに、その悪徳宗教からのつながりで、『ゴーストバスター』である俺のところに仕事の依頼が来たのだから、感謝こそすれ、その母親を責めるような気持ちは露《つゆ》ほどもない。あるはずがない。

で、戦場ヶ原の奇病を治療するための霊験あらたかな祈禱師《きとうし》として呼ばれた俺は、戦場ヶ原家の財産を吸い尽くせるだけ吸い尽くして、結果として彼らの家庭を崩壊させたというわけだ。

彼女の奇病を治すどころか、彼女の両親を離婚《りこん》に追い込むきっかけさえ作り、修復不可能な亀裂を入れた上で、悪徳宗教につぎ込んだ金の残金をあらかたいただいた。家庭のトラブルというのは概ね感情論に走ることが多いので、金銭に関しては意識が薄くなるのだ——賢い俺はそこにつけこんだわけだ。

詳しいノウハウは企業秘密だが、父親と母親の可愛い一人娘をうまく取り込んだのがキーだったと、告白しておくことは必要だろう。

要するに思春期の子供に、奇病にかかり気弱になっている女子高生の純情に付け込んで、そのエモーショナルな思いを利用し、親心をいいように動揺させて、最終的には家庭を破滅に追い込んだのだった——こうして振り返ってみると、そのときに刺されていても不思議ではない。

と言うか不思議だ。

なぜ生きているんだ、俺は。


ともかく、そんな感じで、俺は稼ぐだけ稼いで、騙すだけ騙して、あとは振り向くこともなく逃げたわけだが、わけあって再びその町に戻ったとき、それが今年、いやもう去年か、去年の中頃のことなのだが、そのときに再び、成長した戦場ヶ原ひたぎと出会うことになる——すっかり忘れていた彼女に。

誰だこいつ、こと彼女に。

そのとき、俺が仕掛けようとしていた一大詐欺は、二年前のときとは違ってうまくはいかず、戦場ヶ原ひたぎと阿良々木暦によってぶち壊しにされた——そういう意味では彼女は既に俺に対する復讐《ふくしゅう》を遂げていると言える。

俺は稼ぎをふいにされたし、今後一切の、町への出入りも禁止されてしまった——まあその後、ふいになった稼ぎは影縫の奴から回収したから、別に問題はないのだが、しかし日本のどこかに、自分の行けない場所があるというのは俺や忍野のような自由を愛する人種にとっては結構なストレスなのだ。

まあそれでも、今後一切、戦場ヶ原ひたぎや阿良々木暦——それに吸血鬼の死に損ないである忍野忍《しのぶ》なとど関わらずに済むというのは、ラッキーな条件とも言えた。

言えたはずなのだが、そんな約束を俺に強要した戦場ヶ原のほうから俺に連絡を入れてきて、あまつさえ面会し、その上仕事、それも詐欺の依頼をするなど、滅茶苦茶《めちゃくちゃ》な話だ。

理不尽とも言える、俺は怒ってもいいはずだ。

「阿良々木は……」

思いついて、俺は言った。

老婆心《ろうばしん》ながら心配になったのだ。

「知っているのか？　お前がこうして、元旦から俺に会っていることを。そもそも彼氏彼女というのは、元旦に一緒に初詣をするものではないのか。お金をゴミのように手荒く放り投げながら」

「馬鹿にしないで」

と、表情こそ変えないが、そんな風に言う戦場ヶ原。

それから、

「知らないわよ、もちろん」

と繋げた。

「阿良々木くんがあなたに会ったら、あなたを殺しかねないものね。あの正義の味方にとって、あなたは天敵だもの」

「ふん」

馬鹿にしたつもりはなかったのだが——いやあったか、よくわからないが、とにかく、阿良々木には秘密の沖縄旅行らしい。

たとえ初詣には行かなくとも、一緒に過ごしたりはしそうなものだが——いや、こういうのはもう、古い人間の感性かもしれない。

携帯電話があれば、一緒にいる必要など別に感じないのかもしれない。

詐欺師として時代に置いて行かれないよう気を付けているつもりだが、しかしジェネレーションギャップという奴だけは如何《いかん》ともしがたい。

などと言いながら、戦場ヶ原達に邪魔された詐欺は、女子中学生を中心に繰り広げたものだったのだが――だから失敗したのだろうか？

もっとも、自分が歳《とし》を取ったと思っているうちはまだ若いとも言う。

きっと人は、自分以外の誰かの成長や老いを感じたときこそ、歳を取ったと言えるのだろう。

「知らない。つまり」

まあ戦場ヶ原と価値観をすり合わせても日々のご飯がおいしくなるわけではないので、俺は適当に話を進めることにした。あまり話が長引くと、沖縄から京都に帰れなくなる。

京都に帰ったところで、人間観察を終えた俺にはもうすることがあるわけではないが……、そうだな、ならばいっそ、この際沖縄に数泊していくというのも面白そうだ。

元日だというのに、つまり真冬だというのに、十分『暑い』と言っていいこの環境は、なかなか面白い――アロハ服でいて、全然肌寒くない。

むしろ冬服のセーラーブラウス姿の戦場ヶ原が暑そうなくらいだった――こいつは、今日中に地元に帰るつもりはあるのだろうか？　それともホテルを予約しているのだろうか？

あまり後先を考えているようには思えない。

こいつの地元は、今頃雪だろうか。

京都はあまり雪も降らなくなったが――

「つまり、阿良々木に秘密で俺に会いに来たというわけか」

「それが何よ。そうやって何度も、いえ、一度だって、わざわざ確認するようなこと？」

「いや、別に」

ただ思っただけだ。

実を言うと俺は、戦場ヶ原に秘密、という形で、阿良々木暦と面会したことがあるのだ――町への立ち入りを禁止された直後だから、八月くらいのことだったか。

髪を切った戦場ヶ原の写真を見たのはそのときなのだ。

禁止された直後にもうその町に入っているのだから、俺の面の皮も相当に厚い——だがまあ、一応、その後、本当に約束を守って、あの町には近付いていないことはここに保証しておこう。俺の保証にどれほど保証力があるのか、知ったことじゃないが——まあともかく、そういう経緯があったので、ついつい、重ねて確認するような真似をしてしまったのだ。

恋人同士なのに、互いに秘密を持ちながら互いを思いやりつつ、結果、似たようなことをしているというのは、時計を売って櫛《くし》を買った男と、髪を売って時計の鎖《くさり》を買った女の物語を思い出させる。案外戦場ヶ原が切った髪も、売って、鎖でも買ったのかもしれない。

なんて馬鹿なことを思った。


ところで俺は、まあ毎年元旦に神社を見学に行くのと同じような話なのだが、一種の健康法として、その手の恋愛小説や、あるいは話題の『泣けるドラマ』とやらを見る癖をつけている。

いい本やいい映像、それにいい音楽に接することで、それらによってまるっきり感情が動かない自分を、確認するわけだ。

己の無感情を確認する。

間違っても俺は善良なる一般市民にはなれない、ということを自覚していないと、人間、どんなきっかけで道を踏み外すかわからないから。

この件については、人と感性が違う自分に深々と陶酔《とうすい》しているだけと思ってもらっても構わないが——要するにここで言いたいのは、そんな戦場ヶ原と阿良々木に対し、俺は何も思わなかったということである。

俺は。

何も。

思わなかった。

というか馬鹿じゃないのかこいつらと思っている。

というか間違いなく馬鹿だと思っている。

「で、なんだ？　阿良々木との高校生活最後の貴《き》重《ちょう》な冬休みの時間を費やしてまで、つまり彼氏に秘密を作ってまで、お前は詐欺の共犯者になろうと言うのか？　その千石撫子というのが誰かは知らないが——恋敵《こいがたき》か何かか？」

「……そもそも阿良々木くんは受験生だから、冬休みだろうと元旦だろうと勉強漬けよ」

「ふうん」

俺は頷《うなず》いた。

たぶんそれは嘘だと思ったから頷いて、何も続けなかったのだ。子供の見栄に付き合ってやるほど、俺の人間はできていない。

「お前の受験勉強はどうなったんだ？」

「私は推薦《すいせん》だから関係ないわ」

「そりゃあ優秀で素晴らしい」

しかしこの相槌《あいづち》に関しては、俺の素直な気持ちだった。

自分が受験でどれほど苦しんだかと思うと、優秀な高校生には自然、感心してしまう——感動はしなくとも感心はしてしまう。

やはり戦場ヶ原、俺の見込んだ通りの女。

受験勉強などものともしないか。

だが、そんな女が俺に相談を持ち込むなど見損《みそこ》なったと言ってもいい——そんな風に言い捨てて帰ろうかな、と思った。

まあ思っただけだ。

そのタイミングで、俺が注文したコーヒーとオレンジジュースが運ばれてきた——やや遅いと思ったが、むろん苦情を言うほどではない。

俺はコーヒーを一口含んだが、戦場ヶ原は、オレンジジュースを手に取ろうともしなかった——ストローの袋さえ破こうとしない。

ひょっとしたら、俺からの奢《おご》りなど、絶対に受け取らないという心構えの表れなのかもしれない。

学校の勉強はできるらしいが、だとすれば、やはり馬鹿だ。

俺が奢るはずがないだろう。

むしろ最終的にこのコーヒー代をお前に払わせる策を、今練《ね》っている最中だということにも気付かないのか。

「まあ阿良々木の学力がどの程度かは知らないが、お前がつきっきりで教えてやっているというのならば、きっと問題ないのだろう。春からは二人とも大学生というわけだ」

何の感情も込めずに、俺は適当に、間《ま》を持たすためだけにそう言ったが、しかし、それに対して戦場ヶ原は、

「いいえ」

と言った。

俺の言うことを全部否定したいから否定した、というだけのことだろう。

と思ったが、違った。

「このままだと私と阿良々木くんに、春以降はないのよ」

「うん？」

「私達に未来はないの」

「うん？」

言葉の意味がわからず、俺は訊《き》き返してしまった。

素《す》の反応をしてしまった——しまった、話の主導権を握られてしまう。ファーストインプレッション勝負では優位に立っていたはずなのに。

だが実際、興味の湧く言葉であるのは確かだった。

春以降はない。

未来はない。

どういう意味だ。

「私と阿良々木くんはね、順調にいけば、卒業式の日に殺されることになっているの」

「ほう……」

頷いてみるも、何かを理解したから頷いたわけで

はない。情報はあまり増えていない。高校の卒業式で殺されようと、大学の入学式で殺されようと、そんな点に大差はない。入学式なら驚かないが卒業式なら驚く、そんな殺され方があるものか。

どうやら戦場ヶ原は話しあぐねているようだと俺は思った——現在自分の、あるいは自分と阿良々木の陥っている窮地《きゅうち》を、どのように説明するべきなのか、決めかねているようだ。

戦場ヶ原の性格からすれば——ここで言う戦場ヶ原とは、俺の知る、二年前の戦場ヶ原という意味だが——これはとても珍しい。

何か深い事情があるのかもしれない。

どうでもいいが。

深かろうと浅かろうとどうでもいいが。

ただ、このまま黙り込まれてしまったり、堂々巡りになってしまったりするのは純粋に迷惑だったので、俺は助け船を出した。

本来ならば渡し賃をもらいたいところだが、まあ昔の馴染《なじ》みだ、大盤振る舞いでサービスしておいてやろう。

「つまりお前と阿良々木が、何かで恨みを買って、その千石撫子とかいう奴に殺されそうになっているから、そいつをなんとか言いくるめて欲しいということか?」

当てずっぽうで俺はそう言った。

推理と言うほどでもないが、まあ的外れではあるまいというくらいの気持ちで、適当にでっち上げた予想だったが、

「概ね」

と、戦場ヶ原は答えた。

「正解よ」

その表情には、意外なことに尊敬のような眼差しが混じっていた——この程度の予想を、この程度の推理をしたくらいで恨み骨髄の俺に対して敬意を、本当に抱いているのだとすれば、この女、チョロ過ぎる。

もう一度騙してやろうかと、俺は理不尽な、怒りにも似た感情を抱いた。さすがに理不尽過ぎるので、その怒りは治めたが。

俺のことだから、実は子供に尊敬されて嬉しかったのかもしれない。だとすればチョロいのは俺のほうということになる。

気を大きくさせられただけかも——だとすれば引き締めなければ。

「しかし殺されるとは穏やかじゃあないな」

「ええ。穏やかじゃあないわ。とても怖い、恐ろしい話よ。……詳しい話を聞いていただけるかしら、貝木さん」

急に改まった態度になって、戦場ヶ原は言った——これをもし計算ずくでやっているのならば、チョロいなんてとんでもない、恐るべき悪女だ、この女は。

あのツンケンしているだけの高校一年生が、どうしてこうなってしまったのだろう——俺のせいか。概ねな。

まあどんなに悪女振りを発揮《はっき》したところで、あるいはツンケンしてみたところで、戦場ヶ原は鼻眼鏡をかけっぱなしなので、どこまで行っても締まらない。

「聞いてくれるだけでもいいの。あなたが駄目だと言うのならば諦めるわ。私と阿良々木くんは、大人しく、あの子に殺されることにする——それが避けられない運命ならば仕方がないわ。いえ、私が精一杯《せいいっぱい》命乞いをすれば、阿良々木くんのほうは助けてもらえるかもしれないわよね。それを唯一《ゆいいつ》の希望にして、残り二ヵ月半の余命を生きるわ」

「…………」

鬱陶《うっとう》しいなあと思った。

殊勝《しゅしょう》な態度も行き過ぎれば嫌味でしかない——これはさすがに、本当にただの嫌味で言っているのだろうが。まさか俺の、こともあろうにこの俺の同情を引こうとしているわけでもあるまい。

だが俺は、

「いいだろう。聞くだけならな。話せばそれで楽になって、すっきり解決してしまうということもあるだろうし」

と言った。

相変わらず俺の口は気持ちを裏切る。

話せばそれで楽になって、すっきり解決してしまうような話でないことは、現時点でも十分にわかっていることなのに。

009

「騙して欲しい人間がいるとは言ったけれど、千石撫子は既に人間ではないわ」

とりあえずそんなところから、戦場ヶ原は語ることにしたらしい。

「ほう。面白いな。人間でなければなんだ」

「神様。彼女は蛇神《へびがみ》様になったの。それが去年の十一月のこと」

「…………」

一瞬、からかわれているのかとも思ったが、しかしこの女が俺をからかうためだけに、沖縄まで来たとは考えにくい。

一応話は最後まで聞こう。

それが金にならないとも限らない。

金儲けのヒントはあらゆるところに散らばっている。

「神様になった、というのは」

とは言え、ふんふんと頷いて聞いているだけでは、戦場ヶ原の話はあっちこっちに飛び、いまいち要領を得ない感じだったので（特に説明が下手《へた》な子供だったイメージはなかったのだが、どうやらこの件に関してだけは自分の主観でしか語れないようだった）、わかりやすくするために随所《ずいしょ》で口を挟んでいくことにした。

戦場ヶ原からすれば、俺が自分の話に食いついてきたと、内心大喜びなのかもしれないが、事実は逆だ——俺は興味を失わないように頑張っているのだ。人が勘違いしている様子は楽しい。

これだから嘘つきはやめられない。

「お前と同じ、奇病にかかった——ということでいいのかな」

「……ええ。そうね、奇病——ね。確かに、どちらも神様だし」

私は——蟹《かに》で。

あの子は——蛇。

そう続け、

「もっとも、神に頼った私に対し、神になった彼女は、そうね、同じ奇病と言っても、格が違うと認めざるを得ないけれど。根治不可の難病って感じ。とても同じだなんて——言えないわ」

と言った。


わけがわからない。何を一人で勝手に理解しているのだろう。そういう自己診断が格好いいとでも思っているのだろうか。

だったら一生納得してろ。

そんな俺の白けた反応に気付いたのか、

「そう、まあ奇病よ」

と、戦場ヶ原は改めた。

わかりやすくまとめた。

俺の感情は表情には出ないというのに、察しのいい女だ。あるいは昔取った杵柄《きねづか》という奴なのかもしれない。

「あなた、あの町で仕事をしていたんだから、ひょっとしたら知っているんじゃないかしら？　山の上に北白蛇《きたしらへび》神社という名前の神社があるんだけど——彼女は今、そこに祀《まつ》られているの」

「……いや、そんな神社は知らんな」

俺はそう答えた。

知っていたからだ。

「しかしそこに祀られているというのは、はっきり言って意味がわからないが——つまりそれは、千石撫子は現在、生き神《いがみ》として信仰を受けているということか？」

北白蛇神社というのは、確か寂れて廃《すた》れた、忍野好みの廃神社だったはずだが——えっと、俺はなぜ知っているのだ？　影縫だか誰だかが言っていたのだっけか？

「生き神とか——現人神《あらひとがみ》とか」

「……そういうのとは少し違うんだけれど。神様を腹の中に丸呑みしてしまったと言うか……まあとにかく、千石撫子はもう人間じゃなくて、妖怪変化の類ということよ」

「ふうん」

それは昔のお前も、それに今のお前の彼氏も同じじゃないのか、と言いかけて、やめた。

戦場ヶ原を怒らせてみるのも面白そうだったが、あまりにも意味がなさ過ぎる。誰が人間で誰が化物かなど、知ったことか。

俺は金さえもらえればその辺の犬でも人間扱いする男だ、魚だって神様に祭り上げる男だ、生物学上の分類なんてどうでもいい。

人でないと言うなら俺以上の人でなしはいないのだ。

「……要するにね、千石撫子は、とんでもなくぶっとんだ存在になっちゃったということよ。その気になればあの町そのものを潰せるクラスの、そんな存在に」

戦場ヶ原は雑にまとめた。

たぶん色々端折《はしょ》ったのだろう——説明が込み入っているからというよりは、俺に話せないことがあるからに違いない。

話はするが、すべてを話すつもりはないというのは随分と勝手だが、それと同じくらい、『仕事の依頼をするのだからすべてを話せ』と強要するのも勝手だろう。

だから最低限のことさえ聞かせてもらえればそれ

でいい。俺はそのために、補足の質問をしておくことにした。

「その子はどうしてそんな奇病にかかったんだ？ 話を聞いていると、どうやら、お前の同級生のようだが——」

「違うわ。千石撫子は中学生よ」

おやおや。

今度は予想を外してしまった——少し調子に乗ってしまったか。俺の格が下がってしまった。それならそれで、訊くべきことが増えるだけだが。

「中学、何年生だ？」

「二年生よ。……ねえ貝木、あなた、わざと言っているの？」

「ん？」

「つまり、その……、いつものようにふざけて、あるいはとぼけているんじゃなくて、本当に心当たりがないのかしら？ 千石撫子という名前に」

「………………」

言われて、俺は考える。そういう言い方、訊かれ方をするということは、まさか千石撫子は俺の知り合いなのだろうか。

しかし俺も立派な大人だ。立派ではないかもしれないが、どころか半端かもしれないが、少なくとも歳だけは重ねた大人だ。そうそう中学生の知り合いなどいるわけがない——ああ。

そうか。

ひょっとすると、そういうことか。

わかったぞ。

「あの町、お前の住むあの町に住んでいる中学生だということは、つまり俺が去年、騙した中学生の中のひとりというわけだな」

それで埋め合わせがどうとか言っていたのか。

千石撫子が、俺の生み出した被害者の一人だからこそ、責任を取れというような意味のわからない無茶振りを、戦場ヶ原はしてきたのだ。

ふざけるな。

と、思ったが、

「厳密には違うわ」

と、当の戦場ヶ原のほうから細かく訂正してきた。

「千石撫子は、あなたの被害を直接受けたわけじゃあない——あなたの被害者から被害を受けたのよ。間接的な被害という形になるのかしらね」

「ほう。詐欺による連鎖倒産のようなものか。そうだな、詐欺は連鎖的に被害を生むから個人の範囲に収まらない社会悪なのだよな」

俺はそんな冗談を言った。つまり、お前が言うような冗談のつもりだったが、しかしこれが、どうやら戦場ヶ原の逆鱗《げきりん》に触れたらしい。

口をつけていなかったオレンジジュースを、引《ひ》っ手繰《たく》るように手に取ったかと思ったら、その中身を俺の顔面に対してぶちまけた。

流れるような澱《よど》みのない動作で、俺はまったく反応できなかった。

オレンジジュースだけならばまだしも、グラスの中に入っていた氷までが俺の顔面に炸裂《さくれつ》したので、冷たさよりも痛みのほうが先に立った。

氷のつぶてを食らったようなものだ。

サングラスをかけていて本当によかったと思ったが——買ったばかりのアロハ服はびしょ濡《ぬ》れになってしまったが。

お客様、と叫ぶようにウエイトレスが駆け寄ってきたが、

「すいません、この子がオレンジジュースを零《こぼ》してしまいました。申しわけありませんが、同じものをもう一杯お願いします」

と俺は、機先《きせん》を制して言った。びしょ濡れとは言え、まるっきり冷静な態度でそう言われれば、ウエイトレスもはあと頷いて引っ込むしかなかったようだ。

戦場ヶ原が、激情タイプではあってもヒステリックではなくて助かったという感じだ——俺がウエイトレスに釈明する頃には、奴はクールな顔をしてそ

っぽを向いていた。この世に起きる一切のことは自分には無関係だと言いたげだった。

まあアロハ服の陽気な男と、鼻眼鏡の女子高生が、真剣な喧嘩《けんか》をしているだなんて、どんな歴戦のウエイトレスでも考えまい。

新しく用意してもらったお絞りで顔を拭いていると、しばらく沈黙を保っていた戦場ヶ原が、

「子供扱いしないで」

と言った。

子供扱いしないで。

昔もよく言っていた言葉だが、残念ながら年齢差が縮まることがない以上、俺にとって戦場ヶ原は、少なくとも未成年のうちはずっと子供だ。

大体、それを言ったのは事後であって、そんな理由で俺にオレンジジュースを飲ませてくれたわけでもあるまいに。

ただしそこを問いただしても意味はない。

戦場ヶ原が怒ったのもわかる——いささか冗談が過ぎた。今更のようにやってしまった感で心が満たされていく。幸いにしてそういうイメージはなかなか定着しないが、悪ふざけが過ぎるのが、俺の悪いところだ。

外見で損をしているが、実際俺は、忍野の奴とそんなに性格的には大差ないのだ——むろん、俺はあんなお人よしではないが。

「……ごめんなさい」

更にしばらくして、お代わりのオレンジジュースが届いたあとで、驚いたことに、驚天動地《きょうてんどうち》なことに、戦場ヶ原が謝った。

「これから頼みごとをしようとする人間の態度ではなかったわ」

「案ずるな。大人は子供の粗相《そそう》にいちいち腹を立てたりはしない」

俺は言った。当然ながら皮肉《ひにく》である。ひょっとしたらこれで、二杯目のオレンジジュース、もしくは氷爆弾を食らうことになるかもしれないと覚悟して

いたが、しかしすんでのところで、戦場ヶ原は堪《こら》えたようだった。

ぴくりと右腕が震えたような気がするけれど、それは気のせいだということにしておこう——しておいてやろう。いずれにしても、この女も随分、忍耐力がついたものだ。

否、それは愛しい彼氏のための、我慢《がまん》ということなのかもしれない。

だとすれば美しい。

まあ美しいものを見ても、俺は何とも思わないのだがな。

精々、人はこれを美しいと思うのだろう、と、理解するだけだ。

「とにかく、間接的にとは言え、千石撫子を怪異の世界に引っ張り込んだのはあなたなのよ——そう思えば、あなたのような悪鬼羅刹でも、少しは責任を感じない？」

「感じる感じる。責任感に押しつぶされて死にそうだよ。その償いだけは絶対にしなくちゃな。万難を排して償うよ。教えてくれ戦場ヶ原、俺は何をすればいいんだ？」

口から出まかせという言葉があるが、この場合がまさにそれで、俺は思いつくままに言葉を並べていた——我ながら不思議な行動だ。俺はそんなに、戦場ヶ原からオレンジジュースを浴びせられたいのだろうか。優勝した野球チームでもあるまいし、俺には飲み物を頭から浴びる趣味はないのだが。

「だから」

しかし戦場ヶ原は粘り強かった。そしてしたたかだった。俺の冗談、もとい失言に乗っかってきたのだ。

「神様となった千石撫子を騙して、私と阿良々木くんを助けて欲しいのよ」

助けて。

その言葉を俺は二年前にも聞いた。戦場ヶ原ひたぎの口から聞いた。その結果、手ひどく裏切られた彼女にとって、同じ台詞を同じ相手に言うというのは、一体どんな気持ちなのだろう。

どんな気持ちなのだろう。

推測すらできないというのが正直なところだ。正直なところが、俺の心のどこにあるのかは知らないが。心がどこにあるのかも知らないが。

助ける。

俺が戦場ヶ原を、そして阿良々木を、助ける。

なんだかその文言《もんごん》は悪い冗談のようだった。そして俺は悪い冗談が嫌いではないので、結構愉快な気持ちになった。

そんな悪い冗談が聞けただけでも、沖縄まで来た甲斐《かい》があったというものだ——これで帰りにちんすこうでも買えば、十分に元は取ったと言えるのではないだろうか。

じゃあもう帰ろうかな。

「神様を騙せと言うのか？　俺に」

「そのくらいできるでしょう。曲がりなりにもあなたは、天下一の詐欺師を謳っているのだから、むしろそれくらいできなくてどうするのよ」

そんなものは謳っていない。人の肩書を勝手に詐称しないで欲しいものだ……俺はケチな詐欺師である。

「何よ。自信がないの？」

挑発にしては安い。大バーゲンだ。

だから俺は戦場ヶ原のその問いかけを、本当にただの問いかけだと受け取った。たまには俺も、相手の言うことを素直に受け止めたりもするのだ——そのたまにが、どうしてこんなタイミングで来るのかはわからないけれど。

「あるね。と言うより、たかが神様を騙すのに自信なんかいらん。俺に騙せない相手はいない」

しまった。これでは天下一の詐欺師を名乗っているようなものではないか。俺はいったい何を言っているのだろう。

「じゃあ殺意にまみれたその子を騙して、言いくるめて、結果私や阿良々木くんを生きながらえさせることができるのね？」

「できるな」

失敗には既に気付いているにもかかわらず、なぜか態度を改めず、更に増長したようなことを言いだす俺の口だった。なんだ、どうした、俺の口は俺の敵か？

「厳密に言うと、私と阿良々木くんと、それから阿良々木くんのロリ奴隷《どれい》であるところの、金髪の女の子もなのだけれど」

「余裕だ。ロリ奴隷があと五人増えても、全然平気だ」

俺の口の暴走はその辺りで止まってくれた。随分と利《き》きの悪いブレーキだった。

「そう。だったら——」

「ただし、それはできるというだけのことで、やるかどうかは別問題だ」

戦場ヶ原が続けて何か言う前に、俺は態勢を立て直しにかかる。冗談じゃない、こんなわけのわからない流れみたいなものに、このまま押し切られてたまるものか。

俺の行動は俺が決める。

「そもそも俺が人を騙すのは金のためだ。一文の得にもならないのに、どうして俺はその千石撫子を騙さなければならないのだ。たとえ神様だとしても、中学生を騙すなど、良心が痛んで仕方がないじゃないか」

「お金……」

戦場ヶ原は、やや口ごもった風を見せてから、言った。

「……は、払うわ。もちろん」

「ふん。もちろんと言えるほど、お前に支払能力があるとは思えないが？」

「人を見かけで判断しないで頂戴。私はあれから宝くじを当てて、大金持ちになったのよ」

「そりゃよかった」

おふざけに付き合ってやるつもりはなかったので、適当に頷いて流した。頭の中では別のことを考えている。

戯《たわむ》れに試算してみるのだ。

仮に神様を騙したとして、いったいいくらの儲けになるだろう？　一度滅んだ神社が再興したという現状では、大した資産があるとも思えない。というか、土地や建物はあくまで人間の持ち物であって、神様には財産などないだろう。

その上で、中学生だ。

中学生から小銭を巻き上げるのも、それをかつてのように大規模に行うのならば話は別だが、一人相手では、全然まとまった額にはならない。

つまり、騙す対象である千石撫子本人から実入りを見出すのは、ほとんど不可能であるということだ——一文の得にもならない無駄働きということになる。

俺に言わせれば無駄働きとは労働ではない、遊びである。どうして俺が中高生と遊んで面白がらなければならないのか。

「お金は払うわ」

戦場ヶ原は繰り返した——それは念を押しているというよりも、そんな風に繰り返していないと、俺とは会話できないという風でもあった。

そう思っているのだとすれば、正しい。

俺が唯一、中高生と遊んで面白がる理由があるとすれば、それは、ふたりの関係に『お金』が絡む以外にないのだから——もしも時給をもらえるのであれば、子守などどいくらでもしよう。

極端なことを言えば、金さえもらえれば割に合わなくてもいいとさえ俺は思っているのだ。一円を笑う者は一円に泣く。

……余談ではあるが、一円を笑う者は一円に泣くということの諺《ことわざ》、成立した当時は『一銭を笑う者は一銭に泣く』だったそうだ。だとすると時代に合わせて、いずれは『十円』『百円』とインフレしていくのかもしれない——それでも俺は、一銭だって大事にするがね。

そして最後には、金を抱いて笑いたいもんだ。

「とりあえず、即金で、十万円は用意できるわ。

……これは、忍野さんにお力添えいただいたときに、払った額よ。忍野さんに、私の奇病を治してもらったときの——」

「だったら今回も、同じ額を払って忍野に頼むんだな」

俺はにべもなく言った。

にべもなく言ったが、しかし結果として、これは案外、実に相手のことを思いやった親切な忠告であるような気もした。お金ももらっていないのに親切な忠告をしてしまうなんて、なんと恥ずかしい。詐欺師失格だ。

「……見つからないのよ、忍野さん。探しているんだけれど……、羽川《はねかわ》さんなんて、海外まで探しに行ってくれたのに」

「…………」

羽川？　突然出てきた聞いたことのない名前に、俺は少し反応してしまった。つまり、感情が表に出てしまった。

なんだか、その名前に、意味もなく——ひょっとしたら意味はあるのかもしれないが——反感にも似たものを覚えてしまったのだ。

それを敏感に感じ取ったらしく、

「羽川さんは私の友達で、クラスメイト。おっぱいが大きい子よ」

と、戦場ヶ原はおどけるようなことを、至極クールな口調で言った——それで何をフォローしたつもりなのかは知らないが、とりあえず、面白くはあった。

というか、戦場ヶ原が変なことを言うから、友人のために海外まで人探しに行ったという羽川とやらのイメージをつかむことに失敗した。胸の大きさにはそれくらいの価値がある、ということなのだろうか。もしも俺が巨乳だったら、詐欺師という肩書も吹っ飛ぶのかもしれない。

いずれにしても戦場ヶ原は、羽川という娘に俺の魔手《ましゅ》が伸びることをうまく防《ふせ》いだらしい。なかなかやる。

「忍野が」

俺は言った——これも、それだけでお金を払って欲しいほどの情報だったが、まあ羽川のことを教えてくれた分、忍野のことを教え返すのだとすれば、イーブンだろう。俺の中でぎりぎり取り引きが成立する。

「本気で身を隠そうとすれば、誰にも見つけられんよ——あいつと俺は行動パターンが酷似《こくじ》しているが、違うのは、あいつは文明を嫌うという点だ。文明を嫌う人間は、記録に残りづらいから、追跡ができないんだよ。なまじ世界が情報化社会に向かったがゆえの、弊害《へいがい》というべきか——」

「ええ。その点あなたは、追跡しやすかったわ。……ねえ貝木、あなた、金遣い荒過ぎない？　今、どのくらいお金を持っているの？　ひょっとして私より貧乏なんじゃない？」

余計なお世話だ。

というか、余計な心配だ。

高校生に懐《ふところ》事情を慮《おもんぱか》られるほど、俺も落ちてはいない——お金が落ちていたら当然のように拾うが、それは俺の財布の中身とは関係ない。

少なくとも戦場ヶ原より貧しいということはない、ないはずだ。こいつが本当に宝くじでも当てていない限りは。

「借金はないよ、とりあえず——ただ、俺の仕事は失敗することも多いのでな。高校生とかに邪魔をされて……、収支としては、とんとんか、ややプラスというところか——稼ぐに追いつく貧乏なしという奴だ」

「答はわかってはいるけれど、一応、奇跡のような確率にかけて、貝木、質問くらいはさせてくれるかしら」

「なんだ」

「かつて迷惑をかけた私や阿良々木くんのために、それに千石撫子に対する埋め合わせのために、無償で働いてくれるつもりはない？」

「それは天地が引っ繰り返ってもあり得ない」

「でしょうね」

ノータイムでの答に、むしろ戦場ヶ原は納得したようだったが、本当に勘違いしている可能性もあるにはあったので、つまりこの期《ご》に及んで戦場ヶ原が俺の良心や人間性に賭けている可能性もあったので、それは綺麗に払拭《ふっしょく》しておいてやることにした。俺は優しいのかもしれない。

「あり得ないし、むしろ俺は、もうお前や阿良々木に関わりたくないと思っている。顔も見たくない、声も聞きたくないとまでは言わないが、しかしそれは言わないだけだ。俺は臆病なんだ、お前達のようなわけのわからない人種を相手にしたくはない。まして千石撫子などという、顔も知らない奴に対して埋め合わせる何かなどない」

「十万円では——足りない？」

「まあ……、…………、足りないな」

俺は、一応、頭の中で算盤《そろばん》をぱちぱちと弾いて、言った。

細かい話をまだ聞いていないのでなんとも言えないが、神様を騙すとなると、それなりに仕掛けは大規模になってくるはずだ。そしておそらく、失敗したときのリスクもでかい。

はっきり言えば、お人よしの忍野でも断るんじゃないかというクラスの依頼内容だ——まして人の悪い俺が、どうして引き受けられるものか。

十万円では前金にもならない。

つまり話にもならない。

「だから……。具体的には、いくら払えば、あなたは千石撫子を騙してくれるのよ。要求してよ。十万円は、とりあえず手付ということにして、失礼のない額を用意するつもりよ」

「さすがに命がかかると必死だな。それとも、恋人の命が大事という感情なのかな？　もしも払える限界の額で、阿良々木とお前、どちらか一人だけの命が助かるとなったら、お前はどちらを選択するのだろうな」

「阿良々木くんよ。決まってるじゃない」

「……まあまあ」

戦場ヶ原は、俺がそう答えるだろうと思っていた通りに答えた。

本心ではどう思っているにせよ、ここでそう答えなければ、戦場ヶ原ではないよな。少なくとも俺が知る戦場ヶ原では。

俺は安心する気持ちになった——人間、やはり改心しようとどうしようと、根本的な性格というものは、そうそう変わらないらしい。

だが、戦場ヶ原の次なる発言は、俺を心底がっかりさせた。

「具体的な額を提示して頂戴、貝木。それがいくらであろうと、私は支払うわ。卒業式までは、正確にはあと、七十四日ある。それだけあれば、まとまったお金を、用意できなくはない。……なんなら、私の身体を売っても構わないわ」

まだカップに半分くらい残っていたコーヒーを戦場ヶ原の顔面に浴びせることに、何の倫理的躊躇《ちゅうちょ》もなかった。

冗談で言ったのかもしれないし、駆け引きで言ったのかもしれなかったが、まあ多分その後者だったのだろうが、知ったことではなかった。

これを機会に、こいつは世の中には駆け引きの通じない相手がいることを学ぶべきだ。そういう意味では、テーブルを間に挟んでいなければ、つまり距離がもう少し近ければ、俺は拳でぶん殴っていただろうことを思えば、彼女は実に運がよかった——コーヒーも、十分に冷めていたしな。

今度は何事かと駆け寄ってきた、さっきと同じウ

エイトレスに、俺は、

「トイレはどこですか?」

と先んじて訊いた。またしても機先を制したのだ。そして教えられた通りに移動する——その場に残されたウエイトレスは戦場ヶ原から事情を聞いているようだったが、戦場ヶ原はたぶん何も言わないだろう。

俺はトイレに入って、そして、じっくりと鏡の前に向かう。

サングラスをかけたアロハ服の、陽気な男がそこにいた——と思っていたのは自分だけで、鏡に映してみると、その姿は実に陰気だった。

服装や身なりで、人間性までは変えられないのかもしれない。

阿良々木暦ならばこんな俺の姿を、やっぱり、『不吉』と切って捨てるのだろう。

俺はサングラスを外し、アロハ服の胸元に引っ掛けた。テレビやなんかでよく見る、サングラスの『置き方』だ。

「さて、自問自答だ」

俺は言う。

言葉の用法としては少し違うのだろうが、これは俺にとって、『ゾーン』に入るための儀式のようなものだった。

「戦場ヶ原と阿良々木のために無償で働いてやる気持ちはあるか? かつてのライバルたちが無様《ぶざま》に殺されるのを見ていられないという気持ちは、俺にはあるか?」

その問いに即座に答える。

「NOだ。絶対にない。下手をすれば俺は、すっとしてしまうだろう」

実際には何も思わないだけだろうけれど、俺は必要以上に露悪的に、そう言った。無駄な問いだったかもしれないが、まあブレストみたいなものだと思えば、無駄はない。

ちなみにここで言うブレストというのはブレイン

ストーミングの略で、間違っても平泳ぎのことではない。

「ならば千石撫子という、奇病にかかってしまったらしい娘のためなら、俺は無償で何かができるだろうか?」

その問いにも即答できた。

「NOだ。誰だそいつは。知らん」

ならば、と続けて、

「かつて騙した純情な娘である、戦場ヶ原に償いをしようという気持ちを元にすれば、どうだ? ライバルではなく、旧知の間柄として。戦場ヶ原個人に対して、あるいは戦場ヶ原家に対して、何かしようという気持ちなら、俺にはあるか」

と問うてみるも、

「NOだ。そんな気持ちなんてない。その件について、俺は何とも思っていない」

との答が出てくるだけだった。

「たとえ俺の詐欺の結果、一家の娘が身売りする羽目になったところで、俺の生き方は一ミリも動かないだろう」

そう付け加えた。そんなメンタルで、よくも戦場ヶ原にコーヒーを浴びせたものだと、俺は自分に呆れた。いや、呆れていない。その程度の矛盾《むじゅん》は、生き方として呑み込める。

それが俺。俺だ。

「だったら阿良々木はどうだ? そう……、あいつの妹をいじめたことがあったな。それに、影縫から金をせしめるために、あいつの情報を売ったこともあった。そのささやかなお返しとして、つまりお釣りとして、奴の命を助けてやるというのはどうだろう?」

鏡の中の俺が答える。

「NOだ。たとえお釣りがあったとしても、いくらなんでも割に合わない。ここまでの交通費で、そんなものは消えている」

飛行機代は先払いのプレミアムパスを使えても、

空港までのバス代、それに、アロハ服やサングラスの代金も必要経費として使ってしまった。

「あとは……、そうそう、羽川という娘か？　友人のために海外まで行くというその度を超した娘の健気《けなげ》さに心を打たれてみるというのはどうだろう……。あるいはその娘はとんでもないお金持ちかもしれない。礼はそいつの両親からせしめるというのは。NOだ」

一瞬も考える必要がなかった、というか、言葉を区切るまでもなかった。

羽川という名前に対し、俺の中で警戒警報が鳴り響いている。絶対にかかわってはならない、天敵中の天敵に会ったときにしか鳴り響かない警戒警報（それだ）が、その名を、苗字《みょうじ》を聞いただけで作動している。この仕事に関して羽川とやらの名前が出てきたことは、俺にとってはむしろマイナスにしかならない——そもそも仕事を受けたくないという気持ちが強い以上、むしろそれはプラスと言うべきか。それを理由に、むしろ陽々と断るべきか。

ふむ駄目だ。いくら考えても、この仕事を受ける理由が見当たらない。何の得もないどころか、受けることが、俺の損にしかならない。

ならば俺はどうすればよいのだ。

「……ああ、そうだ」

と、そこで俺は思い出した——羽川について色々考えたときに、不覚にも臥煙先輩のことを連想してしまったが、そう言えば、あの町には、いたのだった。

臥煙先輩から見て姪《めい》にあたる、つまり臥煙先輩の姉の臥煙遠江の忘れ形見《がたみ》とも言うべき一人娘が、いたのだった——確か、今は苗字が変わって、神原駿河《かんばるするが》。

もっとも本人には臥煙家の一員である自覚はないだろう——しかし、それでも彼女が臥煙遠江の娘である事実は揺るがない。

　そうだ、そしてそう言えば、前は結局会うことのできなかった神原駿河は――直江津高校の生徒で、しかもかつて、戦場ヶ原とは仲がよかったのではなかったか。

　二年前に聞いたことがある。

　中学生の頃に親友と呼べる相手が一人だけいたと――ヴァルハラコンビだかヴァルキリーコンビだか、そんな風に呼ばれていたとか……。

　俺が神原駿河の名前を、生きた名前として最初に聞いたのがそのときだった。もちろんそのときの神原の左腕は、ただの左腕だったので、俺の出る幕はなかったし、元気なら何よりくらいの感覚だったが……。

　戦場ヶ原ひたぎと神原駿河。

　果たして今でも付き合いはあるだろうか？

　多分あるだろう。いささか恣意的《しいてき》ではあるが、そう推測するだけの根拠はある。俺が阿良々木と初めて遭遇したのは、その神原家の前だった。

　阿良々木が神原と繋がりがあるのだとすれば、当然のように戦場ヶ原と神原も繋がりがあると見るべきだし――仮になかったとしても、少なくとも神原と阿良々木が繋がっていることは確かだ。

　その仲が良好かどうかまではわからないが……、神原が臥煙先輩の姪で、臥煙遠江の娘で、その性格を少なからず受け継いでいるとするなら、阿良々木のような人間とは相性がいいはずだ。

　と、思い込もう。

「………………ふう」

　俺はひとつ息をついた。

　深呼吸である――そしていよいよ、最後の問いを、鏡に向けて投げかけた。

「神原駿河のためなら、にっくき戦場ヶ原と阿良々木を助け、千石撫子を騙すことが、俺にはできるだろうか？」

　俺の問いに、俺は答えた。

「ＹＥＳだ」

010

席に戻ると戦場ヶ原は鼻眼鏡を外していた。浴びせられたコーヒーを拭くために一旦《いったん》外したのだろうが、しかし、一度外してみると、『これはない』と我に返ってしまったのかもしれない。

そんな葛藤《かっとう》を感じさせない、そしてコーヒーを正面から浴びせられたことも感じさせない、クールな態度はさすがだったたが。

「引き受けよう、戦場ヶ原」

そう言いながら、俺は座った。

声が上ずっていないかどうか、変な調子になっていないか、少しだけ気になったが、しかし気にしても仕方のないことなので、それに変に意識すればより変になりかねないので、俺は考えるのをやめた。

怠惰に、やめた。

動揺しているのであれば、動揺しているだけの話だ。

構わない。

らしくないことをしているのはわかっている。

「引き受けるって……」

戦場ヶ原は、疑惑の眼差しを俺に向けた。

気持ちはわかる。わかり過ぎる。

俺が俺にどよめいているくらいだ。

「何をよ」

「お前の依頼をだ。他に何がある。神様騙し、やってやろうじゃないか」

「……正気?」

失礼なことを言う戦場ヶ原だったが、やはり気持ちはわかると言わざるを得ない。他に言葉がない。この件に関して言えば、俺は戦場ヶ原に全面的に賛成する。

「正気だ。とりあえず即金で払えるという十万円を寄越《よこ》せ」

「…………」

違和感をばりばりに覚えていることを隠そうともせずに、しかしそれでも言われるがままに、戦場ヶ原は鞄《かばん》から取り出した茶封筒をテーブルの上に置いた。

俺はその中身を確認する。

確かに一万円札が十枚。新聞紙など混じっていない。

……今時そんなことをする奴もいないだろうが。

「いいだろう。この額でいい」

「……いえ、それはあくまで前金……、手付であって――」

「これでいいと言っているんだ」

俺は言った。強く。

「俺が本気で仕事に見合うだけの額を請求すれば、お前が身売りをしても足りんよ。どんな過酷に働いても足りん。この十万円も、あくまで必要経費として受け取っただけだ。ロハで仕事をすることについては諦めたが、マイナスにまでなりたくはない。必要経費が十万円を超えたときには別途請求するということでいいな」

「でも……、それは。それは……」

戦場ヶ原が躊躇するような素振りを見せているのは、俺を安く使うことに後ろめたさを覚えているというよりも、単純に、俺に借りを作りたくないという気持ちが強いのだろうと推測できた。

まあ正しい警戒心だ。

しかしその点について深く議論をするつもりはなかった。下手に話し合っていると、俺が心変わりする危険度は相当に高い。さっきあんな真似をした癖に、そして言った癖に、下手をすれば戦場ヶ原に身体を売ってでも金を作れと言い出しかねないのが俺だ。

俺はそのくらい、自分の人間性を信用していなかった。

なんだったら戦場ヶ原よりも俺のことを、信用していないくらいだ。

戦場ヶ原を説得するため、というか、この辺りの件《くだり》を早く切り上げるために、何か綺麗ごとめいたことを言って感動させてうやむやにしようかと思ったが（『お前達が死ぬなんて俺には耐えられないことなんだ』とか？　いや、昨今の風潮からすると『お前達のためにやるわけではない』とかか）、しかしその作戦はあまりうまくいきそうにないので、やめた。

これは俺の私見だが、男性よりも女性のほうが、綺麗ごとを嫌う傾向がある。たぶん、男性よりも綺麗ごとを押し付けられやすい立場にいることが多いからだろう。

綺麗ごとの醜悪さを、それゆえに知っている。

だから俺はもう、強引に、お金についての会話を終えることにした。俺にしては、空前絶後の珍しさだ。

「いいから代金についての話はそれで終わりだ。完全決着だ。お前から受け取るのはこの十万円を必要経費としてだけ、それだけだ。経費がこれ以上掛かったときには、別途請求する。もしも使いきれずにあまったら、そこまで俺も細かいことは言うまい、その分くらいは受け取ってやろう。この条件以外では、俺は引き受けない」

「……わかったわ」

戦場ヶ原は、如何《いか》にも渋々《しぶしぶ》、納得行っていないという空気を醸《かも》し出しつつも、しかし最終的には頷いた——俺の人間性を排除して考えれば、確かに破格の条件であることは間違いない。

だからこその警戒なのだろうか、そもそもこいつが俺に連絡を取ってきたのは、溺れる者は藁《わら》をも摑むような気持ち、というより、駄目で元々くらいの気持ちだったに違いないのだ——本来ラッキーと思うべきである。

ま、溺れる者が摑んだのが、藁なのか罠なのかは、俺の知ったことではないし、成功までを保証するわけではないがな。

さっき自慢げに言ったことの逆になるけれど、本音に近いところで言えば、俺の気持ちはやるとは言ったが、できるとは言っていないという感じだ――俺も子供の頃、幼稚園の先生を騙して以来、数々の人間を騙してきたが、それでもさすがに神様を騙したことはないからな。

「じゃあ……、詳しい話を、させてもらおうかしら……」

「いや戦場ヶ原、詳しい話をお前の口から聞くのはやめておこう。俺の仕事のやり方は、忍野とは違うのでな――個人的な事情や感情を考慮に入れると、ややこしくてかなわん」

俺は、そう言えば俺も外したまま、アロハ服の胸元に引っかけたまままかけ忘れていたサングラスをかけ直しつつ、言った。

さすがにこの件に関して、お前の話は主観的になるに違いないとまでは言わなかったが、まあ一面的なものの見方がよくないというのは、いつも言っている俺の持論だ。

これも俺と忍野の違いか。

忍野は一面的、とは言わないが、個人個人の立場やスタンスを重視し、どこか客観視を嫌うところがある。

しばらく会っていないので、今もそうなのかは知らないが。

「詳しいことや細かいことは俺が自分で調査するよ。とりあえず、おおまかにはここまで聞いただけで把握できた」

実際には把握できていないが、全然把握できていない手探り状態だが、これくらい言っておいたほうが、はったりがきいていいだろう。頼りになると思わせておいたほうがいい――信頼される必要なんてないが、しかしある程度は任せてもらえないと、仕事にならないからな。

そうでなくとも、仕事場で子供にちょろちょろされては、鬱陶しいことこの上ない。

「だが、もちろんいくつか確認させてもらいたいことはあるがな――構わないか？」

「え、ええ」

頷く戦場ヶ原は、やや落ち着きを失っているように見えた――自分にとって、あまりに都合よく話が進んでいくのが不安なのだろう。要するにこいつは、二年前もそうだったが、幸福や幸運に対する耐性が極端に低いのだ。

逆境には強いが、それだけの人間。

そういう人間は実のところ、意外と多い。まあ社会を生きていく上では強いのだろうが、しかし成功者にはなれないタイプだ。

俺は戦場ヶ原の将来を案じた。たとえここで生き延びても、こいつは将来、どうなってしまうのだろうと――まあ関係ないが。

どうでもいいしな。

「残りの日数が七十四日というのは間違いないのか？人の噂も七十五日と言うが……それは今日を含めての数字だな？」

「ええ――直江津高校の卒業式は、三月十五日よ。その日の午後、つまり卒業式の後、打ち上げをすることも許されずに、私と阿良々木くん、それに忍野忍は殺されることになっている」

「絶対か？　絶対に確かか？　たとえば神様が短気を起こして、今日のこの瞬間にもお前が殺されるということはないのか？」

「ない、と思う」

「どうして。極端な話、お前は、そしてたぶん阿良々木もだろうが、こうして俺に相談するなり、何なり、自分達が生き残るための策を練っているのだろう？　それは神様の心証を著《いちじる》しく害する行為のはずだ。向こうが怒って、期限よりも早くお前達を始末しにかかるという可能性は、どうしたって否定しきれないはずだろう」

神様だからと言って約束を守るとは限らないと思っての俺の疑問だったが、しかしこれに対して戦場ヶ原は、

「否定できるわ」

と、断定した。

「否定できるのよ。だって千石撫子は、もうこれ以上なく怒っているんだもの——現時点で。それなのにまだ私や阿良々木くんは生きている。ということは、約束を守る気くらいはあるということよ。そもそもこの約束をしたときこそが、怒りのピークだったはずだし」

「……そこだな、一番聞いておきたいところは。お前の口から聞いておかなければならないところは。お前、お前達、一体その千石撫子からどんな恨みを買ったんだ？　一体何をして、殺されるところまで行ったんだ？」

もしも千石撫子が、間接的とは言え俺の被害者であり、そしてそのことが現状に繋がっているというのならば、千石撫子は俺こそを殺すべきではないだろうか。

いや、神様になれたということが、偉業とも言うべきその奇病にかかったことが、その中学生にとって嬉しいことだとするのならば、俺は感謝されてしかるべきなのかもしれないが——しかし神ともあろう者が、ピンポイントで人間を殺そうとするというのは、殺害予告をしてくるというのは、俺からすればなんだか考えづらい。

たとえば俺が今日行った京都の神社、あの神社を破壊したところで、罰は当たるかもしれないけれど、しかし殺されまではしないだろう。

ならばなんなのだ。

阿良々木と戦場ヶ原が殺される理由は。

彼らが千石撫子に殺される理由は。

「それは」

と、戦場ヶ原は言った——いや、厳密に言うと、言わなかった。なぜなら、

「……わからないわ」

と続けたからだ。

「おいおい、わからないってことがあるか」

「それが本当にわからないのよ。いえ、もちろん、なんていうか……、原因めいたことや、失敗や、行き違いや、勘違いや、間違いはあるのだけれど……、ただそれだけで、本当にこんなことになるのかどうかがわからないって言うか……、私や阿良々木くんがしている理解とは、全然違う裏側が、そこにはありそうなの……、この辺の言葉は羽川さんの受け売りなのだけれど」

また羽川か。

もう一度羽川をイメージしてみようと思ったが、しかし巨乳のイメージしか生まれなかった。恐るべし。

「それでも一応、とっかかりとして、言うだけのことは言っておくけれど、恋愛関係のもつれだと思っておいて。千石撫子は神様になる前、阿良々木くんのことが好きで、だけど阿良々木くんには彼女がいて——みたいな話」

「……低俗な話だな」

俺は感想を言った。これが自分の正直な気持ちだったかどうかはわからない。低俗だと思った気もするし、思っていない気もする。

「まあいいだろう。それだけ聞けば十分だ。あとは勝手に探るとしよう——しかし、一応、これは確認というか……言わずもがなのことだから、訊くこと自体馬鹿馬鹿しいんだが、今回は、例外ということでいいんだろうな？」

「？　例外って、何」

「だから——お前達の町に入っていいんだろうなということだ。まさか遠隔地から、安楽椅子探偵《あんらくいすたんてい》を気取れと言うことじゃあないだろうな——そんなことを要求されても、俺は安楽椅子の形さえ知らんぞ」

「……それはもちろん、当たり前よ。今回のケースは例外、というか、特別だと思って、自由に振る舞って頂戴。……でも、気を付けてよ。あなたに恨みを持つ人間は、少なからずいるわ。中学生にボコボコにされて身元不明の遺体として発見されるなんてことは、ないようにしてね」

恐ろしいことを言う女だ。そんなことを言われたら行きたくなくなってしまう。沖縄に行ったあと、雪国に行くというので、ただでさえ気後れしているというのに。

とりあえずこのアロハ服はお役御免だろう……、忍野は年中アロハ服だったが。あの陽気な男は、頭の中が常夏《とこなつ》だったのかもしれない。ハワイと言うより、ブラジルって感じだが。

「当然だけど、阿良々木くんにも見つからないようにして頂戴」

「ふむ……、そうだな。まあ、俺も奴には会いたくない……奴はともかく、ロリ奴隷のほうは俺を殺しかねないからな」

あと気を付けるべきは、阿良々木の妹か。阿良々木火憐。ポニーテールの女。今もポニーテールとは限らないが。

「よしわかった。今日からすぐに調査に取り掛かることにしよう——そうはいっても、戦場ヶ原、一日二日で解決すると思うなよ。七十四日、時間いっぱいまで使うつもりはさすがにないが、少なくとも一ヵ月は見ておけ」

「……ええ。長期戦は覚悟しているわ。て言うか既に長期戦だし。でも、連絡はこまめに取らせてもらうわよ。仕事を依頼しておいてなんだけれど、あなたを全面的に信用するのは、私には不可能なの」

「それでいい。信じるな。疑え」

俺は言って、コーヒーを一気に飲み干そうとした。しかし忘れていた、さっき戦場ヶ原に浴びせたせいで、カップは空っぽになっていたのだ。

「とすると、沖縄滞在は今日で切り上げて」

俺は、沖縄に滞在しているという設定を思い出しながら言った。今後の計画を頭の中で綿密に組み立てながら。

綿密……しかし綿の密度って、いかにも低そうだがな。まあそれも俺らしい。

「飛行機で今日中にお前達の町まで乗り込むわけだが……、便はお前と別のものにしておいたほうがいいだろうな。お前と一緒に飛行機に乗っていたという事実を、阿良々木にでも知られては本当に洒落にならない」

「ええ、そうね。ところで貝木」

「なんだ」

「その……帰りの飛行機代を貸していただけないかしら……」

011

この時期、同時並行で進めていた五つ六つの詐欺というのはすべて放棄することにした。放棄、そして破棄である。元々そんな仕事はなかったと思おう。というより、あれも俺がついた嘘だったかもしれないいじゃないか。

ともかく、戦場ヶ原ひたぎに帰りの飛行機代を渡してやり、とりあえず先に送り出してから、俺は空港内のコンビニエンスストアに向かった。

ノートとペンを買うためだ——メモ帳ではやや小さい、本当ならばA4サイズくらいの大きなノートが欲しかったのだが、生憎《あいにく》、コンビニエンスストアにはそんな大きさの帳面はなかった。東急ハンズかロフトがあればいいのだが、両方、沖縄には支店がないらしい。

それから、次の便を待つまでの間に、俺は手早く、準備を進めるのだった——さすがにあの町そのものに滞在するわけにはいかないので、電車で数十分かかる少し離れた繁華街《はんかがい》にあるシティホテルを、俺は予約した。

とりあえずは一週間。

必要ないと思ったので偽名は使わなかったが、まあしかし、貝木泥舟という名前自体偽名みたいなものだし、定住地を持たない俺のこと、住所記載欄には嘘八百を書かなければならない。

ホテルの宿泊費だけで、既に十万円は消えてなくなる計算だが（厳密にはその十万円の中から戦場ヶ原の飛行機代も消えている）、まあ交通費とホテル代は、俺の場合常に使っているものなので、今回は経費には数えないでおいてやろう。

それにしても戦場ヶ原。

帰りの飛行機代を用意して来ないとは、どこまで向こう見ずなのだろう——あるいは俺が仕事を引き受けるということが、あいつにとってそれほどに予想外だったのかもしれないが。

俺が断れば、十万円は丸ごと手元に残っていたわけだしな——まあ単純に、金勘定が下手なだけかもしれないが。今は困窮していても、あの小娘は昔は大金持ちの家の一人娘だったのだから。

その他、各所に電話をかけ、根回しや情報集めの手順を踏んでいるうちに、俺の飛行機の時間が来た——ぎりぎり今日中には現地に乗り込めるが、かなりの深夜になってしまうので、今日から動くと言い、実際動くものの、実質的な調査は明日からということになりそうだ。

ならばそれまでに計画を立てておきたい。

俺は詐欺の計画を立てるのが大好きだ。まして神様を騙すという大仕事、これに張り切らないはずがない。

普段、意識せずとも口から出る嘘とは違い、計画的な詐欺は芸術でさえあるのだ——うわあ、これは嘘っぽいことを言ってしまった。

恥ずかしい。

本当は単に用心深いだけなのに……ただ、学生時代から、『夏休みの計画』的なものを立てるのは好きだった。これは本当に本当だ。嘘かもしれないが本当だ。本当かもしれない嘘だ。まあどうでもいい。

煙《けむ》に巻いてみただけだ。

飛行機の待ち時間、それから飛行時間を使って、俺は着々と思考を続ける——ノートを開き、見開きの状態にして、その面積いっぱいに、まずは地図を描いた。

地図。

あの町の地図だ。

立ち入り禁止が一時的に解除された、あの町の地図。

あいまいな記憶に頼らなければならない部分もあるが、この地図は半年ちょっと前にも描いたことがあるので、そんなに苦労はしなかった。

そもそも地図とは言っても、距離や位置が正確である必要はないのだ。あくまでも目安というか、状況を図でイメージするためのツールとしての地図である。

イメージ。

要するに俺なりのマインドマップだ。

だから地図というよりイラストに近い。

人にもよるのだろうが、俺は絵に描いたほうが、物事をイメージしやすいのだ。

聞きかじりで憶えている北白蛇神社の位置、千石撫子が人間だった頃に通っていたのであろう七百一中学校の位置、戦場ヶ原や阿良々木の通う直江津高校の位置、神原家の位置、阿良々木家の位置——阿良々木暦の妹が通っている栂《つが》の木《き》二中は、少し離れた位置にあるので描かなくてもいいか。いや、それでも念のために描いておこう。その他にも、役に立ちそうな情報や、役に立たなそうな情報を、真っ白な見開きに描き込んでいく。

戦場ヶ原や阿良々木という、顔のわかっている奴は、わかりやすくデフォルメしたその似顔絵も描いておく。特にこの二人は、名前だけだと字面《じづら》が怖いのだ。

絵にしてみれば、可愛らしい子供である。

もちろんその二人に限らず、当時騙して、その上で記憶に残っている中学生達もすらすらと描いていく。

その見開きがいっぱいになったら、次の見開きに、もう少し範囲の狭い地図を描いていく。前頁のが全体図だとすれば、部分図だ。縮尺はあいかわらず滅茶苦茶だが、なに、正確な距離が知りたいのであれば、スマートフォンに入っている地図ソフトを起動すればいいだけなのだ。

飛行機の中でこんなことをしていると、席によっては隣の席の乗客から不思議そうに見られることになるが、別に気にならない。どうせ俺の中のイメージ図だ、覗《のぞ》き込まれたところで、何もわからない。さすがに見られたらまずいだろうという箇所は、それなりに暗号化してあるしな。

可愛いらしいイラストも手伝って、案外隣の乗客は、俺のことを漫画家とでも思っているかもしれない。

そう言えば昔、大学生の頃か、こういうイメージ図を臥煙先輩に見せたら、

「なんかギャルゲーの攻略図みたいだね」

と言われた。

そのときは不機嫌《ふきげん》になり、だからしばらくこの手をやめてしまったものだ——他の方法はしかし馴染まず、すぐに再開したのだが。

結局、色々書いているうちに、描いているうちに、ノートはほとんどのページが埋まり、そして丁度その頃に、飛行機は現地に到着した。

やはり雪がたらふく積もっていて、一面雪景色だった——それを見て、寒いと思うだけで、感動するような感性が自分にはないことを確認してから、一応戦場ヶ原に電話する。

「着いたぞ」

「ありがとう。よろしく」

「ああ」

それだけのやり取りだった。

それだけだった。

012

ホテルにチェックインし、熱いシャワーを浴び、軽く酒を呑《の》んで眠って、そして朝になればすっかり仕事をする気をなくしているんじゃないかと思ったが、別段そんなことはなかった。既に俺のエンジンは、戦場ヶ原とも誰とも、俺の意志とも関係なく動いているらしい。こうなれば俺でも止められない。

嘘だ。

いつでもやめるつもりだから、むしろ俺はモチベーションを持って挑《いど》めるのだ——できれば仕事の最中、どこかで臥煙遠江の忘れ形見に会ってみたいのだが、まあ、今回は無理か。

無理ではないかもしれないが、諦めておくか。

秘密裏に行動しなければならない以上、余計な接触は避けるべきだ——接点は持たないでいるべきだ。今までの方針通り、大人しく、神原駿河が町の外に出るその日を待とう。

今日は一月二日。

だから大抵の店は開いていない、というのは昔の話で、このシティホテルがある繁華街においては、今は迎春セールの真っ最中だ。

それに乗じて色々と仕入れたいものもある。

福袋を買おうと押しかける客達の群れに混ざるのは、正直うんざりするが（混雑自体は嫌いではない。人の多い場所は好きだが、そこに混ざって一団となるのは大嫌いだ）、それも仕事だと思えば我慢できる。

詐欺は楽をして稼ぐための手段ではなく、ズルをして稼ぐための手段だ。つまり必要なのは、我慢と忍耐である。

突き詰めてしまえばたったひとりの女子中学生を騙すためだけに全力を出そうというのだからやって

いることは酔狂なものだが、まあ投資だと思おう。何に対するどういう投資なのかは不明だが、しかしとにかく、投資だと思えば、大抵のことは耐えられるものである。

十時を過ぎたところで、『起こさないでください』の札を部屋のノブに引っ掛けて、俺は町へと繰り出す。

いつも、髪型はオールバックと決めているのだが、この日はセットしなかった。億劫《おっくう》だったからではなく、その必要があったからだ。

買い物をしながら考える。

基本的には俺は、どんな仕事も一人でやるつもりだが、しかしそれは他人の力を借りないということではない。同じことではないのかと言われそうだけれど、全然違う。つまり、力を借りはするけれど、こちらからは力を貸さないという関係が、俺は好きなのだ。

そして特に今回は（突き詰めてしまえばたったひとりの女子中学生を騙すだけという点を除けば）大仕事だ、誰かの力を借りたほうがいいかもしれないという風にも、思わなくもない。

情報屋や事情通といった人間への必要最低限の依頼は昨日の段階で済ませているが、できれば一人二人、地元の人間の力を借りたい。正体を隠して行動しなければならない俺は、あまり自由には動けない。

力を借りたいというのは、詐欺師としてはかなり謙虚な言い方であって、要するに利用するだけだが――俺は必要以上に偽悪的《ぎあくてき》な表現は使わない。別にロハでこき使おうというわけではない。気前よく、一万円くらいは払ってもいいと思っている。

地元の人間……。

当然最初に浮かぶのは神原駿河だが、まあ、それはもう今回は諦めると決めたことだ。とすると、誰がいいだろう。

昨日ノートに描いた似顔絵を思い出す。

そしてファイヤーシスターズはどうだろうと、そんなことを思った。阿良々木暦の妹、阿良々木火憐と阿良々木月火《つきひ》。月火のほうは、顔は知らないが……あの町のすべての女子中学生の憧《あこが》れ、だと言う。前回、あの町で詐欺の根を張るにあたって警戒したものだ——もっとも、なぜかその警戒網は突破されてしまったのだが。

その二人に関しても神原同様、神原とは理由が違うが昨日の段階で、絶対に遭遇しないように気をつけなければならない相手（特に姉の火憐のほう）だと思っていたはずだが、俺は考えをすぐに変える。

計画を立てたからと言って、計画通りにするとは限らない——計画は立てるのが楽しいだけだ。案外、神原にだって、このあと、すぐ会いに行くかもしれない。

と言うか、俺の性格については置いておいて、スリルを味わうという気持ち以上に、実際問題、そのふたりの力を借りれば相当話が早いことは確かなのだ——前回は敵だったからひたすら恐れたが、しかし、味方に引き込めば、女子中学生を相手取るにあたって、これほど心強いことはない。

まあ考えておくか。

助力を求めても、それが阿良々木に伝わらないだけの保証ができれば、実行に移すのも悪くない——今のところはただの妄想の類だ。

準備を終えて、いよいよ町に向かう——前にしなければならないことがあって、それは着替えである。防寒対策、というだけではない。髪をセットしなかったこともそうなのだが、要するに、あの町に入るにあたって、変装をしていこうというわけだ。というか、いつもの、戦場ヶ原が言うところの『喪服』のほうが、変装に近いだろう。

もちろんアロハ服の俺が真の俺と言うわけではないが、あの真っ黒な服が俺の一部だと思われても困る——いや、だから思っておいてもらったほうが、こういう場合には得なのだ。

繁華街で買ってきた明るい色の背広、それにネクタイを締めて、まあいわば、一般的な勤め人に見えるように格好を整えて、今度こそいよいよ、電車に乗って町に向かう。

現在蛇神の支配下にあるという、平和な町に。

013

戦場ヶ原には一ヵ月は見ておけと言ったものの、実際のところ、個人的な好みとしては俺はまどろっこしいのは好きじゃない。

もちろん我慢も大事だが、しかし、てきぱき済むことはてきぱき済ませたい。スピーディーさを重んじる。だからまず、いきなり本丸から、この件に切り込むことにした。

ではこの件の本丸とはどこか？

ひとつは北白蛇神社だろう——しかし、さすがにのっけからそこに乗り込むのは、無謀《むぼう》を通り越して愚かである。怖いもの知らずというより、そんな思考のほうが怖い。

とすると、もうひとつの本丸だ——そちらが先だ。本丸が二つも三つもあるのはおかしい気もするが、ともかく、もうひとつの本丸とは、千石撫子の家である。

狙う人間のパーソナリティを最初に把握しておけば、今後の方針も決まってくるだろうということだ——そんなわけで、俺は駅を出て、そのまま徒歩で一直線、千石家に向かった。

と言っても、俺は千石の家の住所を知らなかったので、なんとなくアテをつけた方向に歩きつつ、戦場ヶ原に電話したという意味だが。

「何よ。何か進展があったの？」

「準備が終わったところだ。これから行動に移る……、なんだか後ろが騒がしいな。三が日からお前、どこにいるんだ？」

これは余計な質問だった。仕事をするのは俺で、戦場ヶ原にはむしろ余計なことはして欲しくないのだから、あいつがどこで何をしていようと、そんなことは関係ないというのに。

「阿良々木くんの家よ」

戦場ヶ原は答えた。

答えなくていいのに。

「ちょっと、招待されてね。お父さんもいて、まあ、家族ぐるみのお付き合いと言うか……」

「微笑《ほほえ》ましいことだな」

「言わないでよ、そういう風に。自分達がどんな暢《のん》気《き》で、滑稽《こっけい》なことをしているかなんてわかっているんだから……」

沈むような声で言う戦場ヶ原だった。

彼女にしては珍しい口調だ。

なるほど、そういうわけで後ろが騒がしく、そして小声で喋っているわけか。だったらいっそ電話に出なければいいのにと思ったが、しかし自分と恋人の命がかかっているのだから、そんなわけにはいかなかったのだろう。

ただ、俺は戦場ヶ原や阿良々木が、滑稽だとは思ったが、暢気だとは思わなかった。いくらあと七十四日後、ああもう七十三日後なのか、とにかく近い将来に死ぬことが決まっているからと言って、人間関係の付き合いをおろそかに、ないがしろにするわけにはいかないだろう。

少なくとも助かろうと思っているうちは。

「千石撫子の住所が知りたい。元々住んでいた、住民票を置いている住所という意味だ。調べりゃわかるが、すぐに知りたい。携帯メールで教えてくれ」

まあ彼らの複雑な心境や事情なんてどうでもよかったので、俺は用件だけを告げた。

「千石さん……、千石撫子の住所は、そりゃ、わかるけれど」

一度さん付けで呼びかけたのを、俺は聞き逃さなかった——それがどういう意味を持つ言い間違いなのかはわからないが、しかし、俺は一応、それを頭に留めておくことにした。役に立つ情報なのか役に立たない情報なのかは、今はわからない。わからなくてもいい。

「あなたのメルアドを知らないわ」

「今から言う。メモは手元にあるか？」

「ないけど、言ってくれたら覚える」

そりゃお利口さんなことで。

腹が立ったので、俺はわざと早口で、しかも滑舌《かつぜつ》悪くメールアドレスを言った。これで間違って伝わっていたらどうするつもりだったのか、俺にも不明だが、しかし、戦場ヶ原はあっさりと復唱するのだった。

本当にお利口さんだと、今度は感心した。

だが、そんなお利口さんが現在ある苦境を思うと、世の中というのは理不尽なものだと言わざるを得ない――いや、待て。能力的にプラスである人間が酷い目に遭うというのは、それはそれでバランスという気もする。

この理論の穴は、能力的にマイナスな者もまた、基本的には酷い目に遭うということだが、そんなところをフォローするつもりはない。

所詮ただの思い付きだ。

重箱の隅を突《つつ》かれては対応できない。

「じゃあすぐにメールするわ。……でも、知ってどうするの？」

「年賀状を出すのさ」

笑えない状況でジョークを言うというのは、格好つけではなく、いわば一種の会話のテクニックなのだが、しかしこれが受けてしまった。

電話口の向こうで戦場ヶ原がうずくまったのがわかった――おそらくは扉を隔《へだ》てた向こう側に家族や恋人がいるのだから、声を立てて笑うわけにはいかないのだろう。

二年前は鉄面皮だったものだが。

随分とよく笑う奴になったものだ――まあ奇病に

よる鉄面皮を加速させたのは、やっぱり他ならぬこの俺なのだが。

「もちろん冗談で」

と、わざわざ訂正を入れたのも面白かったらしく、戦場ヶ原がなかなか復活しない。仕方なく、俺は構わずに話を続けることにした。

「千石撫子のことを調べに行くんだ。人間をやめて神様になったということは、その子は今、行方不明の家出少女扱いなんだろう？　だから、ご両親から話を聞いて、あとは千石撫子のプライベートルームでも家探《やさが》しさせてもらうさ。何かわかるかもしれないだろう」

「……ちょ、ちょっと待って」

と、まだ笑いも収まっていないのに、戦場ヶ原が俺を制止に入る。

「あの……、貝木。もちろん方法や手段はあなたに任せるつもりだけれど、でも、あまり手荒なことは――」

「手荒なことなど俺がするわけがなかろう。お前は俺を知っているはずだぞ。それに、手段や方法を任せるつもりならば、任せておけ。任せるんだ。いいか、忘れるなよ戦場ヶ原。お前は自分の命惜しさに、恨み骨髄の相手に助けを求めたみっともない奴だということを、決して忘れるな」

ま、自分の命の惜しさだけだったら、俺に助けを求めたりはしなかっただろうがな。それがわかっていて、こんなことを言うのは楽しいものだ。楽しいものだと思った瞬間、何が楽しいのかさっぱりわからなくなるが。

「わかってる。忘れてもない。だけど、お願いくらいはさせて……。あまり手荒なことはしないでください」

「だからしないと言っているだろう」

急に嫌になって、俺は電話を強引に切った。電話はこれができるからいい。まあ嫌になったからというだけではなく、あまり長い時間戦場ヶ原を拘束していると、阿良々木が、あるいは阿良々木家の誰かが、気付く可能性があるからというのもある。

その後調べた話じゃあ、あの家の両親は夫婦とも警察官だというしな……俺も危ない橋を渡ったものだ。

それに、戦場ヶ原の父親。

絶対に会うわけにはいかない――阿良々木暦以上に、会うわけにはいかない相手だ。

と、そんなことを思っているうちに、メールの着信があった。さすが女子高生、打鍵《だけん》が速い。きっと、送信したメールを俺の携帯が受信する前に、向こうでは消去を終えているのだろう。

メールのタイトルが『手荒なことはしないで』だった。しつこい。本当にしつこい。うんざりしてきた。こううんざりさせられると、そのお願いを聞いてやりたくもなる。

本当は千石家において、手荒なことも多少はするつもりだったが、そんな気が失《う》せた。やるじゃないか、戦場ヶ原。

俺は住所を確認し(打鍵の速さを差し引いても、このスピードで送信してこられたということは、戦場ヶ原はこの住所も、メモるまでもなく憶えているのだろう。それは戦場ヶ原の記憶力だけではなく、この数ヵ月、彼女が恋人と共にどれだけ真摯《しんし》に戦ってきたかを窺わせる。どうでもいいが)、それを見ながら歩幅を広げた。

ホテルに戻ったら、ノートに千石の家の場所を書き加えなければと思った――と、そこで、俺はまだ、千石撫子の顔さえ知らないことに気付く。

慌《あわ》てる必要はない、後ほど戦場ヶ原に――今晩にでも――写メールを送ってもらえばいい。写真くらい持っているだろう。いや、これから向かう千石家で、写真の一枚でも借りられたら、それでもいい。

異様に道が空《す》いているのを見て違和感を覚えたが、そう言えば今日はまだ正月だった。すぐに忘れてしまう。俺こそ、正月三が日に、一体何をやっているのだろう。これは仕事だと、思い込もうとしているだけのような気もするのだった。

014

千石撫子の両親は、ごく一般的な大人だった。俺がこういうときに使う『ごく一般的な大人』という言葉の意味は、いつも言っている通りの善良なる一市民という意味であって、それ以上でもそれ以下でもない。

つまり好感を持つこともなければ悪感情を持つこともなかった——まあ大抵の人間は、俺にとってそうなのだが。

人間である、それだけのこと。

ただ、一般的な大人、善良なる一市民にしては、彼らは正月を祝っていなかった。当たり前だ、別に死んだわけではなくとも、娘が行方不明では、それもその状態が数ヵ月も続いているとなると、ほとんど喪中みたいなものだろう。

年賀状を出すのさ、という例のジョークは、面白くないだけではなく（戦場ヶ原には受けたが）、不《ふ》謹慎《きんしん》でさえあった。

まあ不謹慎と聞いても、俺は、『謹慎』を『不』で打ち消しているこの言葉は、果たして存在する必要があるんだろうかと思うだけなので、出したきゃ年賀状なんて、いつでもどこにでも出すだけなのだが。

いつもの喪服（と言われてしまう服）で来てたらドレスコード的にぴったりだったな、とか思ってしまうくらいだ。

とにかく俺は、そんな喪中状態の千石家に、正面から乗り込んだ。乗り込んだと言うと、戦場ヶ原が危惧していた『手荒な真似《まね》』をしたようにも聞こえるだろうが、実際には相当穏便《おんびん》だ。

俺はインターホンを鳴らし、娘（つまり千石撫子）の同級生の父親を名乗って、つまりは騙《かた》って、千石ハウスの中に這入《はい》ったのである。

「ただの家出かもしれないんですが、うちの娘も三日前からいなくなってしまったんです。直前に何か、お宅のお嬢さんのことを言っていたような気がするので、それが気がかりで、非常識にも押しかけてしまいました。お嬢さんの話を聞かせていただいてもよろしいでしょうか」

云々。

まあ俺の演技力もたいしたものだ——と言うか、娘の『撫子さん』の名前を出したら両親は見知らぬ来客に対する警戒心を完全に失ってしまったので、たとえ俺の演技力や嘘のつきかたが、小学生の学芸会レベルのそれだったとしても、結果は同じだったような気もする。

ちなみに余談ではあるが、何らかの事件に巻き込まれている人間にとって、一番迷惑で、そしてそれ以上に傷つくのは、こういう偽情報、嘘情報を持ってくる野次馬《やじうま》だと言う。

気持ちはわかる。わかるが、まあ知らん。

で、リビングで話を聞いていて、俺はお二人を『ごく一般的な大人』だと思ったのだ——そして同じくらい、『ごく一般的な両親』だと。

悪口じゃないぞ、言っておくが。

そう思っただけだ。

俺は立場上、色んな人間を見てきた。その中には、娘が行方不明になっている両親、あるいは娘が死んでしまった両親、消息《しょうそく》こそわかっているが、娘と何年も会っていない両親も、数多く含まれていたわけだが、そういう類例に照らし合わせてみる限り、まあ、普通だな、と思った。

当たり前か。

変な期待をするほうが的外れだ。

事故に巻き込まれているのではないか、ひょっとして死んでいるんじゃないのか、というような心配はしても、この二人はまさか自分の娘が神様になっているとは、思いも寄らないだろうから。

一方的に話を聞くだけでは申し訳なかったので、俺は自分の娘がいかに可愛かったか、素直だったか、そして千石撫子と仲がよかったかなどを、まず語った。

先述のように、とても迷惑をかけているわけだが、しかしそんな与太話《よたばなし》に、千石撫子の両親はいたく胸を打たれたようだった。

あの子にそんな一面があったなんて、と、母親は涙を流していた。俺ももらい泣きしそうになった、もしも俺の話が真実だったとするのなら。

まあ俺は下調べも裏打ちもなく適当に話しただけなので、逆に言えば、ひょっとしたらたまたま真実を述べている可能性もある。そう考えると罪悪感もなかった。

そう考えなくとも罪悪感はないが。

だが、そんなホラを信じるところからもわかるように、他の多くの両親がそうであるように、一般的両親であるところの千石夫妻は、娘のことを一切、一切合切、何も知らなかった。

人見知りだったとか、大人しい子だったとか、よく笑う子だったとか、そんなことを言っていたような気もするが、俺が知りたいのはそんな子煩悩《こぼんのう》の台詞ではなく彼女の抱える心の闇だったのだが、そんなものは彼らも知らないらしく、しかも、知りたくもないようだった。

反抗期なんて全然ない、親の言うことをよく聞くいい子だったと、そんな風に父親が言っていたが、自分の娘が父親に対して反抗期にならないようだったら、それは最大級に近い警告音だと思っておいたほうがいい。なぜそれを聞き逃してしまったのだと、俺は立ち上がりそうになった。

あの重度のファザコン娘だった戦場ヶ原だって、中学時代は、父親に対して距離を置いていた頃があったというのに。

やれやれ。

ただ、それは済んだこと、終わったことなので、文句を言っても仕方がないし、千石家の教育方針など、俺の人生には、今の時点ではたまたまかかわりがあっても、少なくともこれからは全然関係のないことだったので、何も言わず、

「そうだったんですか。ええ、うちの娘もそうでした」

と、適当に話を合わせた。適当に話を合わせることに関して、貝木泥舟の右に出る者はそうそういない。

娘さんの写真を貸していただけますか？　という申し出は、しかし設定上出しづらくなってきてしまったので、諦めた。やはりそれについては、あとで戦場ヶ原から写メールを送ってもらうことにするとして、俺は、

「娘さんの部屋を見せてもらっても構わないでしょうか」

と言った。

もちろん実際にはこんなストレートな物言いはしていない。娘が撫子さんに貸していた何々があるはずで、それが二人を探す上での手掛かりになるはずなのですが心当たりはございませんでしょうかというところから始めて、三十分くらい遠回りをした挙《あげ》句《く》に、ようやくそのゴールまで辿り着いたのだ。当然、不躾《ぶしつけ》ですが、と冒頭につけることも忘れない。

もっとも千石夫妻は、そんな俺を不躾だとは、まったく思わなかっただろうが。

案内された千石撫子の部屋は（二階だった）、なんというか、小綺麗な部屋だった。整理整頓されていると言うにはいささか人工的過ぎる綺麗さなので、たぶん、部屋の持ち主が行方不明になって以降も、両親が掃除を怠《おこた》っていないのだろう。そう思って確認してみると、確かに娘がいなくなる前と同じ状態を保っているとのことだった。

まああくまでも（両親にとっては）千石撫子は行

方不明なのであって、別に死んだわけではないので、親心としてはそれは正しい。死んだ子の歳を数えているわけではないのだ。

本棚には子供っぽい漫画が揃《そろ》っていたり、可愛らしいぬいぐるみがあったり、まあ中学生の女子の部屋、というような風景ではある。

ただ、俺から見ればそれがわざとらしい。親が掃除した状態でこれというのは、わざとらしい——というか、気持ち悪ささえ感じるというのが正直なところだ。

子供っぽさや可愛らしさを、無理矢理押し付けられているような部屋だという風に、むしろ俺は思った——先ほど、千石撫子の父親が、娘には反抗期がなかったというようなことを言っていたのを合わせて考えると、色々と思うところはある。

これはどうでもいいとは言えないだろう。

どうでも——ある。

ひょっとするとこの辺りが鍵なのかもしれない。


千石撫子の——心の闇。

そんなことを思いながら、俺は千石撫子の部屋を物色し始めた——外はまだ明るかったが、カーテンが閉まっているので、部屋の中は薄暗かった。だから俺が部屋に這入って最初にやったことは、そのカーテンを開けることだった。

当然、俺を部屋に案内したところで千石夫妻が一階のリビングに帰っていったわけではないので、つまり両親の目の前で行う家探しなので、家具を引っ繰り返すようなわかりやすい探し方はできない。

四角い部屋を丸く掃くような、表面をなぞるような探しかたしかできない——と、本棚の一番下の段に、おそらくはアルバムだと思われる背表紙を発見した。アルバム。いいじゃないか、思わぬ収穫だ。

俺は夫妻の許可を取ってから、それを開いた。

千石撫子のポートレイトがずらりと敷き詰められていた。なるほどこれが千石撫子か。俺は認識した。ようやく、騙す対象を認識した。

あくまで写真からだが、俺が持った千石撫子に対する第一印象は、この部屋に対して持った印象とほぼ同じだった。

子供っぽくて、可愛らしくて、気持ち悪い。

なんだか作り物めいていた。プリティであることを強要されているかのようだと思った――笑顔は浮かべているが、どこかぎこちない。カメラのレンズが自分を向いたから、仕方なく、言われるがままに笑ったという感じだ。

照れ笑いというより、卑屈な笑いだ。

前髪を下ろして、人と目を合わさないようにしている――というか、もっと言えば、おどおどしているようにも見える。

彼女は何に怯えているのだろう。

何に。

まあやっぱり、この写真を借りて帰るのは無理だろうから精々目に焼き付けておくとしよう。考察は後回しだ。

俺は、

「一人で写っている写真ばかりですね。私の娘とは写真を撮ったりしなかったのかな」

と言い訳に聞こえないようにさり気なく言いながら、アルバムを本棚に戻した――ある意味間を持たすためだけの発言だったが、しかし言ってみてから、家族で写っている写真が一枚もなかったことに、俺は気付いた。

つまり両親と千石撫子が一緒に写っている写真がなくて、千石撫子がひとりで写っている写真ばかりだったのだ。

そりゃあ写真なのだから、撮る役の人は必要なわけで、三人一緒の写真が少なくなってしまうのはわかるが……、それでも父親と二人の写真、母親と二人の写真、というのはあってもよさそうなものだ。

このアルバムが、千石撫子の個人的なアルバムだとしても、個人のアルバムだからこそ、ここまで厳密に区分する必要はないだろう。

考察は後回しにするつもりだったが、つい考えてしまう——家族写真が一枚もなく、そしてこんな、ちょっとした写真集みたいなアルバムを部屋においている女の子の精神状態とは、一体どういうものなのだろう？

夫妻を振り向いてみるも、アルバムを見た俺に対して、何か後ろめたい、後ろ暗いところがあるようには見えない。

どころかアルバムの内容について恥ずべきことはひとつもないと言わんばかりだ——むしろ娘の可愛さを、こんな非常事態でも、誇らしく思っているかのようだった。

なるほど、善良な一般市民だ。

自分が善良であると信じて疑っていない。

自分の人生に間違いはないと思っているのだろう——娘が行方不明になってさえも。

それを誇りに思っているのだろう。

どうして自分達を凝視《ぎょうし》しているのか、とは言えそれでも二人は不審に思ったらしいので、俺はフォローとして、

「こうして見ると、お二人によく似たお子さんですね」

というお為《ため》ごかしを言った。詐欺師としてはいささかあからさま過ぎるお為ごかしかと思ったが、結構効果的だったようだ。露骨《ろこつ》に機嫌がよくなるようなことはなかったが、娘の部屋を物色されている両親にしては、二人は穏やかな風だった。

と、その後も探索を続け、『俺の娘が貸したという重要なアイテムは何だったことにするか、そろそろ決めなきゃな』と思い始めていたところで、俺は部屋の角に合わせる形で置かれていたクローゼットに手を伸ばした。

正確には伸ばそうとした——一番後回しにしておいた調度だったのだが、しかし、そこで千石撫子の母親が、ああ、そのクローゼットには触らないでくださいい、と、今までで一番、声を張って言ったのだ

った。

強い意志を感じる、その意見を引っ繰り返すためには結構な労力を費やさなければならないだろうと確信させる、そんな語調の言葉だった。

「触らないで、と言うのは……？」

と当然俺は聞き返すわけだが、当然、そこに重要な理由があるのだろうと期待しているわけだが、しかし母親は、そのクローゼットには触らないように言われているんです、としか言わなかった。

言われている？　誰に？

既に訊くまでもないことだったかもしれないが、しかしあえてそれでも訊いてみると、案の定、千石撫子からそう言われているとのことだった。

このときの俺の気持ちを説明するのは難しい。だから事実だけを記そう。

要するに千石撫子の両親は、自分の娘が行方不明になっているというのに、部屋を綺麗に、元通りに保つことだけに執心《しゅうしん》して、ひょっとしたらそこに重要な手掛かりがあるかもしれないのに、娘の言いなりになって、部屋のクローゼットを開けさえしていないということだった。

015

千石撫子の友人の父親という立場を取った以上、二人を説得してクローゼットを開けさせることは難しそうだったし、一人ならともかく二人の目を盗んでその中身を見ることも不可能に思えたので、そのクローゼットについては、俺は後回しにすることにした。

何、その存在を知った。

その存在があることを知った。

それだけで千石家を訪れた意味はあった——俺は自分の携帯電話の番号を夫妻に教え、向こうからも教えてもらい、何かわかったら連絡します、お互いこまめに連絡を取り合いましょうというようなことを言って、千石家を後にしたのだった。

クローゼットの件はさておくとして（開けてみれば、中学生らしく卑猥《ひわい》な本がずらり並んでいるというだけの落ちかもしれないし）、それでも部屋を軽く浚《さら》っただけで、なんとなく、千石撫子が心に闇を抱えていたらしいことだけはわかった。

しかしあんなストロベリー色の部屋の中から心の闇を見出す捻《ひね》くれ者は世界広しといえどこの俺くらいのものだろう。そう思う。実際、奇病にかかって神様になるくらいだから心に闇を抱えているに違いないという偏見を、俺が持っているだけかもしれない。

それほど話し込んだつもりはなかったが、案外俺は信用を勝ち取るための前置きに時間をかけてしまったらしく、千石家を出るときにはもう夕方と言っていい時間になっていた。

そろそろいいんじゃないかと思って、俺は戦場ヶ原に電話をした。

「手荒な真似はしていない」

と、意趣返しのような皮肉を最初に言ってから、俺は戦場ヶ原に、

「千石撫子の写真を送ってくれ」

と言った。

「何よ。顔も知らなかったの」

棘《とげ》のあるその返事に、声を潜《ひそ》めている様子はなかったので、やはり正月祝いのどんちゃん騒ぎはもうお開きとなったらしい。

俺は言う。

「会ったこともない女なんでな。俺の間接的な被害者だなんて、お前が言っているだけだ。よく考えたら、それが本当かどうかもわからん」

「私があなたを騙しているとでも言うの？」

心外そうに言う戦場ヶ原。まあ俺に言われたくはないだろう。

「千石撫子の家でアルバムを見た。可愛らしい子じゃないか。お前の嫌いそうな」

「…………」

最初のひと言よりも、更に皮肉を利かせた俺の言葉に、戦場ヶ原はしばらく沈黙した末に、

「そうね」

と言った。

正直だ。確かにこれでは俺のことは騙せまい。

「一番嫌いなタイプよ。こんな形で出会っていなくとも、絶対に友達になれないタイプ」

「甘えてんだか甘やかされてんだか、今のところはよくわからないがな——お前、住所を知っていたということは、千石家を訪ねたことはあるのか？ つまり、あのご両親と話をしたことはあるのかという意味だが」

「もちろんあるわ……、阿良々木くんの妹の一人が、千石撫子と仲のいい友達だったからね。その繋がりで、何とか。もっとも、その子は誰とでも仲良くなれる子だから、特別、千石撫子とだけ仲がいいというわけではないのだけれどね」

ふうむ。

阿良々木暦の妹……火憐のほうだろうか、月火のほうだろうか。キャラクターからすると、どうも月火のほうっぽいな。

「阿良々木の妹——は、知っているのか？ 自分の兄が今、陥っている状況を。正月を祝っているところを見ると、まず阿良々木夫妻は知らないようだが……」

「妹さん達も知らないわ。お兄さんがこうなっていることも、千石撫子がああなっていることも、あの子達は知らない。知っているのは、私と、阿良々木くんと、忍野忍と、それから羽川さんだけ。本当は羽川さんにも秘密にしておきたかったんだけど……バレちゃった」

なぜかおどけた表現を使う。

だから何者なんだ、羽川。

「もっとも、これは私が把握している範囲でというだけのことであって、阿良々木くんが誰かに喋っていて、それを私に対して秘密にしているのであれば、この限りではないわ」

「ふむ」

ありそうな話だ。時計の鎖と櫛を地で行くこのカップルは、案外互いに秘密を持ち合っているようだし。

怪異に関しては隠し事はなしという約束をしているという話を、前に聞いた気がするが、案外例外の多い約束なのかもしれない。

阿良々木が、戦場ヶ原に秘密で助けを求めるとしたら、その相手は誰だろう？　なんて考えてみるが、しかし思い当たらなかった。

俺は阿良々木の交友範囲を把握しているわけではない——強いて言うなら、影縫や斧乃木《おののき》あたりだろうか。

不死身殺しのあの二人と阿良々木は、つまらないことに和解したらしいし……。

「どうして広く公表しない？　そうすれば思わぬ打開策が得られるかもしれないぞ」

なんとなく返答はわかっていたが、俺はそんな風に振ってみた。一例を挙げれば、左手が怪異と化しているらしい、神原の力を借りるというのもありなはずだ——個人的にはあまり望ましくない事態だが、あの『猿の手』の願い事の枠《わく》は、俺の知る限り、まだ残っていたはずである。

「……とにかく、凶暴なのよ。千石撫子は」

凶暴なのよ、と。

言葉を選んだ末に、戦場ヶ原は言った。

この毒舌女《どくぜつおんな》が（俺が知っていた頃の話であるが）、そんな直截《ちょくせつ》的な表現をしてくるというのは俺にとっては予想外ではあった。

凶暴。

意外と人間相手には使わない言葉だ。それは動物とかに使う言葉であって——あるいは、幼い子供とかに使う言葉であって。

中学生を表現する言葉ではないし、また、神様を表現する言葉でもない。

ないはずだ、しかし。

「私達が誰かに助けを求めれば、その人ごとまとめて始末することに躊躇がないって言うか……、本来これは阿良々木くんと千石撫子の間だけの問題のはずなのに、私を含め、それ以外の人を巻き込むことをなんとも思ってない」

「………………」

おいおいそれじゃあ俺の命も危ないじゃあないか、お前、俺なら巻きこまれて死んでもいいと思って仕事を依頼しにきたのかよ、と、ここで言うほど俺も野暮ではない。

そんなことは最初からわかっている。

それをわかった上で、裏事情を知った上で、俺は今回の仕事を引き受けたのだ。どんな仕事にだってリスクはあり、つきつめれば仕事とはそのリスクとメリットとのせめぎあいだ。

……だが、この仕事のメリットとは、一体全体なんだろう？

必要経費の十万円は、既に衣装代で半分以上が消えてしまっている。

「なるほど、そりゃあおいそれとは、他の人間には相談できんな」

だから羽川とやらにも秘密にしておきたかったと言っていたのか——しかし、戦場ヶ原や阿良々木が保とうとしていた秘密を、それも命にかかわるような秘密をあっさり看破するとは、やはり只者《ただもの》ではない。

山勘というか、これはこじつけみたいなものだが、俺が半年前にこの町で張っていた詐欺の根を、根絶《ねだ》やしにしてくれたのはファイヤーシスターズと阿良々木暦、それに戦場ヶ原ひたぎということになるのだろうが、しかし、その羽川というのも案外、一枚噛んでいたのかもしれないと思った。

「待って貝木。誤解しないでね、私があなたに相談を持ちかけたのは――」

「別に構わない。鬱陶しい言い訳はやめろ、そんなことを気にする俺ではない。俺はプロだ、命を危険に晒《さら》すなどいつものことだ」

この台詞は少し格好をつけ過ぎた。二年前ならまだしも、今更戦場ヶ原相手に格好をつける必要などないというのに。

「それより、俺はこれで、千石撫子の家庭事情の、片鱗《へんりん》のようなものを知りはしたわけだが……、戦場ヶ原。実際のところ、お前は千石撫子をどう思った？」

「……私の感想はいらないんじゃなかったの？」

「それが最初に触れる情報でなくなればいいさ。情報提供というより、雑談のつもりで言ってくれ。さっき、嫌いなタイプとか凶暴とか言ってはいたが、なんというか、もう少しエピソード混じりの感想を聞きたい」

「…………」

「ん？　どうした？」

「それが……私は直接、千石撫子に会ったことはないのよ」

「何？　そうなのか？」

意外だった。

千石撫子は、顔を見たこともない相手を殺そうとしているのか？

「ええ。電話で一度、取引というか……、会話をしたけれど、それだって、もう彼女が人間をやめたあとのことだし」

「……そうか。なんとなく、わかってきたよ。お前の置かれている、わけのわからない状況って奴が――よく正気を保っていられるな、お前」

「……そうね」

「まあ、俺に助けを求めるくらいだから、お前は案外、既に正気じゃないのかもしれないがな」

俺は言って、それから視線を夕日へと移す。夕方

──というか、いわゆる逢魔《おうま》ヶ時という奴だ。

「貝木、だから私は──」

「とりあえず、俺はこれから千石撫子に会ってこようと思う──北白蛇神社に行けば、会えるんだよな？」

「……会えるとは、限らないわよ。私は少なくとも、彼女が神様になってからも会ったことはない──相当嫌われているみたいなの。阿良々木くんが、五回に一回くらい会えるのかな……、そのたびに殺されかかって帰ってくるんだけど」

いつでも殺せるけれど、とりあえず約束の日までは生かしてくれているみたい、なんて、物騒《ぶっそう》な見解を戦場ヶ原は付け加えた。

戦闘はずっと行われているらしい。

なるほど長期戦だ。

「阿良々木は、今日は来ないいな？　神社の境内で鉢合わせなんてのは御免だぜ」

「行かないわ。だって今夜は私と──いえ」

言いかけてやめた。

なんだ、えらく愛らしいものじゃないか。

戦闘が継続している一方で、恋愛関係も継続発展しているらしい──まあ命の危機が常にあるシチュエーションでは、関係も盛り上がろうというものなのか。俺はそんな状況になったことがないので、よくわからないが……。

「まあ会えなきゃ会えないでもいいんだ。とりあえずは現地を見てみないと話にならないというだけでな」

「もし会えたら、どうするつもり？　彼女を騙すだけの材料は、もう揃っているの？」

「全然。ただ、一応ご機嫌伺いというか、顔をつないでおく程度のことだ──それに案外、話し合いで解決できるかもしれないしな」

「そう……、無理だと思うけど、頑張って」

テンションの上がらない言い方で、戦場ヶ原は俺を激励した。

嬉しくなかった。何とも思わなかった。

016

パワースポットという言葉があるが、当然ながら俺はもちろんそんな言葉を信用してはいないが、しかし、それになぞらえて言うのならば、北白蛇神社はマイナスのパワースポットということになるのだろう。

マイナスのパワー。なんとも胡散臭い響き。

この町における吹き溜まりのようなものだと、忍野はそんな風に言っていたらしい――エアポケットだとも。あの男らしい身も蓋もなく理に適《かな》った表現ではあるが、俺に言わせればただの山の上だ。

そんな場所がじめじめして暗くて居づらいのは当たり前という気はする――前にこの町に来たときに、何度か訪れようとしたことがあったが、結局、色々とあって実現しなかった。

俺はあらかじめ、この町にあるその神社のことを人伝てに聞いてはいたが、そしてその話によれば、ほとんど崩壊したような神社の跡があるだけだということだったが――辿り着いてみれば（雪山登山は何度もくじけそうになった）、見事な、真新しいとも言える本殿が建立《こんりゅう》されていた。

真新しいとも言えるというか、実際に真新しいのだと思う。建てたばかりという感じだ――まさか、滅んでいた神社に新たに蛇神が顕現《けんげん》したために、霊《れい》験《げん》あらたかな神通力《じんずうりき》によって、本殿が出現したとでもいうのだろうか。

馬鹿馬鹿しい、恐らくはただのお役所仕事だろう――前々からあった工事計画が実行されたに過ぎない。千石撫子の件など無関係だ。

しかし不思議なもので、境内の真ん中にそのような、小振りでこそあるが小綺麗な本殿がでんとあると、山そのものの空気も締まってくるような気がする。

じめじめ感が爽やかに消えたような。

俺は参道を歩く。

参道の真ん中は神様が歩く道だから、端っこを歩かなければならないなんていうけれど、俺の知ったことではなかった。

俺に歩けない道はないし、俺に飛べない空はない。

むしろこのふてぶてしい態度に怒って神様が登場してくれたならもうけものなのだが、残念ながら、そうそう都合のいいことは起きなかった。当たり前だ、そう簡単に登場したらありがたみがない。

俺は賽銭箱に到着する。

本殿から人の気配は感じない——当たり前と言えば当たり前だが、無人らしい。どうやら神社が新築されたからと言って、信仰の対象としてあからさまに復活したかと言えばそんなことはないようで、観察してみれば誰かが初詣に訪れた様子もない。

こういうときは雪国は便利だ、足跡や、雪の積もり方、あるいはアイスバーンで、その場所の数日の人出がわかる。

そしてそれから判断する限り、この神社を訪れたのは、今年に入って俺が初めてだと言って、おおよそ間違いはなさそうだった。

つまりこの北白蛇神社、建物は新しくなったが、しかしそれはあくまで建物が新しくなったというだけのことのようだ——他は何も一新されていない。当然誰か神主のような人間が管理してはいるのだろうが、しかし活用されているとは言いがたい。もっとも、しかし、この先のことはわからないが。

逆に言えば、もしもこの神社が元旦に賑《にぎ》わいを見せるようになってしまえば、千石撫子の神通力は現在よりも強化され、誰にも止められなくなってしまうだろう——なにかをなんとかしたいのなら、その前に手を打たなければならないのだ。まあ現時点でも相当、誰にも止められないのだろうが。それに、このまま順調にことが運べば、阿良々木や戦場ヶ原に、来年の正月は来ないのだが。

ま、俺は俺にできることをやろう。

できることならなんでもして楽に生きよう。

俺は背広のポケットから小銭を取り出し、それから考え直して、反対側のポケットから一万円札を一枚取り出し、それを賽銭箱に入れた。

二礼二拍手一礼。

でいいのだったかどうだったか、わからないが、とりあえず憶えている限りの参拝の動作をする――こんなアクション、一体何年ぶりだろう。

一応、せめてもの抵抗として、その一万円札は投げ入れずに、これ以上なく丁寧に賽銭箱に差し込むような入れ方をしたのだが、まあ、その動作の拙さから推して測れば、下手をすればこれは、貝木泥舟にとっては生まれて初めての初詣ということになるのかもしれなかった。

そして拝み終えたそのときだった。

017

「折角《せっかく》神様になったのに誰も初詣に来てくれなくてつまんなかったんだ。おじさん、撫子の話し相手になってよ」

妙に明るく、テンションの高い千石撫子は、そんな風に言った。賽銭箱から取り出した一万円札をほくほくと手に取りながら。

「撫子だよ！」

本殿の奥から駆け足で、あっさりと神様が現れた。

ありがたくない。

しかし一万円札に釣られて現れたところは、好感が持てた――どちらかと言えば喜捨に喜んでいるわけではなく、そのはしゃいだ表情は、まるでお年玉をもらって喜ぶ子供のようでもあったが。

　もっともその手に取っている一万円札ときたら、千石撫子が、一本一本がすべて細い白蛇という恐ろしいデザインの髪の毛をマニピュレーターのように伸ばして、賽銭箱の中からつかみだした一万円札なのだから、あまりほのぼのとした空気はない。

　むしろ怖い。

　髪の毛が蛇になるなど、確かに奇病だ。

　現代医学では解明できまい。

　人間の髪の毛は、およそ十万本だと言うが、千石撫子は中でも髪の量の多いタイプだったようで、多分それ以上の数の蛇が、彼女の頭ではうじゃうじゃとうごめいている。

　メドゥーサも、千石撫子のこの頭を見たら石のように固まってしまうのではないだろうか――しかも先ほどの、賽銭箱の中から一万円札を抜き取ったときの迷いのなさから見る限り、その蛇の一匹一匹にあるすべての目が、彼女の目となっているようだった。

　ならば彼女には。

　今、世界はどのように見えているのだろう。

　十万通り以上のものの見方をしているのだろう。

　まあしかし、逆に言えば、蛇神らしいところといえば、その頭髪くらいのもので（それで十分、それ以上何を求めるというような気もするが）、服装は、なんというか普通だった。

　今が真冬であるということを除けば普通だった。

　雪の降る真冬であるということを除けば。

　薄手の、ノースリーブの白いワンピースは、見ているだけで寒そうというだけでなく、そのまま雪の中に溶け込んでしまいそうである――消えてなくなってしまいそうな儚さがある。いっそ、蛇柄の服でも着ていてくれたらわかりやすかったのだが。

　裸足というのも、雪国にはそぐわない。

　一体どういう意味のある格好なのだろう？

　少なくとも神様っぽくはない――あと強いて言うならば、左の手首に巻いているシュシュか。それも白い。そのシュシュで、蛇の髪を結んだりするのだろうか?

そう考えたところで、蛇の神と蛇の髪がかかっていることに、俺はようやく気付いた。まあ妖怪変化の類って奴は、駄洒落が大好きだからな。

神様を妖怪変化に含めていいのかどうかは諸説あるが、しかし俺に言わせれば、どちらもペテンという点において、同じものである。

「いちまんえーん。いちまんえーん」

嬉しそうである。

嬉しいのだろう。

神様となった以上、しかし金なんて必要ないだろうに——それに、それは神社を維持するために使うお金で、懐に入れることはできないのに。

それとも金額の多寡《たか》ではなく、『初めてのお賽銭』が嬉しいだけかもしれない。だとすれば、それはお金に対する侮辱《ぶじょく》であるとしかいいようがなく、さっき感じた好感を取り消さざるを得ないが。


「ありがとうね、おじさん!」

千石撫子は俺のほうをようやく向いて、そして屈《くっ》託《たく》なく笑った。両親から聞いていた印象と違う——恥ずかしがりやでも人見知りでもなさそうな笑顔である。

よく笑う子、と言っていたが、きっとこの子は、こんな風には笑っていなかっただろう。

まるで、鎖から解き放たれたかのような。

何物にも束縛されない笑顔だった。

化物にさえも束縛されない笑顔だった。

「おじさんは撫子の信者第一号だね!」

「……………」

無邪気に言えば許されるというものではない。ひっぱたこうかな、と思わなくもなかったが、俺は暴力的な人間ではないので、

「おじさんと言うのをやめろ。俺は貝木泥舟という」

と言うだけに留めた。優しいもんだ。

しかし、言うだけに留めたつもりだったが、考え

てみればこれは失敗だった——千石撫子は俺がこの町で行った詐欺の、間接的な被害者である。

ならばどこかから——阿良々木やファイヤーシスターズから——俺の名前を聞いていてもおかしくはない。

知っていてもおかしくはない。

とすると、ほとんど無関係とも言える阿良々木や戦場ヶ原にさえ容赦《ようしゃ》のない殺害予告を出していることの娘が、俺に対して激昂《げきこう》しないわけがない——と思ったのだが、

「貝木さん！」

と、むしろ嬉しそうな顔を、千石撫子はするのだった。

「貝木さん、貝木泥舟さん！　変わった名前だね！　よろしく！　おじさんなんて言ってごめんなさい！　うん、よく見たら若いよね！　うわ、若！　年下かと思った！　若《わか》って呼んじゃう！」

「…………」

どう判断するべきか。当然、間接的な被害者であるがゆえに、俺の名前までは知らなかったということなのだと判断するべきだろう。だが、俺はそんな風には思えなかった。

きっと、聞いていて、知っているはずだ。

しかし——それをもう、憶えていないのだ。

俺のことを、格段どうでもいいと思っているかとか、神様になって人間だった頃の出来事など些末なことになっているとか、そういうことでもなく——普通に忘れているのだ。

この娘は、自分をこんな状態に追い込んだ諸悪の根源を、今となっては忘れている。

そういうことだと思った。忘れられないようなことを、普通に忘れるのだ、こいつは——その代わり、どうでもいいことを、たとえば子供の頃友達のお兄ちゃんに優しくしてもらったこととかを、いつまでも憶えている。

つまり——物事の重要性の順序が、この娘の中で

はしっちゃかめっちゃかになっているのだと、俺はそう理解した。

たかが自分の名前を忘れられていた程度でそこまで思い込むのは早計というか、危険ではないのかと思われるかもしれないが、しかしながら、俺は知っている。

こういう人間を、これまでに何人も知っている。

知りたくもないのに知っている。

大切なものとそうでないもの、大事なものとそうでないもの、重要なものとそうでないものを、うまく区別できず、ともすれば取り違えてしまう人間を、俺は多く見てきた。

自分の人生を上手に扱えない、そういう人間を――例外なく、それは精神的に追い詰められた人間だった。

どこかが壊れている人間、とでも言うのか。

たとえば戦場ヶ原の母親がそうだった。

そういう意味では、千石撫子の精神は、人間だった頃からそうだったのか、それとも神様になってからそうなったのかはわからないが、メタメタだった

――俺が訊きもしないのに彼女は、

「撫子はね、今、三月になるのをずっと待ってるんだ！　言っていいのかな、言っちゃおっかな、その頃になったらね、なんと撫子、好きな人をぶっ殺せるの！」

と、楽しそうに持ち出してきた。

話し相手ができたことが嬉しくて、だからサービスとして、自分の持つ中で一番ホットでインタレスティングな話題を提供しようという気遣いだったのだろう。

だろうが、そんなことを平気で、あっけらかんと言う少女の姿は、異様でしかなかった。俺が言うのだからよっぽどである。

しかしそれを異様だと受け取れるのも、この世に俺だけという気もした。

「半年待ってって頼まれたから待ってるんだけど、

神様だからやっぱり頼みごとは聞かなくちゃって思ってね、でも、うーん、神様って長命だから、半年くらいすぐに経っちゃうと思っていたけど、全然変わらないね。一日は一日だし、半年は半年だね。だから待ちきれないいって気持ちが最近は強くなってきてるけど、我慢我慢。神様だから約束は守らなくちゃね！」

「……そうだな。約束を守るのはとても大切なことだ。崇高《すうこう》と言ってもいいかもしれない」

俺はそんな、心にもないことを言って話題を合わせる。下手なことを言ったら激昂しかねないという恐れがあったのも確かだが、しかしそういう計算を差し引いても、俺はそう言っただろう。

この娘がとても哀《あわ》れに思え、否定するようなことを言えなくなってしまったのだ——と思ってくれていい。俺はそんな、善人や偽善者めいた風に思われるのが嫌で嫌でしょうがない人間だけれど、このときばかりは、そうだった。

来客、というか、参拝客にはしゃぎ。

楽しんでもらおうと面白い話をしようとする、中学生のような神様が、滑稽で、哀れでしょうがなかった。

同情せざるをえなかった。

もちろん俺のことだから、それでどうということはない——戦場ヶ原からの依頼を蹴《け》って、この娘を騙すのをやめるなんてこともない。この娘のために何かしてやるなんてことも、やはりない。

仕事は仕事だ。

ただ、気になるのは食い違いだった——俺がこれまでに聞いた話では、千石撫子とは内気少女の見本みたいな人間だったはずで、少なくとも参拝客であろうと信者であろうと、こんな風に『もてなす』ことのできる性格ではないはずだ。

なのにどうしてこの子は、こんな、明るくて社交的な性格になっているのだろう——楔《くさび》から、あるいは鎖から、解き放たれたかのようなな。

……考えるまでもない。

解き放たれたのだろう、楔から、鎖から。

戦場ヶ原は俺のことを、現状の主犯のように言うが、しかし少なくとも、千石撫子は、俺が根を張った詐欺の結果、幸せになったのだ。

とてもとても、幸せに。

「でも不思議だな。どうして誰も来てくれないんだろう。折角神社が新しくなったのに、お客さん、いっぱい来てくれると思ったのに」

「宣伝が足りないんじゃないか？」

俺は言った。ビジネスに関して、俺は一家言《いっかげん》ある男である——もちろん非合法なビジネスに関してだが。

「あるいは、サービスが足りないとか」

「サービス？　サービスって、えっちなサービス？」

「…………」

無邪気に訊いてくる神様を、俺は初めて、ここで無視した。中学生のレベルの低い下ネタに付き合うほど、俺はコミュニケーション能力の高い人間ではないし、優しくもない。

しかし俺の沈黙をどういう風に受け取ったのか、千石撫子は、

「暦お兄ちゃんはね、撫子が上半身裸になってブルマを穿《は》いたら、すっごく喜んでくれたよ！」

と続けた。

……何をやっているのだ、あの男は。

犯罪者か。

千石撫子を騙すのは、戦場ヶ原に関してだけでいいんじゃないだろうかと、俺は珍しく義憤《ぎふん》のようなものにかられたが、まあそういうわけにはいかないのだろう。

「あと、この神社でスクール水着で撫子が悶《もだ》えてたのも、すっごく嬉しそうに見てたんだよ！　暦お兄ちゃんに喜んでもらえて、撫子も嬉しかった！」

「……なあ、えっと……お前」

神様となった人間をどのように呼んでいいものか、

俺は迷ったが、タメ口を利いてしまっている時点でアウトな気がしたので、俺は『お前』と呼んだ。

「お前はその……、暦お兄ちゃんか？　暦というのが苗字なのか名前なのか知らないが――」

一応、俺はそんな男は知らないという意味を込めてとぼけてから（知っていたらまずいということもあるが、女子中学生にそんな真似をさせている男の知り合いだとは思われたくない）、

「お前は暦お兄ちゃんのことが好きなんだな？」

と質問した。

我ながら歯が浮くような台詞だと思った。

「うん！　大好きだよ！　だから殺すんだ！　ぶっ殺すんだ！」

「……そうか」

「暦お兄ちゃんの恋人のなんとかって人と、幼女奴《ど》隷《れい》のなんとかって人も一緒に殺すんだ！」

嬉しそうに話す。好きな人と来週デートできるというのと同じように、ひょっとするとそれ以上に嬉しそうに、二ヵ月後に、恋人やその関係者を殺すことを嬉しそうに話す。

それもただの自慢話ではなく、俺を楽しませるためのトークとして、それこそサービス精神で提供してくれているのだ。俺も、自分と同じように楽しんでくれると信じている目で。

神様がそんな荒唐無稽《こうとうむけい》を信じるというのは、なんとも皮肉だが、しかしこれは、そういう視点で見なくとも、皮肉だ。

普通に、どこからどう見ても皮肉だ。

しかも、同じく殺すリストに載せている戦場ヶ原と忍野忍については、千石撫子はその名前さえ記憶していない――なんだか、色々と順逆を、接続を、そして理屈を間違えている。

俺は思った。というか、結論を出した。

つまりこの娘は馬鹿なのだ。

頭が悪いのだ。

どうしようもなく、おつむが足りないのだ――し

かもそれを、ずっと、見逃されてきた。千石撫子を甘やかしてきたのは、両親だけではなく、周囲もみんな、そうだったに違いない。

阿良々木暦も——恐らくは例外でなく。

千石撫子を甘やかし。

そして千石撫子も、それに甘えていた。

決して俺の所為《せい》じゃないと主張したいわけではないが、今、こうして彼女が神様になってしまったのは、その結果だと思う。

まあ、いつでも帽子をかぶっているとか、前髪で顔を隠し通しているとか、人と目を合わすことができないとか、そういった一連の奇行も、どうせ可愛いとか萌《も》え要素とか言って、見逃されてきたんだろうな。

問題行動を——すべて『許され』てきた。

だからこその現在だ。

そう思うと俺の同情心も加速するというものだった。

そして、だからこそ、そんな環境から解放された千石撫子は、もしも『人間に戻れる』という選択肢を提示されたところで、絶対に拒絶するだろうと思った。

まあ思うだけでは仕方ないので、

「なあ神様。お前、人間に戻れるとしたら、戻りたいか？」

と訊いてみた。

「いや」

きっぱりと答えた。予想通りだ。予定調和と言ってもいいかもしれない。

「人間に戻ったら、暦お兄ちゃんと恋人同士になれるとしても？」

「うん」

きっぱりと答えた。これは予想外だった。予定不調和だった。条件を変えても同じか。迷うくらいのことは、そうでなくとも考えるくらいのことはするかと思ったが。

「撫子はね、もう片思いでいいの」

「…………」

「片思いをずっと続けられたら――それは両想いよりも幸せだと思わない？　貝木さん」

「……そうだな」

俺は頷いた。話をただ合わせただけのつもりだったが、しかし、その頷きに必要以上の力が入ってしまったのも事実だった。

片思い。俺も木の股から生まれたわけではないので、それにいい歳なのでそういう経験がないわけではなかった。しかも、ひょっとするとその片思いは、今も続いていると言えるのかもしれない――なにせあの女は、交通事故で死んでしまったのだから。

死人が相手では、片思いを続けるしかなくなる。それは決して、その後どんな恋愛をしようとも、終わることなく、いつまでも。

恋をしても、失恋をしていない。

そういう意味では、案外千石撫子の考えは、それほど破綻《はたん》していないのかもしれなかった――阿良々木暦を殺してしまえば、彼女は望み通りに、幸せな、いつまでも続く片思いに身を浸せるのだから。

失恋することなく。

「暦お兄ちゃんは何度もこの神社に来ているのだろう？　それは、お前は参拝客……お客さんには含めていないのか？」

「うん。だって暦お兄ちゃんは撫子にわけわかんないことばかり言うんだもん。よくわかんないから追い返すの。暦お兄ちゃんを殺すのは三月だって。だからそのときに来てって。あんまりしつこいから最近は居留守を使うことも多いけど」

「……他には、本当に誰も来ないのか？　暦お兄ちゃんと俺以外には、今まで、本当に誰も来たことはない？」

「職人の人達が来たけど」

「職人？」

一瞬、その意味を把握しかねたが、つまりそれは、本殿を建てた宮大工《みやだいく》という意味だとすぐにわかった。工事の最中、この子はどこにいたんだろうと考えたが、まあどこかにいたのだろう。自分の家ができるのを、木陰からわくわく見ていたのかもしれない。

まさかその後、そこに誰も来ないとは思わず。

なんという寂しさ。

寂れはなくなっても——ここは寂しいままなのだ。

「すっごいスピードで神社建て直してくれたよ！　突貫工事っていうのかな、ああいうの！　プロの技！　びっくり！　それに、最初の頃、何人か来たは来たけど、撫子が出て行ったら、みんな逃げちゃうの。なんでかな。逃げなかったのは、それに、賽銭箱にお金を入れてくれたのは貝木さんが初めてだよ！」

だからありがとう！

と千石撫子は、俺に抱き着いてきかねない勢いで言うのだった——抱き着かれたくないので、俺は微妙に立ち位置を変えた。

「みんながお前を見て逃げるのは」

俺は言った。それは言う必要がないことだったかもしれないが、嘘や虚言ばかりではなく、言わなくてもいい、言わないほうがいい余計なことまで言ってしまうのも、俺の口なのだった。

だからこそ虚実の口。入り混じる入り混じる。

「お前の姿が不気味だからだろう。その髪は怖過ぎるぞ」

「…………」

ぽかん、と千石は驚いたような顔をした。

笑顔が消えたので、ああ、殺されるかな、と俺は予想した。もちろん抵抗はするつもりだが、しかしこんな準備のない状況では勝ち目は薄いだろう。ここが俺の死に場所かと思うと、悪くない気もした。口の災いで死ぬなど、俺には似合いの最期だと思った。いや、俺はそんな潔《いさぎよ》い性格ではない。

最悪だと思っていた。やはりこんな仕事は引き受けるべきではなかった、気の迷いだった、これが戦場ヶ原の俺に対する復讐だったのだとすれば大成功だ、してやられた——と、そこまで考えたが、そこまでだった。

　そこで俺は全身を蛇に噛まれて毒が回って死んだ——という意味での『そこまで』ではなく、見れば、千石撫子が、無表情を経て、嬉しそうな笑みを浮かべて俺を見ていたのだ。

　再びの笑顔、ではない。

　なんというか、さっきまでの屈託のないあけっぴろげな笑みは、それはそれで別に作り笑いや愛想笑いではなかったのだろうが、それでもどこか、神様としての『営業スマイル』という意味合いもあったように思うのだが、しかし、今の笑顔は違った。

　本当に嬉しくて、しみじみと笑っているようだと、俺は受け止めた。

「不気味だとか、怖過ぎるとか」

　千石撫子は言う。

「そんなこと言われたの、初めてだな」

「…………」

　それのなにが嬉しいのか、俺にはまるっきり理解不能だったが、その後に続いた、

「みんな撫子のこと、可愛い可愛いってしか、言わないんだもん」

　という台詞を聞いて、少しだけ理解できた。

　百分の一ほど、わかったような気がした。

　それは千分の一かもしれなかったが。

　この子にとっては、『可愛い』というのは最早《もはや》褒め言葉でも、言われて嬉しいことでもないのだ——むしろその言葉で、多くの行動を制限されてきたのだろう。

　だから、侮辱のような、ともすれば悪口が、一周して嬉しかったりするのだ——価値観が滅茶苦茶になっている一環《いっかん》、あからさまな例とも言えそうである。

　確かに。

　確かに、それならば人間に戻らず、このまま神様を続けているほうが——メドゥーサも真っ青なビジュアルで、山奥で神様を続けているほうが、この子

のためではあるのだろう。

それを思うと気が重くなりかけたが、しかししたとえそうでも、俺には全然関係がないことに気付いた。気の重さなど気のせいだ。依然変わらず気軽なままだ。そもそも俺は、この可哀想な、同情するべき一人の中学生を救うために依頼を受けたわけではない。

むしろ逆で、この中学生を騙してくれという依頼を受けたのだった――そして俺は、何の罪悪感もなくそれを実行できる人間である。

当然、千石夫妻や千石撫子の友達は、千石撫子が（人として）町に帰ってくることを望んでいるのかもしれないけれど、しかしながらそれは俺のビジネスとは何ら関係がないのだった。頼まれればやるかもしれないが、それには相応の金を用意してもらう必要がある。

とにかく千石撫子のパーソナリティは把握できた、たぶん、胸やけがするほどに。神様である以上、パーソナリティという言葉を使うのはいささかそぐわないが、まあ人間味あふれる蛇神に使う分には、誤用にはなるまい。

「そっかー。撫子は不気味で怖過ぎるんだ。じゃあ、この蛇の髪の毛を、シュシュでしばれば、ちょっとはイメージが変わるかな」

そんなことを言う千石撫子に、俺は遅くなってきたからそろそろ帰ることにすると、そう告げた。

「えー！　もっとお喋りしようよ！　貝木さん、帰っちゃったらさーびーしーい！」

駄々をこねる神様を、俺は内心でうるさく思いながら、ポケットを探る。そしてポケットから取り出したのは、わっかになった紐《ひも》だった。平たく言うなら、つまりは綾取《あやと》りである。

俺の趣味が綾取りで、普段からこういうものをポケットに忍ばせている――というわけではない。午前中の買い物の最中、どの商品かを縛っていた紐を使って、ここまでの手遊《てすさ》びになんとなく作っただけの綾取りである。

俺はそんな紐を、千石撫子に渡した。

「暇なんだったら、これで遊んでおけ」

「これ何？　ひょっとして綾取り？」

「なんだ。知っているのか」

最近の子供は綾取りなんて知らないと思っていたが。

自慢気に説明してやろうと思っていたのに、当てが外れた。

「うん。のび太くんが好きなんだよね。綾取りと居眠りと早撃ちが、のび太くんは得意なんだよ」

素晴らしい。

綾取りは廃れても、ドラえもんの文化は今でも変わらず受け継がれている。富井副部長が部長代理に出世し、両さんがギャンブルをやめてしまうというこの激動の時代において、ドラえもんの不変さは、人をこうも安心させてくれる。

まあもう、大山のぶ代の声は知らないかもしれないが。

「でも撫子、綾取り、あんまり知らないんだけど……」

「いくつか技を教えてやる。お前がそれを極めるまでには、また来てやるさ」

「本当？」

「本当だ。俺は嘘をついたことがない」

正直に俺はそう言った。

そして白々しく、あるいは腹黒く、続けた。

「なにせ俺は、お前の信者第一号だからな」

018

たぶん俺は地獄に落ちる。どうでもいいが。

無邪気に手を振る千石撫子に見送られながら山を下りて、駅に向かい、電車に乗って繁華街へ移動し、それから宿泊しているシティホテルの部屋に戻り、俺はベッドに倒れ込んだ。ばたんきゅーという擬音が相応《ふさわ》しい。登山のみならず、買い物も、家探しも、それなりの運動量だったので、さすがに疲れた。

ふう。ここまでアクティヴな仕事は久しぶりだ。少し焦っているのかもしれない、と思う。ホテルに戻っていきなり一人反省会を開くのもなんだが、千石家と北白蛇神社、ふたつの本丸を一日のうちに両方巡る必要はなかった。

ひょっとして俺は張り切っているのだろうか？

戦場ヶ原からの頼まれ仕事にうきうきしているのだろうか？

それは嫌な想像だった。

そんな想像を、したくもないのにしてしまって腹が立ったので、俺は憂《う》さ晴《ば》らしとばかりに、その戦場ヶ原に電話をかけた。

ほとんど悪戯《いたずら》電話のレベルである。

「何よ、貝木……こんな時間に」

今まで寝ていたことを隠そうともしない声だった。

たぶん自宅にいるのだろうが、あからさまに俺の名を呼んだということは、父親が隣に寝ているというわけではないのだろう。

エリートビジネスマンの戦場ヶ原の父親は、正月から早くも働き始めているのかもしれない。借金はまだ残っているはずだし。

「こんな時間というほどでもないだろう。まだ電車は動いているぞ」

「あなたがどこの出身か知らないけれど、田舎町《いなかまち》の夜は早いのよ」

「そうか」

では夕方に言っていた、阿良々木との逢い引きとやらはもう終わったのか。

ちなみに俺がどこの出身かなんて、俺もよく知らない。九州で育ったのは確かなのだが。昔のことは、意外と忘れる。

そして忘れて問題ない。

「仕事の報告だ」

「……確かにこまめに連絡を取るとは言ったけれど、貝木、それは私のほうから連絡するという意味だったんだけれど」

「そうだったのか。そりゃあ勘違いしていたよ。というわけで、まだ電車が動いているうちに、戦場ヶ原、ちょっと出て来れるか」

「は?」

「会って話したいことがある。できるだけ早くだ」

「…………」

戦場ヶ原は少しの間沈黙して、とても不機嫌そうに沈黙して、しかし、

「わかったわ」

と言った。

すさまじいメンタルだと思った。女子高生とは思えない。怒って電話を切ると思ったのに。そしてたとえ戦場ヶ原がそうしたところで、俺は仕事を投げ出したりはしないつもりだったのに。

「言いなりになってあげるわよ。私はあなたの犬よ、少なくとも今から二ヵ月半の間はね」

「はは、それはいいな。俺が現在、滞在しているのは……」

駅名を言う、しかし、ホテル名までは言わなかった。

健全なシティホテルとは言え、大の大人が女子高生をシングルルームに招くというのは、あまり体面がよろしくない。時節柄な。

駅に迎えに行くと俺は言った。

田舎とは言うが、繁華街には、二十四時間営業のファミレスくらいはあるものだ——大人としてはアルコールを摂取できる居酒屋にでも行きたいところだが、やはりそれも、高校生を連れて行きづらい。

「ふん」

と戦場ヶ原は言う。

「ねえ貝木。ひとつ教えて欲しいのだけれど、女子高生を好き勝手にできるというのは、中年男性としてはどういう気分なのかしら?」

「そうだな。少なくとも生意気《なまいき》なガキが身の程を弁《わきま》えて従順に頭《こうべ》を垂《た》れる姿は、見ていて悪いものではないな」

「死ね」

死ねと言われた。

どこが従順なのだろう。

しかし、電話を切って、俺は、

「何をやってるんだ」

と呟《つぶや》いた。自分の行動に呆れていた。自分に呆れ果てていた。

弱みを見せている子供を苛《いじ》めている卑小《ひしょう》な自分、というのを客観的に見てしまい、ベッドに沈みこむように落ち込んだ——わけではない。戦場ヶ原には煮え湯も色々飲まされているので、これくらいはざまあみろとしか思わない。

ただし自分に呆れ果てたというのは本当だ。

初日から、そうでなくとも一日のうちに働き過ぎたと反省したところなのに、どうして今日の内の仕事を増やしてしまったのか——そもそも戦場ヶ原は、ここまで来ることはできても、帰ることができないじゃないか。報告をしているうちに電車は、さすがに終わってしまう。

そうなると自宅までタクシーで帰らざるを得まい……あの娘が金を持っているはずがないので、その料金は俺が払うわけだが、しかしさすがにその出費は経費には、入れられない。

まるっきり辻褄《つじつま》の合わない、浪費にも似た行為だった——浪費は嫌いではないから、そう思えば、そこまで落ち込みもしないが。

しかし、本当はシャワーを浴びて、ひとりで飯を食って、そしてゆっくり寝たいのに、これから更に一仕事となると、俺は心底、何をしているんだという気持ちに支配されてしまう。

どんなワーカーホリックだ。

いっそすっぽかしてしまおうかとも思ったが、夜中に戦場ヶ原を、駅に一人きりにしておくわけにもいかない。

俺は、深くため息をつきながら、ホテルから外に出た。

駅についてみると、不愉快極まりない、不本意極まりないという顔で、戦場ヶ原が改札の前で仁王立ちしていた。

声をかけたくない迫力があった。

3Dより大迫力だ。

なんにせよ、表情豊かなのはいいことである。

「……こんばんは、貝木。髪を下ろしているから一瞬あなただとわからなかったわ。そういう服を着ていると、まるでまともな人間みたいね」

出会いがしらにそう言った。皮肉のつもりの挨拶だったのだろうが、俺は、戦場ヶ原相手にこの『変装』が通じるなら、その辺の中学生に袋叩きにされる心配はとりあえずなさそうだと思った。

「そういうお前は、どうして夜なのに制服を着ているんだ」

戦場ヶ原は制服の上にコートというスタイルだった。ニット帽、それにマフラー、手袋と、防寒対策は完璧のようだった。あちこち成長したようだが、ふかふかのダウンコートが妙に似合うところは、二年前と変わっていない。

「あなたにできる限り私のプライベートファッションを見せたくないのよ。あくまで仕事上の関係で会っているだけということを、私は制服を着ることで、主張しているの」

「ふうん」

そう言えば昨日も制服だった。なんとなく、高校生だから制服を着ているのが当たり前みたいにとらえていたが、考えてみれば正月から制服というのは、途轍《とてつ》もない違和感だ。振袖を着ていろとは、もちろん、言わないが……。

「羽川さんも嫌いな相手には私服を見せたくないと、昔から常々主張していたわ」

更によくわからないエピソードを戦場ヶ原は付け

加えた。

何かの冗談だったのかもしれないが、たぶんそれは楽屋落ちだったのだろう、言って、くすりと、戦場ヶ原だけが笑った。

まあ俺も別に、子供がどんな風に着飾っていようと気にならないので、文句を言うつもりもなかった。服を見せたくないから服を着ていないというのなら困るが、制服でも何でも、着ていてくれるのなら、そこに問題は起こらない。

何も。

俺は、互いのファッションチェックをここらで切り上げて、

「このあたりにファミレスはあるか？」

と、戦場ヶ原に訊いた。

「何よ。あなた、レディをエスコートするのに、店の予約もしていないの？」

「俺はかなり野暮で世間知らずな男だがな、レディをエスコートするときには、当然、店の予約をする。だから今はしていないわけだ」

「…………」

露骨に舌打ちをして、戦場ヶ原は「こっちよ」と俺を先導した。詐欺師を相手に口先の応酬《おうしゅう》をしようなど、百年早い。

と、子供相手に優越感を覚える俺だった。

戦場ヶ原が俺を案内した先は、ファミリーレストランではなく、ファーストフードチェーンのミスタードーナツだった。二十四時間営業の店である。ミスタードーナツに二十四時間営業の店舗があることを俺は初めて知った。

戦場ヶ原のようなタイプの高校生には、ファミレスよりもファーストフードのほうが、普通に馴染みがあるのかもしれない。ファミレスは基本、ひとりでは入りづらいからな。ひょっとすると、成人男性である俺に対する嫌がらせとして、こういうスイーツ系の店に案内したのかもしれないが、しかし、俺は甘いものが好きなので、嫌がらせだとすればそれ

は失敗している。

　戦場ヶ原には秘密だが、阿良々木と二度目に会ったのも、ミスタードーナツの店舗だった。あそこはあいつやあいつのロリ奴隷の行きつけなので、俺はもう行くことはできないが。

「私は水を飲むから、貝木、あなた、何か頼みなさいよ」

「奢ってやってもいいぞ」

　心にもないことを試しに言ってみたら、予想通りの反応が返ってきた。

「悪い冗談ね。冗談じゃなかったとしても、あなたに奢られるなんて御免よ」

「だったら今すぐ昨日の飛行機代を払えよ。そう言えば喫茶店での飲み物代も、結局俺が払ったんだったよな」

「それは……」

　何か言いかけて、やめた。たぶん、言い訳をしようとして、やめたのだろう。そして咳払《せきばら》いをしてから、言った。

「もう少し待ってください」

「……お前、もう少し後先考えて発言したほうがいいんじゃないか？」

　呆れ混じりに、俺は言う。

　珍しく、相手を思っての発言である。

「どうせそんな風に考えなしに、千石撫子とも話したんだろうよ」

「…………」

　返事がなかったということは、どうやら正解らしい。二年前、俺が戦場ヶ原ひたぎという高校生にもった印象は、良くも悪くも、目の前のことしか考えられない奴、後先なく、目先しかない奴、という感じだったが、その点は、彼氏ができたことで倍加しているようにも思えた。

　何をやっているんだ、阿良々木。

　こういうところをこそ、なんとかしてやれよ。

　俺はレジで、適当にドーナツを注文し、飲み物はアイスコーヒーを注文した。戦場ヶ原にも飲み物を用意するべきかと思ったが、本人が水でいいと言っているのなら、水でいいだろう。そこまで気を遣ってやる義理はない。

ところで俺がホットコーヒーではなくアイスコーヒーを注文した理由は、またぞろ戦場ヶ原に飲み物を浴びせるようなパターンになった場合を想定してのことである。

つまり念のためだ。

俺が注文し、ポイントをつけてもらい、商品を受け取っている間に、戦場ヶ原は席をキープしていてくれた——もちろんこの時間、慌ててキープしなければならないほど、店内が込み合っているわけではないが、一応、礼を言っておいた。礼を言うだけならただだ。

座ってから違和感。

店内は暖房が利いているというのに、戦場ヶ原はコートを脱ごうとも、帽子を脱ごうとも、マフラーを取ろうともしなかった。

千石撫子の周りの人間は、こういうときに千石撫子を可愛い可愛いと放置してきたのだろうが、俺にはそんな感性はないし、それに相手は千石撫子ではなく戦場ヶ原なので、

「お前なんでその辺の暑そうなの脱がないんだ。脱げよ、鬱陶しい」

と指さしながら言った。

「……そうしたいんだけど、考えてみたら、ここ、沖縄じゃないのよね」

「ん？　何を当たり前のことを言ってるんだ」

「いや、だから……、町を離れているとは言え、知り合いに見られる可能性も低くはないというか……だから」

ああ、つまり後付けの変装のつもりなのか。

確かにマフラーをしていれば、そして帽子をかぶっていれば、人相はわかりづらくはなる。とは言え、そのせいで変に注目を浴び、逆に目立ってしまう感

も否めないが……。

「……いっそ、阿良々木に正直に話してしまえばいいんじゃないのか？　お前が懇切丁寧《こんせつていねい》に、感情的にならず理論立てて説明すれば、それでも嫌がるほどの分からず屋ではないだろう」

「そうだけど……、阿良々木くんは、私とあなたとの関係を誤解している節《ふし》もあるから」

「誤解？」

「あなたが私の初恋の相手だと、勘違いしているのよ。あのとき、あなたが余計な、というか、悪意のある嘘をついたから」

「………………」

誤解。勘違い。まあそうだな。その通りだ。

今の恋が常に初恋。初めて本当に人を好きになった。別にそういうことにしておきたいのであれば、俺も別に意地悪を言うつもりもない。

「そりゃあ悪かったな、お前は俺に騙されて、いいように弄《もてあそ》ばれただけなのに」

むしろ戦場ヶ原の気を楽にしてやろうと、親切心でそんなことを言ってみたら、むしろ戦場ヶ原は傷ついた、みたいに唇を歪《ゆが》めて、そして何も言わなかった。

わからん奴だ。

俺にどうして欲しいのだろう——いや、それはもう聞いていた。

戦場ヶ原が俺に望んでいるのは、『千石撫子を騙すこと』、ただそれだけなのである。

それ以外のことに気を回す必要はない。

「なあ戦場ヶ原。ひとつ訊きたいのだが」

「何よ」

「お前、こういう風に食事をしている際、席を外すときに、鞄を持っていくか？」

「は？　何よいきなり。……少なくとも、あなたと食事をしているときには、持っていくかしらね。何をされるかわからないもの」

「俺を想定するな。そうだな、たとえば今日、お前は阿良々木家で正月を祝ったということだが、そのとき、俺との電話とかで廊下に出るとき、自分の鞄を持って出たか？」

「……出るわけないでしょ。いくら私でも、そんな失礼なこと、しないわよ」

「ふむ。まあそうだろうな」

「なんで出し抜けにそんなことを訊くの？」

「いや——千石撫子はそういうときに、ちゃんと鞄を持って出る奴だったんだろうな、と思って——それが今日、俺が千石撫子に会っての、感想なわけだが」

「……千石撫子に会えたの？　今日？　さっき？　いきなり？」

眠気がふっ飛んだ、というように戦場ヶ原は目を見開いた。それはどうやら、彼女にとってかなりの驚きらしい。

「そんな簡単に会えるものなの……？　曲がりなりにも神様に……？　そんなこと……それとも、やっぱりあなた、本物の——」

「俺は偽物だよ。知ってるだろ」

「…………」

戦場ヶ原は、重ねて問うことなく、黙り込んだ。どう訊いても教えてもらえない、口が裂けても俺が語ることのない、職業上の秘密だとでも思ったのかもしれない。別に訊いてくれれば、賽銭箱に一万円を入れたら登場するんだ、と教えてやらなくもないのだが。

だが慎《つつし》み深い戦場ヶ原はそれ以上訊いてこなかったので、俺は話を進めることにした。

「あいつは誰も信用することなく、誰も信じることもできず、十三年だか十四年だかを生きてきたんだろうな。そう思った」

「……そんなことないわよ。少なくとも、聞いた限りでは、阿良々木くんのことは、全面的に信用してたみたいよ」

「もしも本当にそうだったのなら、こんなことにはなってないさ。まあその件に関しては阿良々木が悪い。釈明の余地なくな」

俺としては素直な感想を言っただけのつもりだったのだが、戦場ヶ原は自分の彼氏を正当な理由なく侮辱されたと思ったのかもしれない。

少し怒気《どき》を孕《はら》んだ声で、

「随分と、千石撫子を庇《かば》うじゃない」

と言った。

「まさかあなた、実際に会ってみて、あの子の『可愛さ』にすっかり籠絡《ろうらく》されたと言うんじゃないでしょうね？」

「……？　は？　俺がか？」

きょとんと、訊き返してしまった。怒ったと思ったら、急に何を言い出すのだろう。子供の感情の起伏にはついていけない。戦場ヶ原もすぐに自分の発言の不明を恥じたようで、

「ええ……それはないわよね」

と言った。

「すみませんでした。全面的に非を認めます」

「……この件でそこまで真摯に謝られると、逆に不愉快だと言わざるを得ないが――まあ戦場ヶ原。あの娘、千石撫子が同情を誘う環境にあることは確かだったよ」

「同情――」

「俺も同情くらいはしたよ。しかしそれは昔の話であって、今は割と楽しそうにやってるみたいだし、どうでもいいだろう。昔の話だ、あいつにとってさえ。お前と俺との関係が水に流された昔の話であるように」

「あなたと私の関係は、水に流されてもいないし、それほど昔の話でもない――いえ。突っ込むところを間違えたわね。貝木、水に流すも何も、あなたと私にあるのは無関係じゃない」

「そうだな」

反論はない。無関係。その通り。今もたまたまの相席ということでよかろう。別に、挑発しようと思

ったわけではないのだが、どうもさっきから、話のペースが狂う。やはり疲れているのだろう。

脱線しかかった話を、俺はレールの上に戻す——いや、もういっそのこと、結論から言ってしまうことにした。

「戦場ヶ原。とりあえず安心していい」

「え?」

「あの娘を騙すのは、たやすい」

019

「たやすいって……どういうこと? あんな、危険な存在を——人間を超越した蛇神を騙すことが、たやすいだなんて——」

戦場ヶ原は、俺がまた、悪質な冗談を言ったと思っているようで、きつく責めるような口調でそんなことを言う。同時に、気丈にしているようでいて、彼女が心底、千石撫子を恐怖視していることもわかった。

本当にこの数ヵ月の間、戦い続け、抵抗し続けては、そのたび、無力感を与えられ続けてきたのだろう。

それでも諦めなかった戦場ヶ原はさすがだが、それゆえに、おいそれと俺のこの言葉を鵜呑みにはできないようだ。まあそうでなくとも、俺の言葉なんぞ鵜呑みにはできないだろうが。

それでいいが。

「——そんな簡単なことなら、私はわざわざあなたに依頼なんてしないわ」

「まあお前には無理だよ。阿良々木にも無理だ。お前達には難しいことこの上ないことだ。だが、それ以外の人間なら、俺でなくとも可能だとは思うぞ」

結論から言ったのはどうやら失敗だったようだと悟って、俺はやはり当初の予定通り、最初から順序立てて説明することにした。

「千石撫子、あいつは馬鹿だ」

「………………」

「成績が悪いとか、そういう意味ではなく——いや、もちろん成績も悪いのだろうが——たぶん愚かさや稚拙《ちせつ》さをずっと見逃され続けてきたのだろう、年齢以上に幼い」

「見逃され続けてきた……」

戦場ヶ原は俺の言葉を反復する。

「……『可愛い』から？」

俺はその、確認のような言葉には答えるまでもないと判断して反応せず、

「俺にとっては、あの娘を騙すことは、その辺のテントウムシを騙すよりも簡単だ。逆に言えば、あの娘に掛け算を教えるくらいなら、その辺のテントウムシに掛け算を教える方が簡単だろう」

と言った。

「……それはさすがに言い過ぎじゃないかしら」


戦場ヶ原からまさかのフォローが入った。というより彼女は、これだけ言ってもまだ、俺の言うことに納得がいかないようだった。

仕方なかろう。

ことの真偽がどうかはともかく、今、自分達の命を脅《おびや》かしている存在が、そんな、テントウムシにも劣る馬鹿だとは思いたくはないだろうしな。

ただし事実だ。

少なくとも俺にとっては事実だ。

戦場ヶ原の心理的抵抗を無視する形で、俺は今後の計画を提示する。

夜も遅いし手際よく進行しよう。

「まあ『すぐに』というわけにはいかないだろうが……。俺はこれから、三日に一度くらいの頻度であの神社に通って、千石撫子とコミュニケーションを取りつつ、ゆっくりと関係を深めながら、信用を勝ち取りながら、そして来月くらいか。お前と阿良々木が、交通事故にでも遭って死んだと伝える。それ

で解決だ」

「解決って……そんな拙い嘘、すぐバレるじゃない。よりによって交通事故だなんて、どこの寸借詐欺よ。山から下りて来られたら一発だわ」

「下りてくればな。だが、あいつは基本的に下りてこない。下りてくる理由があるとすれば、お前達を殺すためだろうが、そのお前達が死んだと聞かされれば、その唯一の理由が消失する」

「……わざと簡単に言っているだけで、あなたは当然、巧《たく》みに騙し、言いくるめるつもりなんでしょうけれど……、でも、普通に考えたら、そんなことを聞かされたら、千石撫子は私達の生死を、自分の目で確認するんじゃないの？」

そのために山を下りてくるんじゃないの、という戦場ヶ原の疑問は、というより不安はもっともで、その通りだった。

そう。

普通ならばその通りだ。

もしも他の人間を、そんな風に騙すのであれば、代わりの死体を用意したり、代わりの戸籍を用意したり、メディアを操作したり、かなりの手順が必要になりそうなものだが——とても十万円の経費で済むような仕事ではなくなるが、しかし、千石撫子については大丈夫だ。

そんな道具立ては必要ない。

「確認しない。あいつは確認しない。そのまま鵜呑みにする。当然、自分の手で——髪でか——お前達を殺せなかったことを残念には思うだろうが、しかし、わざわざ山を下りてまで、それを確認しようとは思わないだろう」

「……どうして、そこまで断言できるの？」

「話してみりゃわかる。お前はあいつとロクに話したことがないんだったな——でも、話してみりゃお前にもわかる。ありゃあ甘やかされ過ぎていて、甘え過ぎていて、他人が自分を騙したり、嘘をついたりすることを、基本的に想定していない——人を信じられない代わりに、人を疑う必要もない。そういう環境で育っている」

要は世間の厳しさを知らないお嬢様ということだ。言いかえれば、『可愛がられる』という虐待《ぎゃくたい》を受け続けた結果でもある。

「俺が半年前に仕掛けた詐欺の、間接的な被害者だということだが——しかし、本人はそれを、被害とは思っていないいんじゃないのかな。案外、ひょっとしたら何かの間違いだと思ってるんじゃないか？　自分がそんなおまじない——『呪い』の対象になるだなんて」

「……要は悪意に鈍《にぶ》いってことね」

戦場ヶ原は彼女なりの理解を示した。さすが、弱冠《じゃっかん》十八歳にして、酸《す》いも甘いもかみ分けた人生を送ってきているだけのことはある。なかなか的確な理解だ。

……十八歳だよな？

こいつの誕生日は、確か七月七日だったはずだ。


二年前、祝ってやったことがある。俺が買ってきたケーキを、無表情で、しかしおいしそうに食べていた。

当然ながらその頃は俺に騙される前だったから、戦場ヶ原は周囲に対してそこまでの疑心暗鬼に陥ってはいなかったが、それでも、ゴーストバスターという肩書の俺に、警戒心は持っていた。

だから彼女の心を解《ほぐ》き解すのには、それなりに苦労したものだ——それを思えば、千石撫子を騙すことなど、簡単過ぎる。

「まあ、とは言え、失敗したときのリスクを考えると、やっぱりちょろい仕事だとは言い難《がた》いがな。万が一にも看破されたら、俺は生きてはいられないだろう。悪意に鈍いからこそ、だからこそ、ちょっとした悪意や、普通ならば看過できるような害意を、きっとあいつはスルーできない」

「……スルーできず、スルーできなかったから、阿良々木くんや私を、殺そうとしているというわけね」

「そうだな。阿良々木があの娘に何をしたのかは知らんが――」

何をしたのか、と言えば、結構いろんなことをしたようだったが、聞きたくもないのに聞いてしまったが、まあそれを戦場ヶ原にチクるのは男らしくないか。それに、それが直接の原因というわけではないだろうし。

「――千石撫子がお前達に拘泥《こうでい》しているのは、逆に言えば、その程度の気持ちでしかない。まあ、中学二年生だというのだから、元より子供なんだが……、千石撫子は神様化することで、むしろ幼児化しているようだ。そう……生まれ変わった、とでも言うのかな」

「…………」

「もちろん、俺は嘘をついたり、人を騙したりすることに罪悪感を覚える人間ではないのだが――それを差し引いても、だからこそ今回の仕事は気が楽だよ。お前達が死んだと伝えたら、十中八九、千石撫子は更に解放されるだろうからな。案外、あいつはいい神様になるんじゃないか？　もちろん神様としての威厳を出すためには、もう少し落ち着きが必要だろうが――」

俺は千石撫子を思い出す。あの屈託のない笑顔を。それに、嬉しそうに喋る姿を。人間だった頃には、絶対にありえなかったであろう、彼女のあけっぴろげな態度を。

誰も参拝客が来なくて。

寂しいと言っていた、あの娘を。

「……だから安心しろ。おおよそ、お前達は助かった。よかったな、死なずに済むぞ。春からは花の大学生というわけだ、好きなだけ阿良々木といちゃつけるぞ。ただれた生活を送れるぞ。まあ問題は、阿良々木が大学に合格できるかどうかだな――そこは本人の頑張りに期待するしかなかろうが。ああ、それに、もうひとつ問題はあるのか。阿良々木に、ことが解決したというのを、どういう風に伝えるかだよな。あいつがしているという誤解を思うと、まさか正直に、俺が千石撫子を騙したとは言えないだろうし——」

と、そこで、俺はまだドーナツに手をつけていなかったことを思い出し、ポン・デ・リングを手に取った。この不思議な食感がかなり好きだ。

「…………」

すると、俺がそうしたのを受けてなのか、戦場ヶ原が手を伸ばし、俺の前からドーナツ（フロッキーシュー）を手に取って、そしてマフラーをやや緩めて、ぱくついた。

もぐもぐと食す。

「なんの真似だ。俺に奢られるのは嫌なんじゃなかったのか」

「強奪《ごうだつ》する分にはいいのよ」

「変わった基準だな」

と言ったものの、それは俺にはよくわかる感情だった。真っ当だとさえ思う。

「阿良々木くんのことは……、私がなんとかするわ。あなたを煩《わずら》わせることはない……」

「そりゃもちろんそうして欲しいが……、大丈夫か？　俺が千石撫子を騙した後、あいつが今まで通り、北白蛇神社にのこのこ行ったりしたら、それですべてが台無しだぜ」

「……確かに、阿良々木くんは、放っておいたら行きかねないでしょうね。今だって、自分が助かるためというより、阿良々木くんは、千石撫子を救うために、行動しているところがあるもの」

「救うために……」

「そういう人なのよ」

「…………」

だが、何をもって、救うとしているのか。

たぶん、阿良々木は、千石撫子を『人間に戻す』ことを、救いとしているのだろう——しかし、半ば吸血鬼《きゅうけつき》になりながら、まったく人間に戻ろうとしていないあいつに、戻るつもりのないあいつに、そんなことをする資格があるのだろうか。

その辺りは阿良々木の中で、どう帳尻《ちょうじり》が合っているのか、気になるところだ——いや、気にならない。どうでもよ過ぎる。

どうでもよくないのは、あいつの愚行によって、俺の美しい仕事が破壊されることだ。半年前はそれでも、撤退するだけでよかったが、今回は俺の命もかかってくる。

俺は命よりも金のほうが大事だが、しかし、命は金と違って、取り戻せないものであることくらいは知っている。

命は取り返しがつかない。

つかない、絶対に。

「本当に、なんとかできるんだろうな。意地になって……つまり、阿良々木と俺をかかわらせたくないという風に意地になって言っているだけならば、今のうちにそう言っておけよという意味だが」

「そういう気持ちがないわけではない……というより、そういう気持ちが大半だけれど、でも、阿良々木くんを騙すのは、あなたの仕事じゃなくて、私の仕事だと思うのよ。そこまであなたの力を借りてしまったら、私はもう、阿良々木くんの恋人ではいられなくなる」

「……くだらん自己陶酔だな」

俺ははっきりと言った。くだらない自己陶酔だと思ったからだ。他に理由はない。ただ、そこまで言うならば、任せてしまおうと思った。

戦場ヶ原が俺を阿良々木に会わせたくないという気持ちと同じくらい、俺も阿良々木には会いたくはないのだ。

「なんとか説得して、阿良々木くんには千石撫子のことを諦めてもらうしかない……そこを諦めないからこそ阿良々木くんなんだけれど……、私の惚《ほ》れた男なんだけれど」

おやおや、のろけられたものだ。

そんなことを言われると、俺も意地悪を言いたくなる。

「いい方法があるぞ。阿良々木に『私と千石撫子、どっちのほうが大事なのよ』と選択を迫るんだ。おまえがそういう鬱陶しい女になれば、あいつはさすがに、千石撫子を諦めるだろうぜ」

「……失礼」

俺の軽口に答えず、戦場ヶ原は席を立った。ひょっとして怒って帰るのかと思ったが——もう電車は終わっているだろうから、さすがに一人で帰すわけにはいかないと思ったが——そうではなく、彼女は化粧室に行くだけだった。

ちゃんと鞄を持って行っていた。

いい心がけだ。

いちいち俺を感心させてくれる女だぜ。

軽口はともかく、それに戦場ヶ原がどういう風に阿良々木を説得するかはともかく——しかし、まあそれほど、そこに不安を感じる必要はないだろう。

よく考えてみれば戦場ヶ原は短い間とは言え、口先においては俺の弟子だったみたいなところがあるからな。恋人に対する誠意として露骨に騙しこそしないだろうが、きっとうまく阿良々木を丸め込むだろう。

阿良々木も、ある程度わかった上で、丸め込まれるのではないか——丸め込まれてやるのではないか。

あいつにとっては苦渋《くじゅう》の決断にはなるだろうが、世の中、すべてがうまく行くとは限らないということを、これを機会に奴は学ぶべきだ。そうでないと、いつか阿良々木暦こそが、千石撫子になってしまうだろう。

まあそこは二人の関係だ。恋人関係だ。

だから知らん。

第三者であり、他人であり、無関係な俺が踏み入るべきところではない——精々いつまでも、恋人ごっこ、恋愛ごっこを続けていればよかろう。

まだ仕事が終わったわけではないが——というよりまだまだ、下調べを終え、これから仕事を始めるという時点ではあるが、しかしそれでも、俺はこの時点で、ある程度肩の荷を下ろしたような気持ちになった。

既に仕事の成功を確信したとでも言うのか。

だが、根っこのところが疑い深い俺の性格は、こんな中からでも不安要素を見出しはする。そう、気になることがないでもない。

阿良々木暦の今後の行動よりも、本来気にするべきは、そう――

「……お待たせ」

戦場ヶ原が帰ってきた。

さっきの軽口を一応、形式的に謝っておこうかと彼女のほうを見て、俺は驚く。驚くと言うか、絶句した。完全に虚をつかれたと言っていい――戦場ヶ原の目元が、真っ赤になっていたのだ。

それを見れば、どんな察しの悪い人間でも、化粧室で彼女が目元を、泣き腫《は》らして来たのであろうことは簡単に推測できるだろう。

それも生半可《なまはんか》な泣き方ではない、号泣《ごうきゅう》をしていたようだ――そうでもないと、そんな、暴漢に殴られたんじゃないのかというような腫れかたはすまい。今でも、よく見れば目がうるんでいるようだ。

「貝木」

戦場ヶ原は言った。

声も未だ、涙声だった。

「ありがとう。感謝するわ」

020

戦場ヶ原が千石撫子から『死刑宣告』を受けたのは、今をさかのぼること二ヵ月前、十一月のことらしい。以来今日まで、彼女はずっと、死の恐怖と戦ってきたわけだ。

何度も死んでいる――不死身の吸血鬼の血が混じっているゆえに、何度も死を経験している阿良々木にも、それはもちろん恐怖というものがなかったわけではないだろうが、しかし戦場ヶ原が体感していた恐れは、きっとその比ではなかったはずだ。

だからようやく。

戦場ヶ原ひたぎはようやく、気を緩めることができたのだろう——それでも俺の前では泣かず、化粧室に逃げたところなんかは、可愛くなくて面白いが。

むろん、それでも自分のことだけだったのなら、意地を張って、あの女は泣かなかったかもしれない——だが、恋人の命まで助かったとなれば、泣かずにはいられなかったのだろう。

そういう女だ。

そういう馬鹿だ。

とにかく、そこから先は話にならなくなってしまったので（戦場ヶ原が、もう何を話そうとしても、脈絡なく俺に礼を言うだけのモードになってしまった。邪魔っぽい）、俺はミスタードーナツから戦場ヶ原を連れ出し、一万円札を握らせた上でタクシーに荷物のように押し込んで、家に送り返した。

まだ残っていた懸念《けねん》、つまり『本来気にするべき』事柄について話しそびれてしまったが、まあそれは、戦場ヶ原には話さず、俺の胸に秘めておいてもいいことだ。

千石撫子を騙すことがあまりにたやすそうなので、俺は無理矢理不安要素を探して、心のバランスを保とうとしているというのは確かだしな。

俺は戦場ヶ原の乗ったタクシーが信号を渡るのを見送ってから、宿泊しているホテルに帰った。それから、ノートを更新する。

仕事の記録、というわけではない——俺のような職業にありながら、そんなものを残しておくのは愚か過ぎる。

日記でもない、あくまで、今後の仕事のための計画書だ。未来へのノートだ。地図の情報を増やしておかなければならない。古いナビをいつまでも使っているようではだめなのだ。

それから何本か電話をかける。

夜中でないと起きていないような連中に話をつける――根回しというか、下準備のための下準備というか、そんな感じだ。千石撫子を騙すこと自体はたやすいが、しかし、だからと言って手を抜いていいということにはならない。

万全を期して、万難を排して、挑むべきだ。

「そして厄介なのは……経費のほうかな」

ノートの地図に、千石撫子の似顔絵、それに賽銭箱を描きながら、俺は思う。賽銭箱に『↓』を描いて、福沢諭吉の顔も描いた。

そう。それがつまり、戦場ヶ原に言いそびれた『本来気にするべき』事柄だった。

「一度会うたびに一万円とか……、必要経費の残金じゃあ、あと五回も会いに行けないぜ」

千石撫子。

金のかかる女である。

千石撫子の信頼を勝ち取るためには、戦場ヶ原と阿良々木が死んだという虚言を、あいつに伝えるところまで関係を深めるためには（伝えるところまでいけば、あっさり鵜呑みにする。問題は、そういう話ができる関係にまでなれるかどうかなのだ）、まあ、残念ながら五回では足りないだろう。

三日に一度くらい、と戦場ヶ原には提案したが、可能ならば毎日会いに行ってもいいくらいだ――百度参りとかなんとか言ってな。

戦場ヶ原には、必要経費が十万円を超えた場合には請求書を出すと言ったものの、実際問題、あいつから債権を回収するのは不可能だろう。

たとえあいつが優等生であろうと、それは不良債権である。

あれほどの才覚を持つ女だ、身体を売るまでもなく、通常のアルバイトで――あるいは父親の仕事を手伝うだけでも、いくらかの金は稼げるのだろうが、あまりあいつと長期間付き合うのは俺にとって危険だ。

仕事が終わったら、回収できるだけ回収して、さっさととんずらするというのが、俺にとっての正解だろう。

ほとんどありえないというか、ひょっとすると初めてのことになるが、俺はこの仕事、持ち出し覚悟、赤字覚悟で臨まなければならないようだ。

なんてことだ。

とは言え、これでこれっきり、戦場ヶ原ひたぎと縁が切れると思うと、俺の心には清々しくも晴れがましい気持ちしか湧いてこないのだった。

ノートを書き終え、深夜三時頃、俺は就寝した。

021

翌朝、俺は開店時間を待って、まずは繁華街の書店に向かった。購読している雑誌の発売日だからという理由ではない。そもそも俺に購読している雑誌などない。雑誌って何だい？　雑なのかい？

自動ドアの脇にある店内案内図を確認し、『児童書コーナー』が七階にあるのを見て、エレベーターに乗った。

目的の本はすぐに見つかった。

『あやとり全集』という本だ——比較的大きな書店だし、もっと本格的な、大人向けの指南書も、店内のどこかの書棚にはあるのだろうが、そんなものが理解できるとは思えなかった。

俺にではない。千石撫子にだ。あの娘の知能レベルに合わせれば、うむ、さしずめこの辺りだろう。

俺は本にカバーをつけられるのが嫌いなのだが、しかしレジの書店員は、俺に必要かどうかを訊くことなく、勝手にその本にカバーを巻いた。少し苛立《いらだ》ったが、まあ少しだけだ。大人として目くじらを立てるようなことではない。

もちろんこの本を、そのまま差し入れとして北白蛇神社に持っていくつもりはない。そんなことをしては台無しだ。そうしたところで千石撫子は俺に礼を言うかもしれないが、感心するのはこの本に対してだろう。

だから俺はこれから、この本を暗記し、自分の知識として取り込んで、それを身に付けた上で千石撫子に披露《ひろう》するのだ。それでこそ、俺の株が上がろうというものである。

……純粋な女子中学生相手に、姑息《こそく》な見栄を張ろうとしているようで、少し自分が嫌になったが、それも仕事だと割り切った。というか、別に嫌になっていない。

成功のために手を尽くすなんてことは当たり前のことだ。

俺は書店を出て、そのまま近くのスターバックスに入った。グランデサイズのドリップコーヒーを注文し、それをブラックで飲む。

『あやとり全集』のページを順不同に読みながら、技名と、そのやり方を憶える——そして実際に綾取りが手元にないと、どうやら手順を憶えてもあまり意味はないようだと気付く。

手元に紐のようなものがあればよかったのだが、しかしそうそう都合よくことは運ばない。俺は考えて、席を立ち、紙ナプキンを何枚か取って戻って来た。

手持ちのペンで、それを図に描く——つまり本を描き写しているだけのことなのだが、仕事の前にイメージの地図を描くのと同じで、一度自分で描くことによって、そのイメージが頭の中に入ってくるのだ。まあ本当にできるかどうかは、ぶっつけ本番になるが……。

「よし。憶えた」

言ってみた。言ってみただけだ。もちろん今日だけで本一冊をすべて憶える必要などない、まずはとりあえず、いくつか、子供の興味を引きそうな技をピックアップすればいいのだから。

俺はひと段落終えた気分で、『あやとり全集』を閉じた——閉じたから、当然のことながら、視界が広がる。広がった結果、俺のテーブルの正面に、いつのまにか誰かが座っていたことが判明した。

相席するほど混んではいないし、たとえ混んでいたとしても、俺の前に座れる奴なんてそうはいないと思っていたのだが、まあ、今の俺は戦場ヶ原がいうところの『喪服のようなスーツ』を着ているわけではないから普段とは勝手が違うのかもしれなかったし、まして、そこにいたのが俺の知り合いの式神《しきがみ》、斧乃木余接《よつぎ》だったのだから、納得だった。

「いえーい。お兄ちゃん、ピースピース」

斧乃木はそう言って、どうやら自分で注文したらしい甘そうな飲み物を片手に、横ピースを無表情で決めたのだった。

「…………」

またキャラが変わっている。

どうやら悪い友達と付き合っているようだ。

022

「久し振りだね、貝木お兄ちゃん。いつ以来かな」

「お兄ちゃんなどという呼び方をするな」

俺は、『あやとり全集』の本にカバーをかけてくれた店員に感謝しつつ、その本をさりげなく脇にのけて、

「貝木でいいと言っているだろう」

と、斧乃木を窘めた。そう言えば昨日、千石撫子に『おじさん』呼ばわりされたことを思い出しながら。

『おじさん』呼ばわりは気が滅入るが、『お兄ちゃん』呼ばわりは気持ち悪い。

「そう？　だけど立場上僕はあなたを呼び捨てにはできないよ。いえーい」

態度だけは殊勝にそう言ったかと思うと、なぜか最後には横ピースをした。

「阿良々木と仲良くなったのか?」

俺は訊いた。当然のことながら、俺は悪い友達を阿良々木のことだと推測したのだ。そもそも斧乃木、というか、影縫に阿良々木のことを教えたのは俺である。

そう思うと、斧乃木のこのグレっぷりの責任の一端は俺にあるような気もした――気のせいかもしれないが。

「ああ、そうか。いつ以来かと言えば、あれだな。たぶんお前達に阿良々木のことを教えて以来だな――影縫の奴はどうした? ひょっとして、このあたりに来ているのか?」

「ううん。お姉ちゃんは――おっと、これは秘密なんだっけ」

「秘密?」

「内緒という意味だよ」

斧乃木はそう言って、ごくごくと、甘そうな飲み物を飲む。なるほど、斧乃木から秘密という言葉の意味を教えてもらった。俺にとっては秘密も内緒も、まるで意味を持たない言葉だが。

どうやらあの暴力陰陽師、童女の式神を放置して、またどこぞで何かをしているらしい――俺とは違う観点から、あいつは俺以上の危険人物だから、その動向にはそれなりに気を配っているつもりなのだが、しかし見失うことも多い。

そして今は見失っている最中だ。

「まあ影縫がどこで何をしていようと、俺の商売の邪魔にならなければ、究極的にはどうでもいいと言えばどうでもいいんだがな……しかし、そうは言ってもお前は影縫の監視役だろう。斧乃木、お前は一体何をやっているんだ」

「僕はあなたに来たんだよ」

「?」

あなたに来た? どういう意味だ。

と思ったら、

「……僕はあなたに会いに来たんだよ」

と、訂正した。

意味深だと思ったら、単に噛んだだけらしい……、どうだろう、これも悪い人間と付き合った結果だろうか。

「臥煙さんの使いでね」

「臥煙……？」

いきなり出てきたその名に、俺の緊張感は一気にマックスになる。臥煙というその名だけでも十分緊張に値するが、斧乃木が臥煙という場合、それは他の誰でもなく、臥煙先輩のことを意味するのだから。

臥煙伊豆湖《いずこ》だ。

「臥煙さんから忠告」

「いや、待て、聞きたくない。言うな」

「手を引けってさ」

俺の拒絶を意にも介さず、斧乃木は言った。このあたり、まだ全然、こいつは人間の情緒《じょうちょ》を学べていない――阿良々木も、教えるのだったら横ピースなどではなく、そういう気遣いを教えて欲しいものだ。

俺に言われたらおしまいだぞ。

しかし――

「手を引け……？」

「この町から手を引けって……んーっと、なんて言ってたんだったかな……。言葉をいじらずにそのまま伝えろって言われたから、できれば臥煙さんの言葉をそのまま伝えたいんだけれど、よく憶えていないな……」

「メッセンジャーとしては駄目駄目だな、お前」

「いえーい」

横ピースだった。

痛々しい。

「『お前のような人間が』」

と、それでもどうやら思い出したらしい斧乃木が、臥煙先輩の口調を真似て、言い始めた。口調を真似ているのがかろうじてわかる程度には似ていた。つまり、それほど似てはいない。

感想を言えば、気持ちがささくれ立つ。

「『その町をかき乱すな――イレギュラーはあったが、その町は今ある程度安定している。貝木、お前が余計なことをしたら、台無しになるというか、元より酷くなる。だから手を引け』。ピースピース」

「……最後のは臥煙先輩が言ったのか？　それともお前の最近のキャラか？」

「最近の僕のキャラだよ」

「そうか。今度言ったらぶっ飛ばすからな」

俺は童女を脅《おど》した。しかしこれではまるで阿良々木のようだと思って、

「何か追加で飲みたいものはあるか？」

と、続けて阿《おもね》るようなことを言った。

「貝木、まるで鬼のお兄ちゃんみたいなことを言うね」

残念ながら、結局、そこまで含めて阿良々木のようだったらしい。これは恥ずべきことだった。

「飲み物はまだあるからいいけれど、そうだね、僕はチョコレートチャンクスコーンの温めた奴が食べたいな」

「人を阿良々木のようだと侮辱しておいて、奢ってもらえるとでも思うのか」

まあ元より、会話として訊いてみただけで、奢るつもりなんてなかったが。

すると、

「釣りはいらないよ」

と、斧乃木が一旦立ち上がり、スカートの中から折りたたまれた千円札を取り出した。折り畳んでどこかに挟んでいたらしい。財布を持ち歩かないタイプなのだろうか。

俺は無言でそれを受け取って、レジへと向かった。チョコレートチャンクスコーンを念入りに温めてくれるように頼み、そしてそれを受け取って、席に帰った。

「ご苦労」

「ふん」

俺は肩を竦めて、斧乃木の正面に戻り、そして腕組みをして、ふんぞり返る。

「臥煙先輩は、俺のことをわかっているようで、案外わかっていないな——困ったもんだ。手を引けなんて言われたら、俺はむしろやる気を出すに決まっているだろう」

「なんなら金を払うと言っていたよ」

斧乃木は俺が持ってきてやったチョコレートチャンクスコーンをぱくつきながら、俺のほうを見る。口の中がぐちゃぐちゃになっていて、見ていて気持ち悪い。改めて思うがこの童女、物を食べるのは下手なようだ。

「さっきの千円も、実は臥煙さんから預かってきたものなのさ」

「浅ましいな。人の心を金で買えると思うな」

俺は言った。まあ一生に一度くらい、こんな台詞を言ってみるのもいいだろう。ちなみにいつもは、人の心は金にならないと言っている。

「ちなみにいくらだ？」

「………………」

斧乃木はちょっと沈黙したのちに、その額を、

「三百万円」

と、提示した。

それは、いくら高級風のコーヒーショップとは言えど、スターバックスのテーブルで出てくるような金額ではなかった。

三百万円。大金であることは確かだが、さて、具体的には何が買える額だろう。そうだ、プレミアムパスがあと一枚買える額だ。年に六百回、飛行機に乗れる。素晴らしい。使い切れないどころではない、絶対に一枚まるまる残るだろう。

さておき、俺は考える。

つまり、まあそれは、少なくとも考えるには足る額だったということだ。だが俺は、たっぷり三十分

ほど考えた挙句、

「お断りだな。あまり人を安く見るな」

と言った。堂々と言った。これも一度は言ってみてもいい台詞ではあった。いや、これは、一度も言うことはないだろうと思っていた台詞だったか。まあどっちでも似たようなものだ。

「桁《けた》が一桁は違うんじゃないのかと伝え返せ」

「残念ながら、現時点では僕はもう、臥煙さんとは連絡が取れないんでね。音信不通と言うか、断絶状態さ。言いたければ自分で言ってよ、貝木お兄ちゃん——貝木」

「…………」

役に立たない奴だ。役に立たない死神だ。

しかし臥煙先輩と連絡が取れないのは俺も同じだった。というより、あの女に、自分から連絡を取れる奴なんて存在しない。あの女は、自分が用があるとき、自分が興味あるときに、好き勝手に近付いて来るだけの奴なのだ。

その癖、遠くからでも口だけは出してくる——それも好き勝手にだ。

「要するにさ」

改めて、斧乃木は言った。ここから先は臥煙先輩からの伝言ではなく、斧乃木の個人的な解釈ということらしい。

「貝木の仕事が失敗したケースのことを、臥煙さんは心配しているんだと思うんだよね」

「心配？　臥煙先輩が心配だと？　そりゃ笑えるな、面白い」

「……いや、もちろん成功すると信じていると思うよ。自分の優秀な後輩を、あの人は心から信頼していると思う」

「…………」

天然で俺を不愉快にさせる童女だ。

信じるだの信頼だの……、何食わぬ顔をして、どんな教育を受けているのだろうか。

「貝木は千石撫子を騙そうとしているんだろう？」

「さて、どうだったかな」

とぼけてみせる。正確には『自分はとぼけている』というアピールをする。見え見えの嘘であろうと無意味ではない。私はあなたとまともな議論をするつもりはないですよ、という主張を、無言のうちにするわけだ。

忍野がよくやるが、俺もよくやる。

「……うん、たぶんそれは成功するんだ——貝木ほどの才覚があれば、いや多分なくっても、あの子を騙すことはたやすい」

たやすい、と言った。

まるで昨夜の、俺と戦場ヶ原の会話を聞いていたような物言いだ。

あるいは臥煙先輩から聞いたのかもしれないが。

「だけど失敗したときのリスクが高過ぎるってことさ。今の千石撫子は、町くらいならあっさり滅ぼせる神通力を持っている。自分が騙されたと気付き、癇癪《かんしゃく》を起こしたとき……、そのときの被害は、ひとりやふたりじゃ済まない」

「癇癪って……子供じゃあねえんだから」

言いかけて、俺は口をつぐむ。

子供だった。

しかも今は、年齢以上に幼い、言うなれば『赤ちゃん化』している子供だった。

「十中八九成功するからと言って、残るひとつの目が出たときに核が落ちるという場合、そんなリスクを冒す奴はいないだろう？　ギャンブルは勝率ではなく、リスクを見て勝負に出るものだ」

「俺にギャンブルを説《と》くなよ」

「そうだね」

斧乃木は、斧乃木にしては珍しく、素直に納得したように頷いた。

「ただ、そうは言っても放っておけばいいことに首を突っ込んで、落ち着いているところをかき乱すのは、忍野お兄ちゃんだけで十分ってことじゃないのかな」

「…………」

俺のしていることが、忍野と同じだとでも？

そりゃあ最大級の侮辱だ。

と、同時に、もしも今、こうしているのが俺でなく忍野だったら——戦場ヶ原が忍野を見つけることに成功していて、奴に助けを求めていたなら、きっと臥煙先輩はこんな干渉をしてこなかったのだろうと思うと、忸怩《じくじ》たるものがある。

悪因悪果《あくいんあっか》としか言いようがないが。

「しかし……、ということは、臥煙先輩も、つまり、あの町に来たのか？　あの町のことを、そんな風に知っているように語るというのは——」

「まあネタバレしちゃうとさ、そもそもあの町を、頑張ってちゃんとしようとしているのが、臥煙さんってことになるのかな——いや、僕もこないだ教えてもらったところなんで、よくはわからないんだけれど」

「ちゃんと？」

ちゃんとなど——なっていないではないか。

千石撫子があんなことになり、戦場ヶ原や阿良々木の命が危機に晒されている状況の、一体どこが——いや。

そういうミクロな視点でみれば、確かにあの町は今、大いに乱れてはいるけれど、よくよく考えて見れば、町のエアポケットのような神社に神様が降臨したという今の状況は、霊的には非常に『ちゃんと』しつつあるのかもしれない。

そしてそれを、俺が邪魔していると？

千石撫子にちょっかいを出すことで？

「よく……、わからないな。つまり、千石撫子を神様に仕立て上げたのが、臥煙先輩ということなのか？

あの人が黒幕だと——」

「いや、それは少し違う……、本来、千石撫子という人間が、神様になる予定はなかった。臥煙さんの当初の計画としては、後期高齢者……、じゃない、えっと、なんだっけ、旧キスショット・アセロラオリオン・ハートアンダーブレードを、あの人は神様にするつもりだったみたいなんだよ」

「…………？」

ますますわからなくなってきた。臥煙先輩は、阿良々木暦のロリ奴隷を神様に仕立てようとしていた――ということはどうなる？

どう、ならなかった？

「あの吸血鬼は、一度は神様扱いされているから、まあ適役だったんだろうけど、何かのミス――というか、なぜか誰かの介入があったらしくて、その役目が千石撫子に移行したというか……」

「……ふうん」

まあ、いくら俺がそのための土台を作ってしまったとは言え、だからと言って中高生の恋愛ごっこが神様を産むところまで、なかなか直結するとは思えなかったのだが――そういう事情があったのか。事情と言うよりは、裏事情と言った感じだが――

「あの町が霊的に乱れたのは、そもそも旧キスショットのせいだからね。本人に責任を取らせるはずだったんだと思う……」

「誰かの介入があったと言うが、誰かというのは、誰なんだ？　臥煙先輩のことだから、それもわかっているのだろう」

「わかってはいるんだろうね。というか、知っているんだと思う。ただ、僕にはそこまでは教えてくれなかったというだけだ。僕は何かの秘密組織じゃないかと思っているけれど」

「そうか。まあ好きに思っておけ」

式神にまともに取り合っても仕方がないので、俺は追及しなかった。どうせ臥煙先輩は、この童女には必要最低限の情報しか与えていない、否、必要最低限の情報さえ与えていないだろう。

聞き出そうとして、俺が無駄な労力を使うことこそ、臥煙先輩の狙いかもしれない――と、こんな風に彼女の考えを探ることこそ、実のところは徒労だが。

「今の状況は、決して臥煙さんが望んだものではない――けれど、でも、それほど悪くない状況であることも確かなんだそうだ。い……」

斧乃木は、何か言いかけてやめた。恐らく、「いえーい」と言いかけてやめたのだろう。一応の学習機能はあるらしい。

「……え、い」

と思ったら、結局ブレーキがかかりきらなかったようで、最後まで言い切った。かろうじて、チョキの形で上げかけていた手は下ろしたが。

男として約束通り、この童女をぶっ飛ばすべきかと思ったが、しかししゃっくりが我慢できないのと同じだろうと懐深く理解して、俺は見逃してやることにした。

心が広い振りをするのはいいものだ。

「要するに、霊的に乱れてしまったあの町に、誰でもいいから、誰か神様になる奴が必要だったということなのか……？」

戦場ヶ原が奇病にかかったのが、今を去ること二年以上前のことだから、あながちそれを阿良々木のロリ奴隷のせいにだけするのは難しいような気がするが――しかし千石撫子の『身体』に俺の呪いが『発現』したのは、確かにあの吸血鬼の責任だろう。

……まあ俺の責任でもあるが。

「うん――お姉ちゃんと僕があの町に来たあと、臥煙さんはそう思ったみたいだけど……詳しくは知らない。どうしても知りたいというのなら、臥煙さんか、それともお姉ちゃんか、どちらかに直接訊いてよ」

「……どちらも嫌だな」

「だよね。細かい事情なんて僕ら下っ端は知らなくていいんだ」

斧乃木は言った――自分と俺とをひとくくりに下っ端と言ったのは許しがたいが、しかし、斧乃木の立場から見れば、そう見えるのかもしれないと思った。

俺も、影縫余弦《よづる》も、斧乃木余接も、全員が臥煙先輩の下っ端——そもそも臥煙伊豆湖の関係者で、彼女の『下っ端』でない人間など、ひとりもいない。フレンドリーなように見えて、あの女は素晴らしく支配的だ。それこそ、彼女に対する例外がいるとすれば、忍野メメくらいのものである。

その忍野は現在消息不明だが。

「とにかく『手を引け』ってさ。僕が命令を受けたのは、この言葉を貝木に伝えることだけだ。そして貝木が今、臥煙さんから命令を受けたのは、『手を引け』ということなのさ」

「……もう答えたはずだぞ。お断りだ、と」

俺は言った。

「伝えることができないというのなら、別に伝えなくてもいい。就職活動の面接でもあるまいし、わざわざお断りの連絡をする必要もなかろう」

「ひとつ忘れていた伝言を思い出した」

斧乃木が、ようやくチョコレートチャンクスコーンを食べ切ってから、言った。脳に糖分が巡り、記憶が蘇《よみがえ》ったのかもしれない。

「『もしも手を引かないのであれば、お前とはもう、先輩でもなければ後輩でもない』」

「…………」

今まで、『手を引け』と言われたことは多々あり、俺はそのたび、手を引いたり手を引かなかったりしてきたのだが、しかし、そこまでの脅迫的物腰をもって臨まれたのは初めてだった。

あの人はそういうことを言う人だったのかと、少し裏切られたような気にさえ、俺はなった——馬鹿馬鹿しいことだが、そして恥ずべきことだが、どうやら俺は、疑うことがあれほど大事だと言いながら、どこかで、どこかの心のどこかのところで、臥煙先輩を信頼していたらしい。

いくらなんでもそこまでの横車を押さない人だと、なんだかんだ言いつつ、個人の自由を尊重する人だと思っていた——のに。

教訓。

この件から俺はどんな教訓を得るべきだろう？

「どうする？　貝木お兄ちゃん」

斧乃木は俺をそう呼んだ——それは俺の言いつけをうっかり忘れた失言と言うよりは、彼女なりの気遣いというか、歩み寄りというか、とにかくそういうもののように思えた。ひねくれ者の俺が、ここで間違った決断をしないよう、ヒントを出したとでもいうのだろうか。

あなたはこちら側だよね。

と、念押し気味に確認されているようだ。

俺は考える。さっきも一度考えたが、さっきよりも深く考える。昨夜見た、戦場ヶ原の泣き腫らした顔、そしてお礼の言葉を、他でもない俺に対して言ったお礼の言葉を思い出す。

それから臥煙先輩との関係、利害関係。

三百万円という、提示された額を思い出す。

「斧乃木」

そして俺は言った。

今度は三十分もかからなかった。

「わかった。手を引こう」

023

当然手を引くつもりなどなく、俺は斧乃木から三百万円を受け取ってから、そのままその足で北白蛇神社へと向かった。

とりあえずこの金額で、これからの千石撫子の指名料、ではなく、彼女を呼び出すための賽銭は保証された。千石詣でに対する不安がなくなったのだ、喜ばしい。一日一万円として、三百日。卒業式まで毎日通ったとしても大半がお釣りとなる。

飛行機代やホテル代まで完全に保証されたということで、俺はうはうはだった。無論、その代償として臥煙先輩を敵に回してしまったが、考えてみれば元々敵みたいな人だったので、むしろこれで縁が切れてさっぱりしたような気分だった。手切れ金までもらえて万々歳だ。世の中こんなにうまくいってよいのだろうか。

俺は清々しい気持ちで山を登り、北白蛇神社に参拝した——参拝したというか、賽銭箱に一万円札を投入した。

「撫子だよ！」

と、昨日と同じリズムで蛇神様は現れた。なんだか、こういう貯金箱が東急ハンズに売っていたなあと、俺はそんなことを思った。

「あ、貝木さん！　来てくれたんだ！」

「そりゃあまあ、お前の信者第一号だからな」

どうやら俺は、このふざけた言い回しが気に入ってしまったらしく、昨日に続けてそんなことを言った。千石撫子はそれを聞いて嬉しそうな顔をしたが（どれほど信者に飢えているのだ）、ただ、それでもそれだけでは少し弱い気がしたので、

「実は俺にはすごくすごく叶えたい願いがあるんだよ。だからこの神社に、お百度参りって奴をすることにしたのさ」

と付け足した。

「お百度参りかー。撫子もしたことが……、あったような……なかったような？」

曖昧なことを言いつつ、千石撫子は首を傾《かし》げた。記憶が曖昧、というか、それは彼女にとって、どうでもいいことらしい。だとすると、やろうとしたが、くじけて失敗したとか、そんなところか。

「で、貝木さんのお願いって何？　撫子に叶えられること？」

「……さて、ひと言では言いづらいのだが」

あまりに千石撫子に威厳がなかったので、こいつがお百度参りをする対象の、神様本人であるということを失念していた。

もしもお百度参りをするのなら、その存在もしな

い願い事とやらを、俺は千石撫子に言わないわけにはいかないのに。

どうやら生まれて初めて、かどうかはともかく、記憶にある限り初めて、神頼みということを、俺はしなければならないようだ。

「一言で言いづらいって、つまりあれ？　恋愛相談とか？　そういうこと？」

自分の抱えている問題――というか、自分の抱えていた問題と重ね合わせたのか、千石撫子はそんなことを言ってきた。

「恋愛相談、貝木さんくらいの歳になったら、結婚願望ってことになるのかな？」

「馬鹿馬鹿しい」

自分の口調がやや真面目になるのを感じた。こんなところでそんな主張をしてどうしようと言うのか、と思わなくもないのだが、しかし止められず、俺は続けた。

「お前、ドラゴンクエストというゲームをやったことはあるか」

「ん？　やったことはないけど、知ってるよ」

「ならわかるだろう、あのゲームは、魔王を倒す過程でゴールドを貯めて遊ぶＲＰＧなんだが」

「そうだっけ……？」

「だが、モンスターに倒されて、死んでしまった場合、折角貯めたそのゴールドが、半分に減ってしまうんだ」

「うん、そうだよね。知ってる」

「結婚すると同じことが起きる」

目に力を込めて、俺は言った。

「つまり結婚は死と同義だ」

「……えっと」

千石撫子は戸惑ったような笑みを浮かべた。

ひょっとすると戸惑っているのかもしれない。

「じゃ、じゃあ、自分よりお金持ちの人と結婚すればいいんじゃないのかな？」

「わかってないな。俺の自分の金が減るのが嫌なんだよ。相手からより多くをもらえればいいってものじゃないんだ」

だんだん俺の口調が熱を帯びてきたので、少し我に返り、俺は、

「とにかく、結婚願望じゃない。やはり一言では言えないんだ」

と言って、話をまとめた。

一言で言えないも何も、そんな願いごと自体が存在しないのだから、どれだけ言葉を尽くしても言えるはずがなかった。

「まあそれでも、無理矢理一言で言うならば、商売繁盛ってところかな」

「しょーばいはんじょう」

漢字変換されていない発音で、千石撫子は俺の言葉を繰り返した。書けないとすれば『繁盛』かな。『商売』が書けないようでは本当に問題だ。

「えっと。貝木さんのお仕事って何なの？」

「それもまた、一言では言いづらい」

本当は言いやすい。詐欺師の一言で済む。ただしそれを言ってしまえば、俺の計画は崩壊する。貝木泥舟という名前は忘れていても、自分が『おまじない』の被害に遭ったのが、一人の詐欺師の企みのせいだったということくらいは憶えているだろう。

忘れているかもしれないとしても、それを試すのはあまりに危険過ぎる。

「まあこれから百回——厳密に言えばあと九十八回、俺はここに来るんだ。慌てる必要はない、おいおい話していくさ」

「……うん！　そうだね！」

俺の言葉に、さすがに誤魔化されているらしい空気を感じ取ったようだが、しかし千石撫子はそれよりも、あと九十八回俺が来ると言ったことが嬉しかったらしく、満面に笑みを浮かべた。

プラスの感情でマイナスの感情が掻《か》き消えるタイプか——単純な人生で羨《うらや》ましい。いや、もう人生ではないのだろうし、人生だった頃は、もっとネガテ

ィヴな少女だったはずなのだ。

それが——今は。

「少しずつ教えてね、貝木さんのこと！　撫子、聞くから！　神様だから！」

「………………」

やけに神様を強調するな、と思った。

なり立てで嬉しいからか——それとも、もう人間じゃないということが嬉しく、主張したいことだからなのか。

どちらでもよいのだが、どちらにせよ、俺の理解を超えてはいる。そして理解する必要もない。

「で、今日はとりあえず、綾取りを教えてよ！　約束通り！　昨日教えてもらった技は、大体全部マスターしちゃったんだ！」

千石撫子は本殿から降りてきて、ジャンプ一番賽銭箱を越えて、俺のそばへと跳んで来た。結構な運動神経だ——そしておてんばっぷりだ。

果たして、人間だった頃からそうだったのだろうか？

賽銭箱を、つまりお金を入れる箱を跳んでまたいだのは不敬だと言わざるを得ないが、しかしどうだろう、俺が放り込んだ一万円札は既に千石撫子は抜き取っているわけで、空の賽銭箱なら、飛び越えようとどうしようと、それはもう神様の勝手という気もした。

「綾取りね」

俺は内心得意になりながら、頷いた。予習は完璧だ。頭の中で完全に再生できる。そしてあの本は、（一旦隠しはしたものの、結局）式神童女にプレゼントしたので（まだすべてを暗記する前ではあったが、まあ気前よく）、証拠は俺の手元には残っていない。知ったかぶりが露見する危険はない。

「いいだろう。昨日やった綾取りを出せ」

綾取りと言うか、俺が即興で作った紐なのだが。

「あ。あれはずっと遊んでたら、切れちゃったんだ」

人がプレゼントしてやったものを早くも壊してしまったという報告を、千石撫子は悪びれずにするのだった。しかし元が、何の紐だったかもよくわからないような謎の紐なので、そこで怒るのも大人げないだろう——しかし、どうしたものか。

スターバックスから一直線にここに来てしまったが、どこかで本格的な綾取りを買ってくればよかった。本格的な綾取りが、俺の作った綾取りとどの程度違うのか、わからないが。

「だからこれで代わりに練習してたんだよ！」

と、千石撫子は一本の紐のわっかを取り出した。なんだ、その辺の、ありあわせの紐か何かで綾取りを作ったのか。よかった、それなら問題ない——と思ったが、大問題だった。

千石がそう言って取り出したのは、恐らくは自分の髪の毛を千切って作ったのだと思われる、白い蛇のわっかだった。

ひょろ長いその蛇は自分で自分の尾っぽを咥《くわ》えていて、軽くウロボロスである。そんな恐るべき綾取りを、にこにこしながら千石撫子は俺に手渡そうとしているのだった。

「ね！　やってやって、貝木さん！」

「………………」

頭の中でのシミュレートを、俺はもう一度組み立て直す必要を切実に感じた。蛇で綾取りをするという発想を抱かずにここまできた自分の不明を恥じるとともに、千石撫子に対する認識を改めなければならないと思った。

この娘は、馬鹿で、しかも、狂っている。

頭が悪く、頭がおかしい。

024

尾行《びこう》されているな、と気付いたのは、馬鹿で狂っていて頭が悪くて頭がおかしい千石撫子と、夕方まできゃっきゃうふふと遊んで、山を下り、それからしばらくしてからのことだった。

気付いた瞬間、俺の脚は無意識に、駅から遠のく方向へと動く――この辺は百戦練磨と言うか、海千山千と言うか、身体が覚えた危機回避意識という奴である。

スリルを楽しむ破滅型ぶることも多い俺なのだが、しかし案外、本能は安全を選ぶのかもしれなかった。所詮貝木泥舟も人間か。そう思うとがっかりする。いや、俺はそんな自分が大好きだ。可愛げがあるというものだ――千石撫子にとってどうだかは知らないが、俺にとって『可愛い』は褒め言葉である。

「…………」

後ろを振り向かないまま、俺はさりげなく歩調を、これは意識的に速める。足元には雪が積もっているので、少し転びそうになった。

考えてみれば雪国というのは尾行しやすい地域だ――何せ、足跡がはっきりと残ってしまうし、雪が音を消してしまうし、そしてわずかにでもぱらついていれば、それは尾行者の姿を完全にまぎれさすのだ。

もちろん、気付いてしまった以上、角《かど》や死角を利用すれば、尾行者の正体を探ることはできるかもしれない。振り返って大人の本気ダッシュを見せれば、尾行者を捕らえることもできるかもしれない――ただ、できないかもしれなかったし、できなかった場合、俺が尾行者に気付いたという事実だけが相手にバレてしまう。

そうすると連中（？）は、次の手を打ってくるだろう――今度はバレないように次の手を打ってくるだろう。それが厄介だ。

だから俺は放っておくことにした。向こうの正体を探ろうという努力を一切しないことにした。偉ぶったことを言うつもりはないが、努力をしないというのは、実に簡単なことだ。少なくとも努力をするよりは簡単なことだ。

俺は適当なところでタクシーを拾って、ホテルの名前ではなく、駅名を告げた。それもホテルの最寄駅ではなく、そこから一駅離れた駅である。

尾行者の正体がなんであれ、今の段階でタクシー尾行までしてくるとは思わなかったが、まあ念のためである。

東京や大阪といった大都会ならまだしも、こんな田舎町でカーチェイス的な尾行なんて、やってくれたらむしろ嬉しいくらいだが……案の定、俺の乗ったタクシーをつけて来る車はなかった。

どうやら諦めたらしい。あっさり。いや、単に今日は切り上げただけかもしれないが——そしてあるいは、こんな小細工はあまり意味がなく、案外、俺の泊まっているホテルには、既に見張りがついているのかもしれない。

誰だろう、と、俺はここで初めて思案する。

尾行される心当たりが多過ぎて、恨まれる覚えがあり過ぎて、さっぱりわからないというのが本音だった——それも、土地がここなら尚更だ。

「とは言え……」

俺は呟く。

一番可能性があるのは、当然、臥煙先輩の——いや、彼女はもう先輩と呼ぶ必要のない相手だが——『下っ端』という線だ。

斧乃木は騙せても、臥煙先輩を騙せるとは思わない。俺の裏切り、じゃなくて、あどけなき少女のために手を引かないという美しい選択をした俺の決意を知り、彼女は俺に監視をつけたという流れだ——しかし、斧乃木は臥煙先輩への連絡ルートを持っていないと言っていた。

ならば俺の行動を、臥煙先輩が知っているわけがない——まああの人のことだ、俺の行動を読み切って、最初から斧乃木のほかにも若干名、俺に監視をつけていたという可能性は大いにある。

ただ、しばらくの間考えてみて、それは大丈夫だな、と思った。

もちろん可能性を完全に否定するわけではないが、学生時代から彼女を知る俺の、経験に基づく読みでは、他でもない臥煙先輩こそが、この件から既に完全に手を引いている。

あの人が手を引くということは、そのままイコールで、もう手を出すつもりがないということだ――たとえ彼女の美しい仕事を、俺があとからどう引っ掻き回そうと、彼女自身が再度町に乗り込んで来たりはしないはずだ。

つまり俺は、その可能性が低いから大丈夫だと判断したわけではなく、純粋に、『臥煙先輩本人が来ないのならば問題ない』と思っただけだ。

余弦やメメが来ない限り、俺にとっては問題ない――なんならその『下っ端』を籠絡して、臥煙先輩に罠を仕掛けてもいいくらいだった。

……まあ、本当にそこまでするかどうかはともかく、臥煙先輩が何ヵ月か前に、この町で一体何をしたのかは、どうやらできれば探っておく必要があるようだ――俺の今後の仕事ともかかわってくるのかもしれない。

で、もしも尾行者が臥煙先輩ルートの人間でなかった場合、次に高いのはどういう可能性だろうと、一応考えてみた。

俺に恨みを持つ中学生かな？

まあ普通に考えればその線だろうが……、ただ、その場合、わざわざ尾行という手間をかけることはないのではないか。

いきなり後ろからどつくなり何なり、直接的な暴力に打って出そうなものだ――そうしない理由もまた、いくらでも考えられるが。

「お客さん、旅行者ですか？」

タクシーの運転手が俺に話しかけてきた。

「ええ、まあ」

と俺は頷く。

「旅行というより、出張なんですけれどね。仕事でこちらに寄せてもらっているんです」

「へえ、仕事。やっぱりね。なんだか、お客さん、都会的な雰囲気がありますから、そうじゃないかと思いました」

「それはどうも」

都会的というのは、お世辞なのかなんなのか、よくわからない表現だったが、少なくとも悪口ではないだろうから、俺はそんな風に会釈《えしゃく》した。

「どうですか？　この辺りは」

そんな問いかけに俺は、

「楽しいですね。色々、スリリングで」

と答えた。

025

結局、タクシーで送ってもらった駅から電車に乗ることもなく、ホテルに戻ることもなく、そのままとんぼ返りで、俺は元の町へと戻った。

尾行を警戒したのではない、それはもう完全に気にするのをやめた。直接的な迷惑をこうむらない限りは無害と判断し、放っておくことにした。被害なきは無害、俺はそういうことのできる人間だ。

それよりも気にするべきことがあった——千石撫子の壊れかただ。

馬鹿で狂っていようと、賢く狂っていようと、そんなことは言ってしまえば彼女の自由なのだが、しかしどうもあの娘のちぐはぐさは、見ていて不安定な気持ちにさせられる。

それは白蛇で綾取りをする羽目になったことで、俺がすっかり動揺してしまったということかもしれないが——見せたいものだ、俺が教えてやった通り蛇で無邪気に箒《ほうき》を作る、千石撫子の笑顔を——幸い、俺はそんな動揺程度で、覚えた綾取りの手順を忘れることはなかったが——いずれにしても、メンタルが不安定になったのならば、それを安定させておかなければならない。

というわけで俺は、再び千石家を訪れた。

もっとも、今回はインターホンを押して、玄関から這入るつもりはない——あのご両親から聞くべきことは、もうない。聞くべきことがない以上、話したくもないような相手である。

善良な一般市民。

まあ、まったく話さないというわけにはいかないが……。

俺は千石家のそばから、携帯電話で千石家に電話をかける——ちなみに千石家は阿良々木家からそう遠くない位置にあるので、周囲には常に気を配らなければならない。

尾行に対しても無警戒ではいられないが、それよりも心配すべきは、この辺でばったり、そしてあっさり、阿良々木や、火憐と会ってしまうことである。

千石ですと応対したのは、父親だった。

俺は得意の口八丁で彼に言う。失踪した娘の手がかりのようなものが見つかった。見せてもらった部屋から持って帰った本と照らし合わせてみたら新しい事実がわかった。電話で話せるようなことではなく、あなた達の判断もお聞きしたいので、今から言う場所に、奥さんと一緒に来ていただけないか、というようなことを、とても遠回しに、つまり遠慮気味に、しかしそれなりの断りづらさを織り込みつつ、俺は彼に言う。

時間が時間なので……もう夜の九時だ……、千石撫子の父親は渋りはしたものの、しかし、最終的には応じた。まあ、行方不明の娘を思う気持ちに、嘘はないのだろう。

電話を切ってしばらく様子を窺っていると、やがて夫妻が乗った車が、千石家の車庫から出て行ったのだった。

俺はそれを確認し、それから千石家の敷地内に這入った。用心しつつ。いわゆる住居侵入罪だが、まあ何を今更という感じだ。

俺は玄関をスルーし、家の裏手に回る。さすがにこれで玄関の鍵が開いているとは思わない。たとえ開いていたとしても、俺はそこからは這入らないだろう。

見るべきは二階の窓だった。

千石撫子の部屋の窓は——すぐに当てはついた。

俺は一、二歩下がって、助走できるだけの距離を取り、そして駆け出した。民家の二階程度の高さならば、人間、脚立《きゃたつ》やロープなどの道具は必要ない。

俺は垂直の壁を革靴で駆け上がり、二階の窓の桟《さん》に手を引っ掛けた。そこから先はロック・クライミングの要領で這い上がる。

そして窓を開け、中に這入った。

昨日、千石撫子の部屋に這入ったとき、カーテンを開けたり閉めたりする振りをしながら窓の鍵を開けておいたのだが、幸いにもそれが功を奏したというわけだ——幸いにもとか言って、当然、偶然ではなく計画的犯行だが。

とは言え絶対にもう一度ここに来るつもりだったから、というわけでもなく、鍵を開けておいたのは念のために打った布石のひとつなのだが——当然、他にも布石は色々と打っている——ただ、一応、もう一度来てもいいくらいには気になっていたこともあった。

例のクローゼットだ。

千石夫妻が、絶対に開けないでと言われて、絶対に開けていないあのクローゼット——それを俺は、開けにきたのである。

だからこそ待ち合わせに呼び出して、ご両親を追っ払ったのだ。こんな手は一度きりで、しかも千石夫妻の俺への心証を、著しく悪くするものなのだが……、まあよかろう。もうやってしまったことである。

すべてに気後れしていてはなにもできない。

折角なので俺は、クローゼットを後回しに、薄暗い中、と言うか真っ暗な中、昨日は両親の目があったせいでできなかった本格的な物色というものを、しておくことにした。もっともこの前置きのような行為については、残念ながら空振りだったと言わざるを得ない。

箪笥《たんす》の中の下着類まで引っ繰り返しても、特にこれというものはなかった——秘密の日記帳でも出てきてくれたらよかったのだが。

あるいはと思い、学習机の上においてあった、ノートをぺらぺらとめくってみる。授業中にした落書きの中にでも、彼女のパーソナリティを見出すことができるのではないかという推測だったが、そもそも千石撫子は、授業中にノートを取る習慣があんまりなかったようで（ならばいつノートを取っているのだろう?）、彼女のノートはほとんど白紙だった。

どうも勉強が好きではなかったらしい。

千石撫子は。

俺も好きではなかったが、この子はどうも極端だ——それが白紙のノートから見える、個性と言えば個性なのか……。

「さて」

と、いよいよ本題だ。

待ち合わせ時間をやや遅めに設定しておいて、その上で『すいません、ちょっと遅れるかもしれませんが……』というようなことを言ってあるので、あと一時間くらいはここで家探しを続けられるが、そうは言っても他人の家。

勝手知らない他人の家。

長居が無用であることに違いはない。

俺はクローゼットに手をかけた——かすかな抵抗がある。どうやら鍵がかかっているようだ。なるほどなるほど、ご両親は鍵がかかっているから、このクローゼットを開けることができなかったのか——と、腑《ふ》に落ちたりは全然しなかった。

だって、鍵と言っても、十円玉を差し込んでくるっと回す、それだけの鍵なのだから。鍵と呼ぶのも恥ずかしい。『ここはプライベートな空間だから見ちゃいやですよ』という、ささやかな主張。うっかり開けようとしたものに、そう知らせるだけの鍵だった。

鍵は善人のためというが、正《まさ》しくこの鍵こそ、人の良心に訴える、そんなロックだった。当然善人ならぬ俺に、そんな訴えが通るわけがない。即刻棄却である。

俺はポケットの小銭を探る。

斧乃木のチョコレートチャンクスコーンを買ったときに出来た小銭が、丁度そのポケットには入っていた——俺は十円玉を選んで取り出し、クローゼットの鍵を開けた。

その中にはチェーンソーでバラバラにされた中年男性の腐乱《ふらん》死体が入っていた。なんてことはなく、一見、なんてことのない光景が広がっていた。

普通にハンガーに吊るされた服が入っている。

だが、それだけというわけでもなかった。

というよりその服はカムフラージュで、その奥に。

「なんだこりゃ……？」

026

千石家を出て、しばらく離れたところで時間を見計らい、俺は千石撫子の父親に、都合が悪くなったので行けなくなったという連絡を入れた。

さすがに向こうも大人なので、あからさまに不機嫌になるようなことはなかったが、しかしそれでも気分を害したことは確かなようで、わかっていたことだが、これから彼らとコミュニケーションを取ることは、これまで通りにはいかないように思われた。

もっとも、千石撫子の部屋の窓の鍵が開いていることにいつ彼らが気付くかわからないので、時間が経てば経つほど彼らとのコミュニケーションが危険なものになるのも確かだから、もしもあのクローゼットの中を探るのならば、この数日のタイミングしかなかっただろう。

そういう意味では俺の行動は正しかったが、しかし、結果としては空振りだった。

あんなもの。

あんなもの——何の参考にもならない。

ただ、少し気分が悪くなっただけだ。そして俺の気分が悪くなるなど、いつものことである。決して大袈裟《おおげさ》な、誇張された表現ではなく、俺は金を見ているとき以外、大体気分が悪い。

だからなんでもないことだった。

すぐに忘れることだった。

俺は、今度はタクシーを使うことなく、駅まで徒歩で向かい、電車に乗って、ホテルに帰った——いや、厳密に言うと寄り道はした。

どうしてそんなことをしたのかと問われたらうまく説明できないし、むしろ後になってなんて馬鹿なことをしたのだろうと反省したものだが、俺はわざわざ、阿良々木家の前を通って帰ったのだ。

明かりのついている阿良々木家を、正面の道路から横目で眺めて、まあ特に何を言うでも何をするでもなく、そのまま通り過ぎた。

なんとなく二階を見てみたものの、俺はどの部屋が阿良々木の部屋で、どの部屋が妹の部屋かも知らないので、見ても意味はない。ひょっとすると彼らの部屋は一階にあるのかもしれないのだし——子供部屋が必ず二階にあるとは限らないだろう。

ただ、明かりのついた家を見て、

「まあ、受験勉強はしているらしいな」

と思っただけだ。

これも思っただけで、ただの当てずっぽうの予想である。夜遅くまで電気がついている部屋があったからと言って、その部屋が阿良々木の部屋だったとしても、勉強しているとは限らないだろう。

シューティングゲームをやっていても、電気はついている。

まあ、運よくなのか、当然と言えば当然なのか、俺は普通に阿良々木家の前を通り過ぎて、そのまま駅まで歩いたというわけだ。

そんなことをしたとバレたら、どれだけ戦場ヶ原から怒られるか、わかったものではない。これは絶対に秘密にしなければならない、と思う反面、今すぐ電話をしてあいつにそれを告白したい気持ちにもなった。

要するに俺は気分が悪くなっているだけではなく、苛立っているのだろう。空振りに、怒っているのだろう。で、当り散らす相手がいないので、自身を危うさに晒すことで、ストレス解消しているといったところか。

そう思うと笑える。

自分の繊細さに笑える。

まあそういう破滅行動、破滅願望に身を浸すのは、たとえどんな危機的状況に陥っても、俺ならなんとか生き残れるだろうという確固たる自信があるからなのだろうから、俺のうぬぼれも大したものだとは思う。

でなければ、臥煙先輩の命令は蹴れないか。

もっともな。

そう思いながら俺は、ホテルに戻り、自分の部屋のドアを開けた——そして気付くのである。鍵のかかった部屋の中に、その床下、バスルームの前あたりに、一通の手紙が落ちていることに。

「…………？」

手紙？

白い封筒である。俺は後ろ手にドアを閉めて、それからゆっくり、慎重に、その封筒に近付いていき、手に取った。

封筒爆弾ということはないようだった。それを確認したところで、いや、それ以前に手に取ったところで、俺は慎重でいることにもう飽きて、やや乱暴に封を切る。

『手を引け』

という簡潔な一文が、三つに折り畳んだ用紙に書かれていた。タイプされた文字ではなく、手書きの文字である——筆致からはまったく個性を感じない。

多分意図的に筆跡を変えている。

ゆえにこの字を書いたのがどういう人間なのか、まるっきり予想できなかった——少なくとも、俺に手を引いて欲しい人間であることは間違いないのだろうけれど。

「………ふむ」

用紙の裏側や、封筒の中身をためつすがめつ見、この封筒に込められたメッセージが本当にその四文字だけであると確信できたところで、俺は用紙を丁寧に封筒に戻し、丁寧にびりびりと破いた末、丁寧にゴミ箱に捨てた。

いや、ゴミ箱に捨てるのは、さすがに無用心過ぎるかと思って、トイレに流したのだ。それからそのままシャワーを浴びる。ユニットバスなので、一旦外に出る必要はなかった。

熱いシャワーが好きな俺だが、このときはあえて、冷水を浴びた。冬場にこんなことをすれば最悪風邪《かぜ》を引きかねないが、しかし冷静になるには丁度いい。

身体が、全身が紫色になっていくのを感じながら、俺は考える。俺がこのホテルに宿泊していることを知っている人間は果たしてどれくらいいるだろう？　戦場ヶ原にはわかるだろうか。昨日、駅まで呼び出したから、俺がこの繁華街に宿を取っていることは推理できるかもしれない。ただ、ホテルが繁華街にここひとつしかないというわけではない——その特定は不可能なはずだ。

まあ戦場ヶ原が俺に『手を引け』なんて言うわけもないが……、自分で頼んでおきながら、そんな支《し》離滅裂《りめつれつ》なことを、あの直情型の女がするわけがなかろう。

そして俺は尾行者の存在を思い出す。

今から思えば、あれは神経質になり過ぎた俺の勘違いという線もあるが——あのとき俺は、ホテルを張られているかもしれないという不安を感じたはずなのだ。まあそれは不可能ではないだろう。俺が今日になって鈍くもようやく気付いただけで、ずっと監視されていたのだとすれば——

大体、手間をかけて監視や尾行をしなくとも、斧乃木のような超常的な存在の力を借りれば、俺の所在を知ることは、臥煙先輩あたりには不可能ではないのかもしれない。あいつはいつもあんな風に現れるので、俺はもう大して気にもならなくなっているが、そもそもスターバックスで読書中にあいつがいきなり現れたのは、あまりにも唐突《とうとつ》なのだ。

だが、俺の所在を突き止めたとしても、そこまでだ——鍵のかかったホテルの部屋の中に手紙を置くなんて、メッセージを残していくなんて、そんなことは誰にも不可能だ。

そう、斧乃木にだって、物理的な破壊を伴わなければ不可能なはずである——俺もついさっき千石家に不法侵入してきたところだからあまり大きなことは言えないが、しかし、ここは高層階なので、窓から這入ることも当然できない。いわゆるはめ殺しという奴なのだから。

ならばどこの誰がどうやって、この部屋にこの手紙を置いていったというのだろう？　まさか、ホテルの従業員に敵の内通者がいるのか——敵？

敵とはなんだ。

俺が今敵にしているのは、あの幼い神様じゃなかったのか？

「……俺はひょっとすると、とんでもない組織を相手にしているのかもしれない」

言ってみた。言ってみただけだ。

斧乃木の馬鹿な発言をなぞっただけとも言える——いい加減本当に凍えそうになってきたので、俺はシャワーの温度を調整して、身体を温めにかかる。適度に温まったところで、俺は身体を拭いてバスルームから出、そして携帯電話を手に取った。

一瞬、盗聴を警戒したが、それはさすがに『気にし過ぎ』だと判断し、そのまま戦場ヶ原に電話をかける。当然、さっき阿良々木家の前を通ったことを報告するためでは、ない。

「……ねえ、貝木、あなた寂しいの？　こう毎晩毎晩電話をかけてこられてもさ……」

「戦場ヶ原。訊きたいことがある」

「何よ……、私の今日の下着の色はブルーよ……」

眠そうな声、というか、どうやら寝ぼけているらしい。あの女でも寝ぼけるなんてことがあるのかと思うと、少し意外だった。いつでもぴーんと気を張っている、ベースの弦みたいな奴だと思っていたのに。

「起きろ。戦場ヶ原」

「起きてるわよ……むにゃむにゃ」

「むにゃむにゃとか言うな」

「ZZZ」

「それ、寝ぼけてるじゃなくてもう寝てるだろ」

「……何よ。また呼び出し？　いいわよ、どこにでも行ってあげるわよ……昨日と同じミスドで待ち合わせでいい？」

「いや、今日は来なくていい」

盗聴を気にするのは気にし過ぎだが、それでも直接会うのは危険かもしれない。俺の宿泊している部屋をつかむことのできる人間が、戦場ヶ原の——つまり依頼人のことを知らないとはとても思えないが、しかし用心して、直接の接触は避けておいたほうがよさそうだ。

「そうではなく、訊きたいことがある」

「……何よ。真面目な話？」

「俺とお前との間に真面目でない話があるのか？」

「そりゃそうだ……」

ようやく本腰を入れて俺の話を聞く気になったようで、戦場ヶ原は「顔を洗ってくるから、ちょっと待ってて」と、一旦電話を置いた。しばらくして戻ってきて、

「どういうこと?」
と訊いた。
しゃっきりしている。切り替えの早さが、もう大それた
ものとさえ言える。
「もう仕事の算段は立ったんじゃなかったの?」
「ああ――そっちは問題ない。今日も千石撫子に会
って、親交を深めてきたところだ」
言って、発音としては『信仰を深めてきた』とも
聞こえる言葉になってしまったことが、なんだか皮
肉だと思った。親交も信仰も、どちらも、俺にとっ
てはまるっきり無縁の言葉なのに。
「だからそちらには問題はないのだが――」
臥煙先輩や斧乃木のことは、まだ言わないほうが
いいだろう。そこまでの情報をあからさまに開示す
ると、戦場ヶ原をいたずらに不安にさせてしまうか
もしれない。
「――別の問題が起きた。だから訊きたいことがあ
るんだ」
「何でも訊いてよ」
さすがに腹が据わっている。この切り替えのスピ
ード。さっきまで寝ぼけていたのが嘘のようだ。
「お前……というか、お前と阿良々木かな。あとは
忍野忍と、羽川って奴もか。要はその辺の連中が、
千石撫子の問題を解決しようとしているときに、つ
まり俺に騙しの仕事を依頼する前に、誰かに邪魔さ
れたことはあるか?」
「…………」
「邪魔、というか……、警告されたりしたことはあ
るか、という意味の質問だと思ってくれていい。た
とえば、『手を引け』と書かれた手紙が届いたとか
――」
「…………」
俺の問いかけを聞き、戦場ヶ原はしばらく、考え
込むように黙って、それからこちらに探りを入れる
ように、

「何かあったの？」

と訊いてきた。

そういう質問をするのならばまずそちらの意図を開示しろということらしい――まあ、戦場ヶ原の立場からすれば当然だろう。むしろこんな具体的な問いかけに対し、あったとかなかったとか、何の疑問もなく答えられてしまったら、俺のほうが面喰《めんくら》う。

俺は仕事の報告を兼ねて、今日あった出来事を、戦場ヶ原に教えるのだった。とは言え、もちろんやっぱり、そのすべてではない。たとえば千石家に対する住居侵入罪は、仕事上のことにしてもひた隠しにしておかなくてはならない。下手に俺が報告すれば、戦場ヶ原も共犯になってしまう。

あくまで、法に触れる行為は俺の独断で行ったことにしておくのが、詐欺師としての礼儀というものだろう。ユーザーフレンドリーにも限度があるというわけだ。

アカウンタビリティが叫ばれる時代とは言え、すべてを開示すればいいというものではない。

ただ、まだ言わないほうがいいと思う、というよりできれば伏せておきたい情報である、斧乃木のこと、それに臥煙先輩のことは、ここでは言わざるを得なかった。

「ふうん……臥煙さん、ね」

「しばらく前にその町に来ていたらしいが、お前、会っているか？」

「いえ、私は会っていない……けど、阿良々木くんと羽川さんが、それぞれ関わっているわ。それぞれ、別件でね。というか、千石撫子が神様になったのが、そもそも臥煙さんのお札《ふだ》のせいで――なんだけど。その情報は、貝木、あなたにはもう入った？」

「ああ。なんだ、お前も知っていたのか」

そんな大事な情報をなぜ隠していたんだと言いかけたが、そもそも俺が、戦場ヶ原から事情を聞くことを控えたのだった。

個人的感情が入るとよくないからと。

ならば、ようやく俺がその地点までたどり着いて、戦場ヶ原は電話口の向こうで胸を撫で下ろしているのかもしれない。

「臥煙先輩は、じゃあ、阿良々木や羽川？　とかに、言ってるわけか？　俺に対して言ったように『手を引け』と」

「阿良々木くんには……言わないでしょう。それって、きみは抵抗せずに殺されろってことじゃない。それが無茶な要求なのは、幼稚園児にだってわかるでしょう」

「そりゃそうだ」

実際、臥煙先輩は阿良々木や戦場ヶ原は、バランスのためなら死んでいい、殺されていいと思ってはいるだろうが、さすがに本人に直接そんなことを言ったりはすまい。

「ただ、羽川さんは一度会って……、そのときに何か嫌なことを言われたみたいだったから、たぶん、阿良々木くんもそういうことを言われたんじゃないかしら。嫌なことを」

「ふん……」

「まあ、とは言え、羽川さんも何かを強要はされなかったらしいけれど。本人いわく、忠告、みたいな感じだったというか——」

「だろうな。俺にも強要はしなかった」

縁は切られたが。

しかし……、そういうことなら、戦場ヶ原の友人だという羽川に、話を聞いておいたほうがいいのかもしれない。なんとなく、絶対に、会うと後悔する予感がするのだが……。

だが、俺は斧乃木という、極めて目の細かい、もう板と言ってもいいフィルターを通してしか臥煙先輩の意図を聞いていないので、どうも彼女の真意がわからないのだ。臥煙先輩から直接忠告を受けたらしい羽川なら、あるいは、何かつかんでいるのかもしれない。

何か……とは、しかし、何だ？

何かが何なら、俺は納得できる？

「貝木。もしも羽川さんに話を聞いてみたいと言うのならば——」

と、戦場ヶ原が言った。

なんだ。自分の周囲の人間と俺がかかわることを、病的に忌避《きひ》しようとしているのだと思ったが、戦場ヶ原は、羽川を俺に紹介してくれるつもりなのだろうか。

しかし違った。

「——それは諦めたほうがいいわよ。と言ったら、貝木、ひねくれ者のあなたは私に隠れて会おうとするんだろうけれど、それも無理。だって羽川さん、今、海外だもの」

「海外……？　忍野を探しに、か？」

そう言えば元旦に、そんなことを言っていたような気がする。羽川は海外まで忍野を探しに行ったけれど、見つけられなかったとか、なんとか——まあ、付き合いの長い俺に言わせれば、実はそれはやや的外れな行動でもあるのだが。

あいつは日本限定の放浪者だ。

研究テーマというか、フィールドワークのフィールドが、あいつの場合、国内から外に出ることがないのだ。どこかで価値観の、大幅な転換が起こっていない限り、あの男は海外には行かないはず——そもそもあいつは、俺と同じで、パスポートを取得できない。

仮に海外で発見できたとしても、そう簡単には連れて帰ってこられないだろう。

「無駄なことをする奴だな。その羽川って奴も」

「そうね。そうかもしれない。無駄かもしれないわ。ただ、それでも、やれるだけのことはやっておこうという、羽川さんらしい心掛けよ。ありがたいわ」

「そうだな。ありがたいな」

俺は適当に答えた。羽川さんらしい心掛けと言われても、俺は羽川の心なんぞ知らない。

「まあ元々、羽川さんは高校卒業後、世界を巡る旅に出る予定だったから、ロケハンだなんて笑ってくれてたけど……そんなんじゃ、こっちの心苦しさは和らがないわね。ロケハンは本来なら去年済んでるはずなんだし」

「……世界中を巡る旅とは……、随分大胆な奴だな」

「忍野さんの影響という説もあるんだけれど」

「モデルを越えているじゃないか……」

末恐ろしい女子高生もいたものだ。

しかし、そういう事情なら、少なくともすぐには、羽川から話を聞くのは不可能ということか。電話やメールでの接触は可能だろうが、会ったことのない人間から、それでちゃんとした話が聞けるとも思えない。

「いつ帰ってくる?」

「わからないわ」

本当はわかっているのかもしれないと思った。少なくとも、それこそメールや電話で、連絡は取り合っているはずだし——だから、羽川がたとえどこにいようとも、あくまで俺を紹介する気はないのだろう。

厚い友情だ。

もちろん無関係かもしれないが、もしも羽川を俺に紹介し、臥煙先輩の思惑がもう少し詳しくわかれば、自分の命が助かる確率が上がる可能性もあるのに。

変な関係だなこいつら。

「まあ、じゃあいい」

俺は話を打ち切った。戦場ヶ原が話すつもりのないことを聞き出すつもりはない。その辺が、今回の俺の線引きである。

「ともかく、臥煙先輩は、俺が失敗することを恐れているらしい。あり得ないことだが、俺がお前の依頼を完遂《かんすい》できず、千石撫子を騙せなかったパターンを——」

「……その場合は、元通り、私と阿良々木くんが殺されるだけじゃないの？　別に、臥煙さん的には予定通りじゃない」

「いや、つまり騙そうという策略そのものに、千石撫子が逆上することを恐れているという意味だと思う。まあ、阿良々木が会いに行ったり、抵抗したりするのとは、ちょっと違うんだろうぜ。騙すという角度からのアプローチは」

「……まあ、それは、なんとなくわかるわね」

戦場ヶ原は、いまいち納得していない風ではあったが、そんな風に頷いた。そしてまだ不確かな自分の理解を深めるためだろう、

「つまり、告白してただ振られるのはいいけれど、告白したのに『彼女がいるから』と嘘を吐《つ》かれて振られるのは我慢できない、みたいなことなのかしらね」

と、そんなたとえ話をした。

恋愛でたとえられても俺には全然わからなかったのだが、しかし、

「ああそうだな、その通りだ」

と同意した。戦場ヶ原がそれで納得できるのならば、それでもどれでもよかったのだ。

「…………」

戦場ヶ原はそんな俺の内心を見抜いたかのように、しばらく不機嫌そうな沈黙を保ったが、

「……それで、さっきの話じゃ、貝木、あなた、臥煙さんから、三百万円という大金を提示されたのよね？」

と話を戻した。

「どうして断ったの？　つまり、どうして、そこで手を引かなかったの？」

「なんだ。手を引いて欲しかったのか」

「そういうわけじゃないけど……」

言葉を濁《にご》すようにしてから、しかし戦場ヶ原ははっきりと、

「あなたの意図がわからないのは不安になるわ」

と言った。

酷いことを平気で言う女だ、気持ちはわかるが。

「それとも、なんだかんだとうまく立ち回って、三

百万円以上のお金をどこかからせしめる算段でも立ったのかしら」

「…………」

黙ってやった。

するとと戦場ヶ原はあっさり折れ、

「ごめんなさい。酷いことを言いました」

と言った。

ちょろい女だ。

「でも本当になんでなの？　もちろん、仕事を続けてくれることには感謝をするけれど、ここで私が不安になるのはわかるでしょう？」

「三百万円以上の金をせしめる算段など立てる必要はないだろう。俺は既にその金を手に入れたんだからら」

十万円プラス三百万円。三百十万円で、三百万以上だ。

「……まあ、それはそうね」

「仕事を続けようとやめようと同じ額がもらえるのだから、そりゃ続けるさ。簡単な理屈だ」

「同じ額がもらえるのなら、仕事をやめない？」

「それは子供の理屈だな。大人はそう簡単には仕事を投げ出さない」

と、格好つけて言ったものの、詐欺行為を仕事と言っていいものなのかどうかは、一般的には判断の分かれるところなのが惜しかった。

戦場ヶ原は不機嫌そうに、「子供扱いしないで」と言った。

027

「とは言え、臥煙先輩のことは、もういいんだよ。済んだことだ。あの人は俺が三百万円を受け取っておきながら手を引かないからと言って、実力行使に出るようなタイプじゃない。監視役くらいはつけるかもしれないが——」

俺は例の尾行者のことを念頭に浮かべながら、そう言った。

「力ずくで俺の詐欺、俺の騙しを邪魔したりはしないだろう」

「本当に？　それは自分の先輩はそれくらい器が大きくて懐の深い人間だと信じたいだけなんじゃないの？　その人は無残にも冷酷にも、私や阿良々木くん、それにロリ奴隷を見殺しにしようとしている人なのよ」

「言われなくとも、臥煙先輩が俺が思っているほど、器が大きく懐の深い人間でないことくらいは知っているさ。なにせ、最悪町がひとつ無くなる程度のことで、可愛い後輩との縁を切ろうとするような冷たい奴だぜ」

「まあ……」

戦場ヶ原は何か言いかけたようだった。たぶん、あなたのような後輩とは、何もなくても縁を切りたいものじゃないかしら、とか、そんな感じの台詞を言いかけて、『酷いこと』だと思って、やめたのだろう。

いや、これは俺の被害妄想かもしれない。

つまり俺は、貝木泥舟は、予想以上に臥煙先輩に縁切り宣言されたことに、傷ついているのかもしれない——だとすれば、自分の知らない自分の新たなる一面を知った気分で、少し嬉しい。

「まあ、でも、私はその臥煙という人を話でしか知らないから、そこはあなたの言うことを鵜呑みにしておくわ。臥煙先輩は力ずくで邪魔をしたりはしない、と……」

「ああ、そして」

俺は言う。

携帯電話の電池がふと気になった。今年に入ってからまだ一度も充電していないので、ひょっとするとこの会話中に電池が切れるかもしれない。

充電器、どうしたっけな……こないだ、また捨てたんだっけ？

「同じ忠告を二度する人でもない」

「………………」

「だから不思議なんだよ。ホテルの俺の部屋に留守中侵入し、同じメッセージを書いた手紙を置いて行ったキャッツ・アイは、一体誰なんだろう」

「……まあ誰かはわからないけれど、でも、あなたが留守中の部屋に手紙を残すくらい、キャッツ・アイでなくとも、それくらいはできそうなものだけれど」

「ん？」

俺は戦場ヶ原の言葉の意味を一瞬理解しかねて、素の反応を返してしまった。

「どういうことだ？　俺が今泊まっているホテルのセキュリティの甘さを、ひょっとしてお前は指摘しているのか？」

いや、戦場ヶ原は俺が泊まっているホテルの名前を知らないはずだ。知らないはず……、言ってないはず、だよな？

「ホテルのセキュリティなんて、元々そこまで高くはないでしょう。宿泊客は自由に出入りできるんだから……」

確かに。

高級ホテルになってくると、エレベーターを動かすときや、各フロアに入るときにカードキーが必要だったりするが、それだってマンションのオートロックと同じで、誰かの後ろについていけば、簡単に入れてしまう。

「だが、ホテルに入ること自体は容易でも、部屋の中に這入るというのはそれほど簡単じゃないだろう。合鍵って線もないぜ。このホテルは非接触型のカードキーだからな。だから部屋の中に這入ろうと思えば、ホテルの従業員に内通者がいるか、あるいはコンピューターシステムに外部からアクセスできる奴が——」

「そんな大袈裟に考えることはないでしょう。キャッツ・アイじゃなくても、背後に組織なんてなくとも、私だってできるわよ」

「なんだと」

「封筒なんて、ドアの下から滑らして入れればいいじゃない」

「…………」

俺は戦場ヶ原が何気なく言った言葉を咀嚼《そしゃく》して、何度も何度も検算し、そして反論の余地がないことを知る。

思えば、確かにバスルームの前に封筒が落ちていたのは、おかしい。もしも部屋の中に誰かが侵入したというのなら、ガラステーブルの上にでも置いていきそうなものじゃないか。ならば封筒が床にあったというのは、戦場ヶ原の推理が正鵠《せいこく》を射たものである証左《しょうさ》とも言える。

「なるほど。検討に値する推理だな」

もうほとんど戦場ヶ原の推理が正解で間違いないのだろうが、俺は慎重にそう言った。いや、ただの強がりかもしれない。いやいや、かもしれないではなく、ただの強がりだ。子供を前に見栄を張っている、情けない大人だった。

ま、確かに俺に情けなどない。

ああ無情だ。

ただし、戦場ヶ原があまりに簡単そうに言うので、ただ俺がことを大袈裟にとらえてしまっただけのようにも思えるが、ホテルの部屋に戻ってきて部屋の中に手紙が落ちていたら、多くの人は、侵入者を想定するのではないだろうか。

よっぽどドア付近にあれば別だが、勢いをつけて滑らされたら、なかなかドアの下の隙間と、部屋に落ちている手紙とは結びつかない。

少なくともハッタリとしては強いはずだ。

「あなたの泊まっているホテルを特定すること自体は、誰にとってもそこまで難しくはないでしょう？」

と、戦場ヶ原も俺の強がりをスルーして、話を進めることにしたようだった。

正しい奴だ。

「少なくとも、あなたが今やっている仕事を、止めたいと思うような人なら、できなくはないはずよ。その尾行者っていうのも気になるし……」

「尾行者はこの件とはまるで無関係な、別件の奴かもしれないがな」

「そうね、特にあなた、この町で色々あったものね……無関係だとすれば、むしろそのほうが気になるんじゃないかしら」

「いつものことだ。気にならん」

俺は言った。むろん、いつものことと言うほどに俺は尾行ばかりされているわけではないが、これくらい言っておいてやれば、戦場ヶ原も多少は安心できるだろう。

俺という人間に仕事を頼んでいるというだけでも不安なのに、これ以上不安要素を増やしてしまうのは、さすがに忍びなかった。

「むしろ『いつものこと』のほうが俺にとっては有難いな。折角簡単にまとまりそうな仕事が、ここに来てややこしくなるのは困る。……で、お前に電話したわけだ。ひょっとして、心当たりがあるんじゃないかと思ってな」

「残念ながら、ないわね」

前置きが長かった割に、俺の問いに対する戦場ヶ原の答はあっさりしていた。味気ないと言ってもよかった。俺が戦場ヶ原の同級生ならば嫌われているのではないのかと不安になるあっさり加減だ。まあ戦場ヶ原は実際、俺のことがリアルに嫌いなのだが。

「そもそも、あなたに依頼したこと自体、私は誰にも言っていないし」

「言わなくてもバレることはあるだろう。たとえば、阿良々木家の廊下で俺と話しているのを、誰かに聞かれたとか」

「ない。まあ……、可能性があるとすれば、私に隠れて阿良々木くんが私の携帯チェックをしてれば、わかるのかしら……？」

「おいおい。阿良々木はそんな真似をする奴ではないだろう」

　自分の発言に俺は、自分で驚いた。意外なことに、俺は阿良々木暦という男のことを、それなりに評価しているらしい。俺に評価されたところで、あいつはまったく嬉しく思わないだろうが。

「ええ、そうね。その通りだわ。それに、もしも私の態度から何かを察したとしても、匿名《とくめい》の手紙を出すなんてまどろっこしい真似はしないでしょう。直談判に出るはずよ」

「そうだな」

　あっさり頷く俺。なんだろう、この調子。俺はひょっとして、阿良々木の理解者だったりするのだろうか。しかし、もしそうだったとしても、予想のつかないこともある。

「戦場ヶ原。阿良々木はどうだろうな、もしも俺がかかわっていて、しかも解決までの見通しが立っているという現状を現時点で知ったら、本当のところ、どうすると思う？　お前は秘密にすることばかり考えているが、実際、あいつは直談判で、何と言うと思う？　やはりあいつは『手を引け』と言うのかな」

「……そうね。いえ、どうかしら……」

「わからないのか？」

「阿良々木くんのすべてを理解しているわけではないわよ、私だって」

　一瞬、それはあいつの恋人としての敗北宣言ではないのかと思ったが、しかし、『彼氏のことならなんでもわかっている』と言い切る女のほうが怖いので、やはり戦場ヶ原は正しい。

　正しいかどうかはわからないが、正直でいい。

　正直な人間は好感が持てる。

　騙しやすそうだしな。

「ま、なんにしても念のために調べておくか……、その手紙の差出人は臥煙先輩と違って、千石撫子を騙す上で、俺の邪魔をしてくるかもしれないしな」

「そうね……手書きなのよね、その手紙？」

「ああ。そうだ。筆跡は、意図的に特徴を消している感じだった」

「そう。……でも、私が見たら、誰かわかるかもしれないわよね。さすがに今夜はもう無理だけど、明日にでも見せてもらえるかしら？」

「心当たりはないんじゃなかったのか？」

「念のためよ」

「その用心深さは悪くないが……」

俺は、どうにか誤魔化そうかとも思ったが、しかし戦場ヶ原相手にそれは無理そうだと諦めて、事実をありのままに伝えることにした。

「不可能だな。その手紙は既に、破いて捨てた」

「え……」

「トイレに流したから繋ぎ合わせることも不可能だ」

「……なんでそんなことをするの？　大事な証拠なのに」

「証拠？　俺は警察じゃないぞ。それに、お前はよく知っているだろう。俺はいらないものや不愉快なものは、手元に残さずにさっさと捨てることにしているんだよ」

「ええ、確かに知ってるわ。そうやって私のことも捨てたんだもんね」

「なんだ。お前、俺に捨てられたのか？」

「……失言」

戦場ヶ原は露骨に舌打ちをして、

「うっかり、阿良々木くんと話しているのと間違えたわ」

と、フォローになっているのかなっていないのか、よくわからないことを言った。もしも俺を傷つけようとして言ったのであれば大失敗だし、それ以上に大失態である。

まあ聞き流しておいてやろう。

子供をいじめても仕方ない。

そもそも証拠云々はともかく、手紙を捨ててしまったのは確かに早計だった。そのせいで、戦場ヶ原はおそらく、その手紙があったという俺の話が本当かどうかから、疑わなくてはいけなくなってしまったのだ。立場上、皮肉のひとつも言いたくもなるだろう。

「ま、俺の部屋に、つまり俺宛てに出されていた手紙だ。仕事の一環として俺がなんとかするから、お前は気にしなくていいし、お前は何もしなくていい。阿良々木といちゃついていろ」

「そうはいかないわ。いえ、もちろんあなたはあなたの仕事をして欲しいし、その辺は完全にお任せするけれど、私は私で、できる限りのことをしなくっちゃ」

ふむ。

それは心がけと言うよりも、俺が『手を引』いたり、あるいは裏切って逃げたりした場合を想定してということだろう——賢明だ。

ま、何をしているかは訊くまい。

それに、別ルートでも解決を探っていると言うのなら、こう頻繁《ひんぱん》に電話するのは控えておいてやるべきか。

「ところで貝木」

「なんだ」

「あなた本当に、嘘偽りなく、千石撫子にお百度参りをするつもりなの？」

「ああ。いや、嘘偽りはある。俺も歳だ。もちろん百回もあの階段を昇るつもりはない。ただ、一月の末までは毎日通おうと思っている」

「毎日……」

「だから出費は、およそ三十万円といったところだな。必要経費ではあるが、臥煙先輩からの手切れ金で十分に足りる」

そしてお釣りは俺の懐行き。大儲けだ。

「一回会うたびに一万円とか……、なんだか、キャバクラ通いみたいね」

平坦な口調ではあるが、しかしどこか、内心穏やかではなさそうに、戦場ヶ原は言った。

キャバクラ。

俺はそういうギミックの貯金箱のようだと思ったものだが、こうも感性が違うものか——俺が三十過ぎの中年で、戦場ヶ原が花の女子高生であることを思えば、普通、使う比喩《ひゆ》は逆になりそうなものなのだが。

「正直に言うと、その点がやっぱり不安だわ。あなたが毎日会っているうちに、千石撫子に籠絡されるんじゃないかって。取り込まれて、彼女側の人間になるんじゃないかって」

「戦場ヶ原、なんだお前、妬《や》いているのか？」

電話が切られた。過ぎたジョークだったらしい。

直接会ってなくて、電話でよかったと言うところだろう——もしもミスタードーナツで会っていたら、容赦なく水をぶっかけられていたかもしれない。

向こうから電話をかけ直してくるのを待とうかと思ったが、しかしここは大人として、俺のほうが折れておくことにした。どころか、かけ直して第一声、「悪かった」と俺のほうから謝ったのだから、我ながら立派なものだ。俺の謝罪くらいアテにならないものも、そうないが。

「冗談じゃないのよ」

戦場ヶ原は口に出して許すとも言わなかったが、しかしねちっこく根に持つこともなく、話を再開した。

「魔性《ましょう》なんだから、あの子」

「……お前、千石撫子とは、以前から知り合いだったのか？」

「いえ、前にも言ったかもしれないけど、彼女は阿良々木くんの知り合い、友達というだけで、私は彼女が神様になるまで、存在を知りさえしなかったわ」

「なのにどうして魔性だと断言できる。俺はただの馬鹿だと感じたぞ」

狂った馬鹿だが。

「……そうね。そう言ってたわね。だけど、私は逆に、会ってないからこそ言えるのよ——三日に一度会いに行くつもりだというのを聞いたときもどうかとは思ったけれど、毎日会いに行くというのは、考えたほうがいいと、私としては忠告せざるを得ないわ」

「…………」

手を引けと忠告されたり、毎日は会いに行くなと忠告されたり、今日は随分と色々、忠告される日である。

そしてここが重要な点だが、俺は他人から忠告されるのが大嫌いだ。

「わかったよ、お前からのありがたい忠告、聞いておこう。そうだな、毎日は会いに行かないほうがいいかもしれないな」

「……蛇の毒に中毒性がなければいいのだけれど」

戦場ヶ原がやれやれとばかりに言った。

すべてわかっている響きだ。

俺は当然、聞き流したのだった。

おやすみなさいの挨拶を互いにすることもなく電話を切ってから、俺は携帯電話を、今回はどうやら捨てていなかったらしい充電器に接続してコンセントにつなぎ、そして一日の締めとして、ノートの更新を始める。

仕事を始めて三日目。

今日は色んなことがあった。

斧乃木余接、臥煙伊豆湖。蛇で綾取りをする千石撫子。それに謎の尾行者。千石の家に不法侵入し、開張したクローゼット。そして部屋に落ちていた——否、差し込まれていた手紙。戦場ヶ原との電話。

それをすべてイラスト入りで、俺はノートに記していく。作業にかかる時間は、およそ一時間といったところだ。

そしてページをめくり、俺はこれからのＴＯＤＯリストを作っておくことにした。見通しは立ったことだし、ある意味、不安要素もわかりやすく出そろった今こそ、ＴＯＤＯリストの作り時だろう。

『☆北白蛇神社へのお百度参り（一月末まで）』

『☆尾行者への警戒（警戒レベル２）』

『☆手紙の差出主の調査（必要レベル4）』

『☆臥煙先輩の思惑を探る（優先レベル低）』

『☆阿良々木暦に見つからない（絶対）』

『☆阿良々木姉妹に見つからない（努力義務）』

大雑把《おおざっぱ》にこんなところか、と思いかけて、それから慌てて、

『☆綾取りを購入』

と書き足した。

ウロボロスでの綾取りなんて、人生で一回経験すればたくさんだ。

028

それからしばらくは、蛇神様・千石撫子のおわす北白蛇神社に通うだけの地味な日々が続いた、とこの辺りで言えればよかったのだが、しかし残念ながらそうは問屋が卸《おろ》さず、地道な日々が始まる前に、もう一悶着《ひともんちゃく》あった。

あれが一悶着であるのなら。

翌日、つまり一月四日である。三が日も明け、ようやく世間も通常営業を開始する日、俺はまず、朝ご飯を食べに出掛けた。

考えてみれば一昨日の夜、ミスタードーナツを食べて以来、俺は何も食べていない。気を抜くと食事を忘れてしまうのが俺なのだ。どうも俺は空腹中《ちゅう》枢《すう》に異常があるらしい。食欲より金銭欲が先に立つだけかもしれないが。

ホテル一階のレストランで、モーニングブッフェを楽しんで（バイキングのあの雰囲気は好きだ。というより、バイキングという行為そのものが好きなのかもしれない）、部屋に戻った。

それから朝のシャワーを浴びて、いい時間になった辺りで、俺は町へと繰り出した。部屋を出るとき、ガムテープか何かでドアの下を目張りして埋めてお

こうかと思ったが、今の俺の状況でそこまで神経質にあれこれを気にし始めたらキリがないので、それはやめておいた。

ホテルのフロントで、

「すみません、この辺りで綾取りを売っている場所はありますか？」

と訊いてみた。東急ハンズかロフトに行けばありそうだとは思うが、しかし案外、あの手の店はなんでも売っている癖に俺の欲しいものだけ売っていないという不思議な傾向があったりもするので（メジャーな店なので、詐欺師お断り対策なのかもしれない）、用心してみたのだ。

しかし、

「は？」

と首を傾げられてしまった。ホテルマンとしては宿泊客に対して問題のある対応ではあったが、しかし気持ちはわかったので、

「いえ、何でもありません」

と言って、結局俺は素直に東急ハンズに向かった。まあ綾取りそのものがなくっても、クラフト関係のエリアに、紐くらいは売っているだろう。

念のため周囲を気にしながら——尾行や監視を気にしながら目抜き通りを歩いてみたが、しかしどうにもよくわからなかった。尾行者はいたのかもしれないが、いなかったのかもしれなかった。

臥煙先輩が同じ忠告を二回することがないとわかっていても、ひょっとすると、万が一くらいの確率で斧乃木が俺を待ち構えているのではないかとも思ったのだが、それもなかった。

だとすればあの童女は今頃、阿良々木と遊んでいるのかもしれない。前に会ったときはそうでもなかったのだが、思えばあいつも随分と自由な式神になったようだ。

喜ばしいと言えば喜ばしい。

そういう意味では阿良々木に感謝してやってもいい。

そして俺は、ついでに何か買い物をしていくことにした。賽銭箱に一万円札を入れればあの蛇神様は「撫子だよ！」と楽しげに登場するのだろうが、しかし、戦場ヶ原からそれを、「キャバクラに通っているみたい」と言われたのを、もしかすると俺は気にしているのかもしれなかった。

あくまでもこれは参拝なのだということを強調するように、俺は何らかのお供え物を買っていくことにしたのだ。

何らかのお供え物。

しかし果物や花は、神社への供え物としては一般的だが、どうもただただキャバクライメージを増進させるだけのように思われたので、なんとなく避けてしまった。

気にし過ぎか？

考えた末、俺は日本酒を買っていくことにした。趣《おもむき》のある酒屋を見つけたのだ。キャバクラで働く憧れの女性に、なかなか地酒を買って持っていく男もいないだろうという判断だ。

金に余裕があるからできる、遊び心とも言える。女子中学生に日本酒を呑ませるつもりかという倫理的な非難はこの場合あたらない。あいつはもう女子中学生でもなければ人間でもない。

神様である。

お神酒《みき》あがらぬ神はなしと言う、むしろこの日本酒を呑まないくらいだったら、あいつは神様失格ということになり、ある意味問題は解決するとさえ言える。

そんな思惑いっぱいの酒瓶《さかびん》を、よりによって雪で滑って転んで割った、という間抜けな落ちだけは避けたかったので、雪の山道を慎重に登って、北白蛇神社に俺が辿り着いたのは、ちょうど正午になる頃だった。

一升瓶を持っての登山はなかなかハードだった。

二度としたくないが、今後何度もすることになるのだろう。

俺は賽銭箱に一万円札を入れようとして、そこでふと思いついて、一万円札をもう一枚取り出した。重ねて二万円である。

一万円であれだけ面白い登場をしてくれる千石撫子なのだから、二万円ならどんな登場をするんだろうという、好奇心があったのだ。

あぶく銭を手に入れると金遣いが荒くなってよくないが、俺はしかし金は使うためにあると思っているので、これでいい。

俺は賽銭箱に二万円を差し込んだ。

「な……なで、で、ええ⁉」

例によって勢いよく本殿の中から現れようとした千石撫子は、だけど現れたところで動揺しまくって、転んでしまった。そして賽銭箱の角で頭を強打した。死んだかもしれないと思った。

とは言え曲がりなりにも神様なので、特にダメージはなかったらしく、すぐ起きる。ただ、動揺は隠しきれていなかった。

「に……二万円⁉　な、なに、貝木さん、間違えたの⁉　返さないよ⁉」

「…………」

どうやら千石撫子の感性では、許容できるのは一万円までだったようだ。それでも一度賽銭箱に入れられた金は返さないという姿勢は立派だった。お前は最近のゲームセンターか。

「構わん」

「あ……、明日の分の先払いとか？」

「今日の分だ……あと」

俺は酒瓶を、賽銭箱の上に置く。ギザギザでバランスが難しかったので、横向きに置いた。

「差し入れだ」

「あ！　お酒だ！　これ、呑んでみたかったの！」

イケる口らしい。

残念ながら、『神様』のようだ。まあ、神だけでなく、基本的に妖怪変化というのはアルコールを好むものだが。

ただ、千石撫子のその言い方は少し気になった。

それではまるで人間時代から憧れていたかのような物言いだが……。

「お父さん、ビールしか呑まなかったからねー、日本酒はねー、初めて呑むんだよねー」

「………………」

了解。深くは追及しないが、言葉尻をとらえる限り、どうも千石撫子は人間時代から、親の目を盗んでちびちびやっていたこともあるらしい。

それを『見た目じゃわからない』とか『らしくない』とか思う連中が、きっと千石撫子をここまで追い詰めたのだろうと思うと、俺は何も言えなくなる。

まあ別に、多少の飲酒くらいでぐだぐだ言うほど、俺はモラリストではないのさ。

「貝木さん、日本酒とビールって何が違うのかな！」

「米からできているのが日本酒、大麦からできているのがビールだよ」

俺は大雑把な説明をしてやって、そしてこの話を切り上げて、続いての供物《くもつ》というか、プレゼントである綾取りを、

「ほら、持ってきたぞ」

と千石撫子に手渡した。

「これで蛇を使わなくても遊べるぞ。予備も何本か用意しておいてやったから、これで好きなだけ遊んで暇を潰せ」

「ありがとう！　これで暦お兄ちゃんをぶっ殺すまでの暇潰しができるよ！」

ずっと同じ口調で楽しそうに喋るので、逆にこの子が、今、現在進行形で楽しいのかどうかが、わかりづらい。楽しそうではあっても、それは単にテンションが高いだけ、ハイなだけのようにも思え、だからこそ、急に阿良々木を殺す話題などが出ると、ぞくっとする。

俺はモラリストではないし、また人死にに耐えられないほど脆《もろ》いメンタルでもないつもりだが、しかしそうもあっさり、『殺す』という単語を提出され

てしまうと、平静ではいられない。

もちろん平気な顔はし続ける。

それとこれとは別。

「暇潰しと言うがな、千石、綾取りもなかなか奥が深いんだぞ」

と言って、俺は、昨日暗記した『あやとり全集』の技の中から、まだ千石に教えていなかった技を教えてやった。

変に話を広げるより、もう綾取りだけをテーマにした方が、今日のところはよさそうだと判断したのだ。その後数時間千石と綾取りで遊んで、俺は「また明日」と言って、山を下りた。

千石撫子が後ろで手を振っているのがわかったが、俺はあえて無視をした。別に戦場ヶ原の言うことを鵜呑みにしたわけではないけれど、まあ、あまり性急に仲良くなり過ぎると、千石撫子の魔性とやらに取り込まれるかもしれないと、一応、用心したのだったった。


一升瓶を置いてきたので、帰り道は楽なものだった。そして下り切った先である。俺はここから駅まで、また尾行を気にしつつ歩こうと気を引き締めていたのだが、しかし、その必要はなかった。

その女は。

神社への階段の登り口で、わかりやすく俺を待っていたのだ。

029

白と黒。

そんな入り混じった感じだった——いや、彼女の内面についてわずか一目でそこまで俺が洞察《どうさつ》したというわけではなく、それは単純に、その子の髪の毛が、漆黒《しっこく》に白髪《しらが》混じりだったことに対するシンプルな感想なのかもしれない。

ざっくりとしたダッフルコートに、イヤーパッド。冬らしいブーツを履いたその子が何者かなんて、当然、俺にわかるはずもないのだから。

ただ、その堂々とした、何も隠そうともしない態度からこの子は昨日の『尾行者』ではないのだろうし、また、こそこそと俺の部屋に置手紙をした奴でもないのだろうと直感した。直感できた。

否——直感させられた。

「こんにちは、貝木泥舟さん。お初にお目にかかります。私、戦場ヶ原と阿良々木の同級生の、羽川翼《つばさ》と申します」

そう言って彼女は——羽川翼は、詐欺師の俺に対して深々と頭を下げた。頭を下げた瞬間、当然彼女は俺から目を切っているわけで、だからその間にダッシュで逃走することは、俺にはできなくもなかっただろう。

足の速さにはそこそこの自信がある。

ただ、残念ながら雪道においてはその限りではなかったし、また、どうしてだろう、この子からは、そんな風に逃げる気にならなかった。

俺にしては珍しく——というか、俺にしてはほぼありえない感情ではあったが、この子の前で、逃走というような卑怯《ひきょう》な真似を、したいと思えなかったのだ。

逃げることが卑怯だなどと、俺はこれまで一度も思ったことはなかったというのに。

「……俺は」

ややあって、俺は言った。

「貝木泥舟と言う——といった自己紹介は、どうやらあまり必要なさそうだな。さしずめ、戦場ヶ原や阿良々木から、俺のことは聞いている、とか、かな？」

「はい」

羽川は頭を起こして、言う。

真剣な面持《おもも》ちである。そして整った顔立ちで、なんとなく、圧倒されてしまうところがあった。年齢不相応の迫力を持っているという意味では戦場ヶ原と通じるところがある。

類は友を呼ぶということだろうか?

しかし、これは――

「ただ、正直に申し上げますと、あの二人から話を聞く前から、私はあなたのことは存じ上げておりました。ファイヤーシスターズの調査に協力したことがありまして――」

「……子供が、そこまで畏《かしこ》まった言葉遣いをするものじゃないぞ」

遮って、俺は言った。

「なんにせよ、俺に話があるんだろう? 聞くよ。聞かせてもらうよ。俺のほうも、お前に話がないでもない」

「…………」

羽川は「ん」と、片手で髪をかきあげるようにして、

「そうですね、立ち話もなんですね」

と、口調そのものは丁寧だったが、つまり砕けたとまでは言えなかったが、しかしやや柔らかくなった態度で、俺に対して頷いた。

「だが、その前に訊きたいのだが、お前がこうして俺に会いに来たことを、戦場ヶ原や阿良々木は把握しているのか?」

「いえ、全《まった》く」

「そうか」

どいつもこいつも。

時計の鎖と櫛の物語に、新たなる登場人物が現れたようなイメージだったが、しかしだとすると、相思相愛のカップルに割り込む誰かの登場は、やや道化めいていた。

もちろん、そういう意味では俺の今の立場も、相当こそこそしたものであるわけで、羽川のことを何も言えない。

雪の道端にピエロが二名。

案外、こいつと俺は似たもの同士なんじゃないか

とさえ思った。

「ま、それはいいさ。どうでもいい。チクるつもりはないから、安心しろ。その秘密をもってお前を強請《ゆす》るつもりはない」

「……わざわざ注釈をしなくても、そんな心配はしてませんし」

羽川は苦笑しつつ言った。なんというか、余裕と言うか、ふくらみと言うか、包容力のある笑みである。

生憎コートの上からでは、戦場ヶ原が言っていた胸の大きさとやらは、計れなかったが。

「それにそもそも、私の立ち位置では、そこまで厳密に、あなたと会ったことを隠さなくてもいいんですけど」

「なんだ。そうなのか」

儲け損なったような気分になったが、そりゃあそうか。

俺は雪道を歩き出した。

「だが、俺はこの町においては、隠れなければならない日陰の人間でな。特にお前と一緒にいるのは、見られないほうがいいかもしれない。その辺でタクシーを拾うつもりだが、いいか？」

「はい、構いません」

あっさり頷く羽川。

正面に堂々と立つくらいならまだしも、詐欺師と隣り合ってクルマに乗るというのは、もう度胸の域を超えていると思う。

ゆえに理解も超えている。

逆に俺のほうが、それを避けたくなってしまったくらいだが、しかし自分から言い出したことなので、撤回もできなかった。

俺と羽川は山を離れて、タクシーを拾い、駅を飛ばして直接繁華街のほうへと向かった。警戒し過ぎと言えば警戒し過ぎかもしれなかったが、しかし羽川翼というこの少女の造形はあまりに目立つものだったので、これでも警戒し過ぎではなかったのだろう。

　もしも俺が徹底的に安全に徹するなら、羽川と一旦別れ、数時間後に違う場所で落ち合うという手を使うべきだっただろう。

　ただ、どうも千石撫子とは違って、羽川翼はその『可愛さ』や、あるいは『美しさ』のようなものに対し、よくも悪くも、あまり自覚がないようだった。

「ええ、確かに目立ちますよね、この頭。ごめんなさい、学校に行くときは毎朝全部真っ黒に染めてるんですけど、冬休みだとどうもうっかり、失念しちゃって」

　そんなことを言っていた。

　照れくさそうに。

「………………」

　そのほか、車中で、別の話をしながら、世間話や与太話をしながら、なんとなく思った。

　この子はあまり『可愛がられず』に育ったんだろうな、と――思った。厳格な両親だったのか、それとも、放任主義の両親だったのか。

　別に深い話をしたわけではないので、結論は出せなかったが、妙に子供離れしたこの子の態度は、俺にそんな過去を思わせた。

「俺は戦場ヶ原からお前は今、海外にいると聞いていたんだが……あれはなんだ？　俺とお前との接触を防ごうという、つまり戦場ヶ原の嘘ってわけだったのか？」

「ああ、いえ。それは嘘じゃないです」

　とりあえず訊いておきたかった俺の問いに、羽川は答えた。

「というか、戦場ヶ原さんはそれを嘘だとは思っていません。あの子や、それに阿良々木くんは、今もまだ私が海外にいると思っています」

「ほう……」

　この子は一体、何を売って何をプレゼントしようとしているのだろうと俺は不思議に思った。俺と接触することはともかく、日本に帰ってきていることを秘密にする必要はなかろうに。

「ああ……、いえ、これってもう、ほとんど無駄な努力と言うか、気安め代わりの徒労みたいなものなんですけれど。そういうフェイントをかけることで、突破口が開けるんじゃないか、と……」

「……突破口」

「そう……、まあ忍野さんが海外にいないことも、私にはもうなんとなくわかってたんですけれど、それでも駄目元という気持ちもあったんですけれど、それ以上に、一旦国外に出ることで、何か誤魔化せるんじゃないかなって。目を盗めるんじゃないかって」

「目を盗める——というのは、誰の、だ？　千石撫子のか？」

「それもそうなんですけれど、どちらかと言えば、臥煙さんでしょうか」

そう言ってから羽川ははっと気づいたように、

「あ、ごめんなさい、貝木さん。こんな言い方をしてしまって」

と俺に謝った。

「臥煙さんはあなたの先輩なのに、失礼なことを言いました。申しわけありません」

「もう先輩後輩の関係ではない。臥煙先輩からは縁を切られた」

と言ったが、しつこく先輩という敬称をつけている自分が、こうなるとやや滑稽だった。もちろん俺は、『先輩』という言葉に、敬意なんてまったく込めていないが。

「だから気にするな。……そうだな、お前は臥煙先輩から直接忠告を受けたと、聞いている。なんというか……、災難だったな」

一瞬、間違って羽川にいきおい謝りそうになってしまったが、よく考えたら俺が謝る筋合いはなかった。

えへへ、と羽川は、なぜか、笑った。

「あの人に私が的外れな行動を取っていると思って

欲しかったと言いますか……、だから一瞬こうして故国に戻ってきましたけれど、また明朝には、飛んで行くつもりです」

「一瞬戻って……そんな貴重な時間に俺と接触する意味があるのか？」

「ええ。あります」

羽川は力強く頷いた。

この子からそう断言されると、本当に、この面会には重要な意味があるような気がしてきたので、不思議だった。

「何でも知ってる臥煙さんにはそんな手、あんまり意味がなさそうなんですけれど、でも、私が海外に出たことで、戦場ヶ原さんが動きやすくなって、あなたに連絡を取ったことは——よかったと思います。嬉しい誤算というか、嬉しい計算通りでした。貝木さん」

俺の目をじっと見て、羽川は言った。

ここまで真っ直ぐ人の目を見られる人間を、俺は見たことがなかった。

「戦場ヶ原さんを助けてあげてくださいね」

030

ただでは嫌だと言って、俺はとりあえず羽川にはタクシー代を払わせた。羽川は信じられないというような顔をしたが、しかしそれ以上反論もせず、クレジットカードで代金を支払った。

高校生の癖にクレジットカードを使うなんて生意気なと思ったが、しかし海外を旅する上では、今やそのツールは必須なのだろう。

「ありがとうございました」

と言って、俺はタクシーを降りる。

降りたところで羽川が、

「貝木さんって、意外とちゃんとしてますよね」

と言った。

「あ?」

タクシー代を払わされておいて、この娘は何を言っているのだろう。『ちゃっかりしていますよね』の言い間違いだろうか。

「いえ、なんでもないです。それより、どこに行きましょう? ゆっくり話せる、できれば人目につかないところがいいんですけれど」

それはそうだろう。

お忍びで日本に帰ってきている羽川は、緊迫性こそないにしても、俺と同じくらい、ひょっとするとそれ以上に、こそこそしなければならない身の上なのだ。

戦場ヶ原に教えてもらったミスタードーナツでもいいんだが……ああいう店は、昼はそれなりに混雑するだろうしな。

「よければ、私が宿泊しているホテルで話したいんですけれど、構いませんか? 安い部屋ですので、きっと貝木さんとは違うホテルなんでしょうけれど、私も今、このあたりに宿を取っているんです」

「……俺は構わないが、しかし」

「ああ、大丈夫です。私、そういうのあんまり気になりませんし、それに、男を見る目はあるつもりですから」

そう言って微笑む羽川に、俺はそれでも何か言おうと思ったが、しかし議論すれば議論するほど、俺が一人で勝手に後ろめたいみたいな気分になりそうだったので、やめた。

まあ俺が宿泊しているホテルの部屋よりは、羽川が宿泊しているホテルの部屋のほうが、体面上はまだマシだろう。

しかし詐欺師を前に見る目があるなんて、よほどの自負がないと言えない台詞だと、俺はやや感心した。

「フランクなんだな——オープンなのか」

とだけ言って、俺は羽川の後ろについて、彼女のホテルまで案内してもらった。

やや狭めのシングルルームで、俺は羽川と向かい合う。

「ルームサービスで何か注文しようか？」

「いえ……、あの、私の部屋のルームサービスを勝手に使おうとしないでください。クレジットカードなんて持ってますけれど、私、お金持ちってわけじゃないんです」

「そうなのか」

安い部屋と言っていたな、そう言えば。

「涙ぐましい努力をして、果たしてそんな切符が合法的に存在するのかというような安い切符を探して、格安ツアーとかを最大限に利用して、それでなんとか、世界を巡っているんです」

「へー」

頷く俺。

プレミアムパス３００を自慢して驚かせてやろうかと思ったが、それはもう大人げないどころの話ではないので、やめた。

いや、大人げないからやめたのではない。

この博学そうな彼女は、このカードは三百万円するのだと自慢しても、

「あ、でも、それって、一律二十万マイルが登録される仕組みになっていますから、それをエディに換えたり切符に換えたりするとすれば、実質三百万円を割るお得さですね」

とか、細かいことを言いそうだ。

そもそも俺の場合は金遣いが荒いと言うよりは、悪銭身につかずと言ったほうが正しいわけで、恐らくは堅実に、後ろ暗いところなく太陽の下を歩いている羽川翼に、どんな意味でも勝ててはいないのである。

むしろそんな『涙ぐましい努力』こそが、俺に対する自慢話だった。真っ当に生きている人間は、それだけで真っ当に生きていない人間を深く傷つけることを知るべきだ。

などと、因縁をつけてみたくなる。

「真っ当に生きている人間は、それだけで真っ当に生きていない人間を深く傷つけることを知るべきだな」

つけてみた。

すると羽川はコートを脱いで、クローゼットにそれを吊るしてから、真っ当な笑顔で、

「そうですね。そういう考え方もあるかもしれませんね」

と言うのだった。

ぶん殴ってやろうかと思ったが、しかし、その後、後腐れなく事態を収拾《しゅうしゅう》できる自信がなかったので、自戒した。

「なあ羽川。お前は俺に話があるし、俺もお前に話がある。だからそれについて話をするのはやぶさかじゃあない、というか望むところなのだが、その前に意思の統一を図っておいていいかな?」

「意思の統一ですか?」

「ああ。どうも今回の件じゃあ、色んな奴が色んなことを考えて、様々な思惑が交錯《こうさく》しているようなのでな」

しかも、その上『尾行者』はいる(かもしれない)し、臥煙先輩からの『監視役』はいる(かもしれない)し、謎の手紙の差出人もいる(これは確実にいる)。

「俺のような仕事を生業としている者には、人の気持ちが一番大切なんだ」

「はあ」

もちろん俺の生業が詐欺師だと知っているのであろう羽川翼は、これぞ生返事というか、ザ・生返事と言えるような相槌を打った。

構わない。こんなことで心が折れるようでは、詐欺師なんてやっていられない。NOを百万回突き付けられて一人前だ。

「だから知っておきたい。羽川、お前の立ち位置は、戦場ヶ原や阿良々木を『助ける』って方向でいいん

だな？」

「当たり前じゃないですか。さっき、助けてくださいって、お願いしたでしょう？」

「しかしそれは裏を返せば、俺に助けさせて、自分は助ける気がないという風にも受け取れる。他人任せにして自分は頬かむりを決め込んだという風にもな。あるいは、海外に忍野を探しに行っているというのも、戦場ヶ原や阿良々木よりも先に忍野と会って、忍野を騙して間違っても日本に帰ってこないように、あるいはもっと直接的に、二人を助けないようにお願いするつもりだったのかもしれない」

「……そこまで人を疑いながら、よく今まで生きてこられましたね」

若干《じゃっかん》青ざめながら、羽川は言った。どうやらこの程度の疑念さえ、彼女にとってはカルチャー・ショックらしい。

そんな目で見られる覚えはないのだが。

どれだけ素直に生きてきたんだ。

しかしどうやらできた人間であるらしい羽川翼は、親切にも俺の流儀に合わせてくれることにしたようで、

「私は、戦場ヶ原さんや阿良々木くんを、助けたいです。だけど、助けるのは別に私じゃなくてもいいんです。私はあのふたりに死んでほしくないだけで、だから助けるのは誰でもいいんです。私でも、忍野さんでも、あなたでも」

と言った。

「神に誓うか？」

俺は訊いた。千石撫子を相手取っている今、これは一種のエスプリだったのだが、しかし羽川翼は真顔で、

「猫に誓います」

と言った。

なんだそりゃ。俺の知識にある言い回しではないが、もしかすると、最近の女子高生の隠語だろうか。まずい、ブームについていけていない。取り残されている。

「……お前は訊かないのか？」

「え？」

「お前からは俺に対して何も訊かないのか？　俺の立ち位置、というか、俺の気持ちって奴を。依頼人である戦場ヶ原自身は、えらく気にしているぞ。お前はそれを、俺に確認しないのか？　どうして俺が戦場ヶ原の依頼を受けたのか、そして本当にその依頼を全《まっと》うする気があるのかどうかを」

こんな言いがかりみたいなことを言ったからといって、いざ実際に問い返されたときのための、気の利いた返しが用意できていたというわけではない。だからもしもここで羽川が、「どうしてなんですか？」とか「訊いたら教えてくれるんですか？」とか、そんなような台詞を並べていたら、俺は言葉に窮してしまい、嫌になってすべてを投げ出していたかもしれない。

戦場ヶ原ひたぎも千石撫子も放って、もう寒いところはこりごりだとばかりに、再び沖縄へと飛んでいたかもしれない。

大人はそう簡単には仕事を投げ出さないと戦場ヶ原には言ったような気もするが、それはあくまで昨日の話で、今日の話ではないのだ。

だが、羽川の台詞は、そのどちらでもなかった。

この女はにっこり笑ってこう言ったのだ。

「訊きません」

「………………」

「えーっと、じゃあ、本題に入らせて欲しいんですけれど——」

「待て。どうして訊かない。俺の気持ちなんぞ、お見通しだとでも言うつもりか？」

少し、いや、かなり苛立って、俺は十歳以上は年下であろう少女に、絡むような言い方で、逆に訊いたのだった。

しかし羽川は変わらず、笑顔のままだ。

年上の男に、密室内で凄《すご》まれているというのに、怯えた様子もない。

「そんなことは訊くまでもないということか——ふん。どうやらお嬢ちゃん、お前はなんでも知っているんだな」

「なんでもは知りません。知ってることだけ」

羽川は、笑顔のままでそう言った。

俺はその言葉に、黙らされてしまった。臥煙先輩を連想させるその台詞に圧倒されてしまった——というわけではない。

まったくない。

臥煙先輩と違い、羽川には、他の誰かを圧倒するような空気はなかった。

しかしそれでも、それなのに、俺は黙らされてしまったのだった。なんというか、馬鹿馬鹿しくなってしまった。いちいち警戒したり、腹を探ったりすることを、見事に相対化されてしまったような気分だった。

「……いいだろう」

「はい？」

「本題に入ろう。お互いに情報交換って奴をしようじゃないか、羽川。そうは言っても、お前はお前で、俺や戦場ヶ原とは別ルートから解決を図っているのだろう？　そのための情報を俺がやる——だからお前も、知っている限りのことを話せ」

031

こうして俺は、ようやく、この数ヵ月の間にあの町で起こったあれやこれやを、正確に把握したのだった。

羽川から聞いたおかげで、少なくとも戦場ヶ原から聞くよりは、事態を客観的に把握できた。千石撫子が神様になった経緯や、その際に起こった被害なども、詳しく知ることができた。

それに、臥煙先輩が、臥煙伊豆湖が、あの町で何をしたのかも——まさかあのヴァンパイア・ハーフ、エピソードまで引っ張り込んでいたとは、ほとんど滅茶苦茶である。

逆に、俺のほうから羽川に、何か有効な情報を提供できたとは、残念ながら言いがたい——残念なのは羽川であって俺ではないので、これは構わないと言えば構わないのだが。

それに羽川は、彼女にとってこの会合があんまり有益ではなかったという結果になっても、そんなに落胆した風も見せなかった。

人間ができている。

羨ましい。かもしれない。

まあ羽川は、俺が助けるのでも誰が助けるのでも、あの二人が助かればそれでいいという立場を取っているので、俺に有益な情報を提供できたというだけで、十分なのだろう。

「ふむ……」

すべてを聞いて、俺は頷く。

「……なんというか、あれだな。その話を聞く限り、キスショット・アセロラオリオン・ハートアンダーブレードが来たからあの町が霊的に乱れたと言うよりは、あの町が霊的に乱れていたから、キスショット・アセロラオリオン・ハートアンダーブレードが引き寄せられたと見たほうが、正しそうだな」

「少なくとも臥煙さんは、はっきりとは言いませんでしたけれど、そう考えていたみたいです——だからあの北白蛇神社に、新たなる神様を一柱《ひとはしら》、据えようとした」

と、羽川。

「それを阿良々木くんが拒絶したことが、結果として罪のないひとりの女子中学生を、神様にしちゃったってことなんですかね」

「罪のないひとりの女子中学生ね」

「なんですか？」

「いやいや」

と、議論しても仕方がないところだったので、俺

は羽川の問い返しに対しては首を振るだけにとどめて、それから、

「そう言えばお前は、千石撫子と接点を持っているのか？　持っているとすれば、どのような印象を受けたんだ？」

と訊いた。

「接点……とまでは、言えない感じです。面識はありますけれど、あくまでも、阿良々木くんの友達というか……。友達の友達、です。歳も離れていますし」

「ふむ」

離れていると言っても高校三年生と中学二年生だから、たった四歳くらいだろうと思ったが、しかし十代の頃に四歳違えば、それは相当の差と見るべきなのだろう。

俺からは、戦場ヶ原や羽川、阿良々木が、とても幼い子供に見えるように、戦場ヶ原や羽川や阿良々木からは、千石がとても幼い子供に見えるはずである。

「しかし会ったことはあるわけだ。そのときの印象でいい、聞かせてくれ」

「……気弱、とか、内気、とか、人見知り、とか、大人しい、とか」

羽川がそんな風に言葉を並べ始めたので、なんだ、平凡だな、と思った。そんな印象なら、千石撫子の親から既に聞いた。

俺を黙らせた羽川ならもっと、違った視点からの意見を述べてくれるんじゃないかと思ったのだが、そうそう都合よくことは運ばないようだ。

それこそ子供に期待をし過ぎたかと思ったが、だが、羽川翼は、確かに羽川翼だった。

彼女は一旦言葉を区切ってから、

「……とか、そういう印象は持ちませんでした」

と言ったのだ。

そういう印象は持ちませんでした、と。

「多くの人は、あの子を見て、そんな風に思うんでしょうけれど……、それ自体を否定しようとは思わ

ないんですけれど、でも、私が彼女から受けた印象は『相手にされてない』でした」

「相手にされてない？」

俺は首を傾げ、

「クラスで無視されていそうとか、そういうことか？」

と確認した。

確かに、アルバムの写真を見る限り、いじめられそうな雰囲気を持つ子供ではあった――神様となった今はそんな空気、微塵《みじん》もなかったが。

「いえ、そうじゃありません。相手にされていないのは、私のほう。私や、他のみんなのほう」

「…………」

「あの子の世界は、徹底的に閉じている――誰が何を言っても、その言葉は届かない。忍野さんも、あの子のことは随分気にかけていたようなんですけど……、それも結局のところ、届かなかった。これは今だから言えることですけれど、阿良々木くんのことが好きだって言っているけれど、だから阿良々木くんと戦場ヶ原さんを殺すつもりみたいだけれど、でも、あの子は本当は、誰のことも好きじゃないと思います。あの子は誰のことも見ていません」

「…………」

まあ、およそ慧眼《けいがん》だな。

ただしそれで、千石撫子を責めるのも、そんな彼女の人間性を攻撃するのも筋違いというものだ。千石撫子をそんな人間にしてしまったのは、あいつを『可愛い、可愛い』ともてはやし、マスコットキャラクター扱いした、親を含む周囲の全員の責任でもある。

むろん羽川も、そこで千石撫子を責めるつもりはないようで、

「私はなんとか、あの子のことも助けてあげたいんですけれど」

と付け加えた。

「……それを俺に期待するなよ。俺が受けている依頼は千石撫子を騙すことだ」

「わかってます。それは私のわがままです」

「しかし阿良々木の奴もそう思ってるんじゃないのか？」

「思っているでしょう——ただ、さしあたりの問題は、あの子から二人に向いた殺意であって、それを解決するのが先であることは確かでしょう。何もみんなを、一斉に救う必要はありません」

理想主義を謳う割に、合理的なことを言う。

こんな生徒を前にしたら、担任教師はさぞかしやりづらいだろうな。

まあ頑張って欲しい。

俺は俺の仕事をするだけだ。

「ただ、千石撫子を救うというのが、千石撫子を人間に戻してやるという意味なら、一考しておけよ、羽川。神様になった千石撫子と、お前はまだ話したことはないんだと思うが——あいつは今、幸せそうだぞ」

「……本人が幸せだと思っているから、幸せだということにはならないでしょう」

「そうか？」

「ええ。私はそう思います」

そう思うらしい。頑なに、そう思うらしい。なんだろう、体験談だろうか。

羽川も色々と、怪異に巻きこまれて——魅せられていたということだが、そのときに、そんな教訓を得たのかもしれない。

ならばそれは貴重な教訓だ。

大切にしたほうがよい、なんて俺が言うまでもなく、羽川翼は、きっと教訓を、大切にしていることだろうが。

「まあそう思うのならそう思っていればいい。俺があいつを騙したあと、あいつを助けてやれ」

「……あれ？　それ、私の仕事の難易度上がってません？」

おどけるように言う羽川だった。

「卒業したらすぐに放浪生活するつもりだったけれ

ど、なかなか思い通りにはいかないかなあ……うーん」

「………………」

忍野の真似事なんかやめたほうがいい、と忠告するべきかどうか、俺は少し迷ったが、しかし余計なお世話だと思って、やめた。

余計なお世話というか、知ったことじゃない。

どんな人生を送ろうと、それは個人の自由だ——神様になるのも自由だと俺は思うが、その意見を羽川と戦わせる意味はない。

代わりに俺は、

「心を閉ざしている人間というのは——まあ、俺の職業上、かなり出会うことの多い人間なんだが、確かにお前の言うとおりに、『他人を相手にしていない』んだよな」

と言った。

「結局、そういう奴は、自分のことしか考えていないんだ。……俺に言わせればそんな奴、俺に騙されて当たり前だぜ」

あえて悪党ぶった台詞を吐いて、羽川の反応を窺ってみようという意図が、この発言の裏になかったわけではない。本音ではあったが、しかしその本音を利用して、探りを入れてみたのだ。

しかし、やはり羽川は、

「あなたに騙せない人なんていないんじゃないですか?」

と、流すだけだった。

「神様はどうだかわかりませんけれど。……これ、ひょっとすると、失礼に当たるかもしれない質問なんですけれど、貝木さん」

「なんだ。この状況で、今更失礼もないだろう」

「あの子のこと、ちゃんと騙してあげられると思いますか?」

「……変な言い回しだな」

騙してあげられる、とか。

それじゃあまるで俺が、千石撫子のことを思いやって、優しい嘘をついてやるみたいじゃないか——馬鹿馬鹿しい。

「戦場ヶ原にも言ったが、あの娘を騙すことはたやすいよ。心配するな、羽川。俺はあらゆる書類に判子をつかない男だが、しかしそこだけは太鼓判《たいこばん》を押せる」

「そう……、だったらいいんです。いえ、私も、厳密には、それ自体を心配しているわけじゃないんですよ。ただ——その」

急に歯切れが悪くなった。羽川は、俺に何かを言おうとして、それからやめて、もう一度何かを言おうとして、やはりやめたようだった。

困った態度だ。無理矢理にでも聞き出したくなってしまう。もちろん女子高生相手に暴力を振るうつもりはないが。

そして、それが果たして、本当に言おうとしたことだったのかどうかはわからないが、羽川は俺を向いて、

「貝木さん。忍野さんの家族について、教えてもらってもいいですか？」

と訊いてきた。

あまりに想定外の方向からの、それは矢だった。今回の件に何か関係があるとは、とても思えない——いや、ひょっとして忍野を探すために、忍野の親族からあたってみるつもりなのだろうか？

それは確かに手順としては正しい。

消息不明の者を捜す上では、忍野メメ以外が相手ならば。

「あいつに家族なんていないよ」

「…………」

「俺にもいないがな。それがどうかしたか？」

「いえ……、それじゃあ、えっと……」

質問の言葉を探す羽川。なんだろう、そこまで、忍野の家族に希望をかけていたのだろうか。あんな放浪者がまともな家庭を持っていると思っていたのだとすれば、それはさすがに楽観的過ぎると言わざ

るをえないが。

「たとえば——姪、のような子は？」

「姪……？」

それもまた唐突な。姪というのは、言うまでもなく、兄弟姉妹の子供ということになるのだろうが……忍野に兄弟？　姉妹？

どういう発想なのだろう。

俺は正直に答えた。知る限り、多分正直に。

「あいつには兄も弟も姉も妹もいない。いないよ。元々いた家族がいなくなったんじゃなくて、家を出たとかそういうことじゃなくて、あいつは元々天涯《てんがい》孤独《こどく》なんだよ」

「…………」

「それがどうかしたのか？」

「いえ——あの、貝木さん。お金を払いますから、今、私がそういう、忍野さんのプライベートに立ち入った質問をしたということを、誰にも秘密にしていただいてもいいでしょうか？」

「おいおい、そんな買収みたいな真似は感心しないな。子供のうちからそんなことじゃ、将来が思いやられるぜ」

と言いながら、俺は羽川に右手を差し出した。羽川は無言で、その手の上に、財布から取り出した五百円玉を置いた。

「五百円か」

「すみません……、現金の持ち合わせは、あんまり」

「構わんよ」

と言って俺はポケットを探り、適当に握ったお釣りを渡してやった。ひょっとすると五百円よりも多く渡してしまったかもしれないが、それならそれでいい。

「……どういうことですか？」

「お釣りと——それと、色々教えてもらったからな。情報料だ」

「私はお金なんて——って遠慮するほどの額じゃなさそうですね」

羽川は手の上の小銭の数を数えて、言った。

「本当、ちゃんとしていますね、貝木さん」

「ちゃんとしている詐欺師なんているかよ。真面目なだけだ」

相変わらず羽川の言う意味はよくわからなかったけれど、今度は俺は反応を返すことができた。

そのあともしばらく、俺と羽川は会話を続けた——夜になるまでだ。それはただの雑談だったのだが、この先役に立ちそうな雑談だった。

小銭ではなく万札でお金を払ったほうがいいくらいの内容だったが、しかし、それこそキャバクラじみているので、控えておいた。

参考までに、俺のホテルの部屋に手紙（『手を引け』）を差し入れた誰かの正体に心当たりはないかと訊いてみたが、

「ちょっとわかりません」

とのことだった。

何でもは知らないということなのだろう。

手紙の差出主や尾行者が羽川翼であるという可能性を、普段ならば俺は疑うところだったが、不思議なことに、そんな疑いは話しているうちに完全になくなってしまっていた。

珍しいこともあるものだ。

しかし別に初めてというわけではない。たとえば一ヵ月に一度くらいは、明日の朝、ちゃんと起きることを疑わずに寝ることは、俺にもあるのだから。

「でも、どうでしょう、貝木さん。そういうことがあったのなら、ホテルを移ったほうがいいんじゃないですか？」

「ああ……、まあ、元々ホテルは一週間でチェックアウトする予定だったし、それもありか。ただ、移った先で同じことがあるかもしれないしな。そんな風に過剰に反応すると、相手が図に乗るかもしれん」

「ふむ……ですね」

ただ、また手紙が入っているようなことがあれば、それも考えなくてはならないと思った。

「あ、そうだ。貝木さん」

ところで、そう言えば、雑談の途中でこんな会話があった。

「阿良々木くんが言ってたんですけれど、千石ちゃんの部屋には、『開かずのクローゼット』があるらしいんですよ。何が入っているのかわからない、それに千石ちゃんが『大好きな暦お兄ちゃん』でさえ『絶対に開けちゃ駄目』と言ったほどのクローゼットが。貝木さん、千石家の、千石ちゃんの部屋に這入ったんですよね？　見ませんでした？」

「いや」

当然のことながら、不法侵入の件に関しては、戦場ヶ原に対してそうしたように、羽川にも秘密にしておいた。

どんな取引においても、俺は不誠実なのだ。

「そんなものがあったのか。クローゼットね。気付かなかったな」

「そうですか」

「何が入っていたんだろうな」

「わかりません。でも、そこまでひた隠しにするくらいだから、何か大切なものが入っているんじゃないでしょうか」

そうじゃない。

何の役にも立たないくだらないものだ。

危うくそう言いかけて、俺はすんでのところで踏みとどまった。不思議だ、どうして言いかけてしまったのだろう。

あんなくだらないもの。

032

それからしばらくは、蛇神様・千石撫子のおわす北白蛇神社に通うだけの地味な日々が続いた、とようやく言える。

それからしばらくは、蛇神様・千石撫子のおわす北白蛇神社に通うだけの地味な日々が続いた。

俺は毎日のように、というか、本当に毎日、北白蛇神社に行って、千石撫子と遊んでやった。参拝なのに遊んでやったというのはえらく不遜《ふそん》な物言いだが、しかしその言い方が一番的確という気がするのだから仕方がない。

綾取りもいい加減手馴れてきて、一人綾取りに留まらず、二人綾取りまで発展した。俺と千石撫子の二人綾取りは、いつまでも続くのだった。

あやとり関連の本も、あれから更に何冊も読み、そして暗記することとなった——とは言えそうやって一日中遊んでいても、ずっと遊んでいても、千石撫子は（フェアに言うなら、俺も）、ある領域から先には進めなかった。

綾取りも奥が深い。

なかなかのび太くんにはなれないというわけだ——もっとも、そんな壁にぶつかっても、俺のように嫌気が差すでもなく、投げ出すでもなく、千石撫子はいつまでも楽しそうに、綾取りを続けるのだった。

試みに別の遊び道具（独楽《こま》やら積み木やら、要は電気を使用せずに長時間遊べる玩具）を持っていってやったら、それで遊んだりもするのだが、結局は綾取りに戻るのだった。

何か思うところがあるのかもしれなかった、どうでもいいが。俺としては千石撫子とコミュニケーションを取る上で、間が持つ何かがあればいいだけなのだから。

そちらはさすがに毎日というわけにはいかなかったが、どうやら千石撫子は日本酒が気に入ったようなので、俺は何日かに一度の割合で、一升瓶を提《さ》げて神社へと向かった。

俺はアルコールに関しては、洋酒のほうが好みなのであまり付き合わないが、千石撫子はなかなか豪快に、ポン酒《しゅ》を呑む。

というか、杯やおちょこを用意してやらなかった俺が、これは悪いのかもしれないけれど、彼女は一升瓶をラッパ呑みするのだった。

見た目（というと、蛇の髪まで含んでしまうので、サイズ、というべきか）が女子中学生なのに、酒瓶を抱えてラッパ呑みする姿は、なんというか、なかなか見られるものではなくて、俺的には眼福《がんぷく》と言ってよかった。

お金を払ってもいいくらいだった。

ただ、さすが神様というだけあって、底なしと言っていいほどに千石撫子は酒を呑みまくっていたが、しかし酔っ払わないわけではないようで、日本酒を呑み終えた後は、常にも増して陽気になっていた。

そうなったら俺はさすがに疲れてしまって早めに帰ることにしていた。

もう酒は持っていかないほうがよさそうだとそのたびに思うのだが、しかし結局は陽気な彼女を見てみたくなってしまって、何日かに一度とは言ったもののの、俺は割と頻繁に、酒を持っていってしまうのだった。

まあそんな生活を一ヵ月続けた。

山道を登って。

一万円払って。

綾取りで遊んで、お喋りをして。

たまに酒を呑んで。

特にトラブルはなく、誰かから邪魔立てされるということもなく――ホテルの俺の部屋に、二通目の手紙が届くということもなかった。

ただ、手紙が届かないなら届かないで、一ヵ月以上ずっと同じホテルに宿泊しているというのもなんとなく怪しいので、俺は結局、予定通りの一週間で、ホテルを移った――しかし移った先でも、取り立て変わったことはなかった。

尾行の気配を感じたことは、あの後もないでもなかったが、まあそれも大過《たいか》なかった。こちらがあえて正体を探ろうとしていないからか、向こうも深入りしてくることはなかったようだ――というより、尾行者については、やはり俺の気のせいかもしれない。神経質になり過ぎているだけだという可能性のほうが、状況的には高かった。

その他、特記事項なし。

強いて言うなら、こんな出来事があった。

羽川から、忍野が町に滞在していたとき、宿にしていた学習塾跡の廃墟《はいきょ》があるらしい――正確に言うと、『あった』らしいということを聞いて、一月の中頃、ちょっとした気まぐれで、俺はその場所を訪れたのだ。

真っ白い広場だった。

雪が積もっていて、そして、ビルディングはなくなっていた――去年の八月だか九月だかに、火事になって全焼したそうだ。

その件に臥煙先輩やエピソード、それに阿良々木暦や忍野忍が噛んでいたというのだ――それもまた、今回の件の遠因にもなっているらしい。

何せ阿良々木は、そのとき、千石撫子が神となるための重要なアイテムを、臥煙先輩から受け取ったというのだから――臥煙先輩としては、それを忍野忍に使って欲しかったのだろうが。

その場に居合わせたわけではないので、阿良々木の判断が正しかったのかどうかは、俺にはわからない――というか、わかるつもりどころか、俺にはそれを考えるつもりもない。

俺は阿良々木じゃあないし、忍野忍でもなければ千石撫子でもないし、そして臥煙先輩でもない――つまりそれは、俺には一切、関係のない話なのだから。

臥煙先輩の思惑は、羽川の話を聞いてある程度読めてしまったところがあるが、それだって、その善悪や正誤を考えるつもりは、俺にはまるっきりないのだった。

だからその、学習塾跡――の、跡地を訪れたのは、一応は何か、仕事をする上でヒントのようなものがあれば、というような気持ちがなかったわけではないが、基本的には興味半分、面白半分だ。

忍野がどんなところで過ごしていたのか、知っておいて損はなかろうと思ったのだ――もっとも、建物自体がなくなっていたので、その目的に関して言えば、あまり満足のいく結果になったとは言えないのだが。

ただ、面白い偶然があった。

それが出来事だ。

俺は空き地となったその場所で、偶然、知り合いの沼地《ぬまち》蠟花《ろうか》という少女に出会ったのだ。

何年か前、別の町で会った子供だが――なんと、この町の人間だったのか。

それはいずれ役立ちそうな情報だった。

たとえば将来、神原駿河とかかわりを持つときとかにな。

そして一月は終わった。

一月は行く、二月は逃げる、三月は去る、というが――終わってみればあっという間の三十万円、ならぬ、三十日間だった。依頼を受けた元日を含めれば、三十一日か。

計画表や記録、TODOリストをまとめたノートも、十冊分くらいにはなってしまった――仕事が終わったら破いて捨てるだけのものだが、しかし、夜、ホテルで寝る前にそれを読み返してみると、『仕事をしたなあ』という充実感があった。

詐欺師の充実。

戦場ヶ原とは、この一ヵ月の間、電話で何度もやり取りをしたが、直接会ったのは、あの夜のミスタードーナツが最後だ――必要経費をこの後請求する必要もなさそうだし、このまま会うことなく仕事を終えられれば重畳だろう、お互いにとって。

羽川はあの翌日、つまり一月五日には再び海外に発《た》った――というが、これは嘘かもしれない。そう言ってまだ日本に留まって、あるいはまたすぐにこっそりと日本に戻ってきていて、忍野を探していたり、別のアプローチを探っているのかもしれない。

いずれにしても、彼女のことはあまり気にしないほうがよさそうである。俺は俺の仕事をするだけだし、羽川は羽川のスタイルを貫《つらぬ》くだけだ。

千石夫妻とは、あの後、一度も連絡を取っていない——向こうからも連絡はない。この仕事がこの後どう転んでも、俺はもう一生、あの善良な夫妻とは、かかわりを持つことはないのだろう。

そう言えばセンター試験があったらしい。

俺が『百度参り』をしている際、フライングで千石撫子を訪ねることがあるという阿良々木と遭遇することが一度もなかったのは、どうやらそれもあって、奴の受験勉強が本格化したからということのようだ。

ちなみに阿良々木は、戦場ヶ原の話によれば、センター試験をちゃんと受けて、そしてちゃんとはかばかしい結果にはならなかったという。

命の危機に瀕《ひん》している今、それは当然の結果と言えた——少なくとも、そういう言い訳が立つ。俺が千石撫子を見事騙しおおせれば（羽川の言い方を使うなら、『騙してあげられ』たら）、二次試験ではそんないいわけは利かなくなるので、そのためにも、俺は頑張ろうとモチベーションを上げた。足切りになってなければよいが。

そして一月が終わった。

二月になった。

予定日である。

033

「そう。じゃあいよいよ今日というわけね」

「ああ、いよいよ。そういうことだ」

ホテルを出る前、早朝に、俺は戦場ヶ原に電話をかけた——既に冬休みは終わり、三学期が始まっている。だから電話をかける時間が早朝になったのだ——もっとも三年生である戦場ヶ原は、絶対に出席しなければいけないわけではないそうだが。

変なところで真面目な奴だ。

真面目だけど変な奴、とも言える。

「大丈夫なのかしら？　さすがに緊張するんだけれど」

「緊張しなくていい」

俺は余裕を含んだ口調で言った。もちろん俺も、今日で仕事が完了すると思うと――今日で完遂だと思うと、そりゃあ緊張のような気持ちがないでもないのだが、しかし、そこで余裕を見せるのが大人というものである。

「今日の夜に電話をかける。それが最後の報告になるだろう――あとは阿良々木と祝杯をあげる準備でもしておくんだな」

「祝杯、ね……」

戦場ヶ原は、どういう心境なのか、ため息をつく感じだった。どうもただ緊張している、張り詰めているというよりは、普通に元気がない感じだった――どうしたのだろう？

俺は少し気になって、

「何かあったのか？」

と訊いた。

まさかこのぎりぎり、土壇場《どたんば》になって、何か状況に動きがあったのだろうか――それは実際、よくあることでもあった。仕事って奴は、ぎりぎりの土壇場で、基本的にはと言っていいほどに、引っ繰り返るものなのだ。

「いえ、何もないわ……、ただ、貝木。あなたと話すのも、これを含めてあと二回だと思うと、少し寂しくなっただけ」

明らかに心にもないことを言う戦場ヶ原だった。そんなことで俺を誤魔化せるとでも思っているのだろうか、と、なんだか侮辱されたような気持ちになって、俺は、

「それは俺も同じ気持ちだな。お前とこうやって密に連絡を取れるのは、二年前を思い出して、なかな

か楽しかったよ」

と、同じように心にもないことを言った。

どころか心ないこと、かもしれなかったが。

電話を切られても仕方ないと思ったけれど(この一ヵ月、何度もあった。俺から切ることもあれば、戦場ヶ原から切ることもあった。よくもまあ、今日までキャンセルされることなく、仕事が持ったものだ)戦場ヶ原は、

「くす」

と笑った。

不気味だ。そんなに笑う奴じゃないのに——いや、それは二年前の話か。

もう違うのだ。

別人よりも違う。

「もちろん阿良々木くんと祝杯をあげることになるとは思うけれど、貝木、あなたに何か、お礼をしなくちゃいけないのかしらね。最後に一度、会っておく?」

「いや、その必要はない。悪い冗談はよせ。臥煙先輩のお陰で、必要経費を請求する必要もなくなり、俺の収支もプラスで終わったし、感謝されるいわれもない。……ああ、でも、これはアフターフォローってわけでもないんだが、戦場ヶ原」

「何よ」

「一月の頭に言ったことをちゃんと憶えているか? 念のために繰り返しておくが、お前、阿良々木にはしっかり言い含めておけよ。今は受験勉強で忙しいか知らんが、俺が千石撫子を騙したところで、その後あいつがのこのこと、北白蛇神社に千石撫子に会いに行ったりしたら——そのときはすべてが台無しだぜ」

「……そこなのよね」

当然、戦場ヶ原もその問題点には気付いていたようで、困ったような声を出した。

「結局、問題はそこなの。すべてを正直に話すとしたら、あなたがかかわっていることも話さなくちゃ

いけなくなるし……、そうすると、阿良々木くんは、むしろ意地になって、千石撫子に会いにいくかもしれない」

「恋人だろ。だから、他に手がないのならもう冗談じゃなく、私のために我慢してとか、私と千石ちゃんとどっちが大事なのとか、そんな風に甘えて説得しろよ」

「……だから、そんな風に言えていたら、私の人生はこんな風にはなっていないわ」

そりゃそうだ。だがしかし、命がかかっているのだから、無理をしてもそのくらいの演技はできないものだろうか？

「いえ、できるかできないかでなく、できたとしても、阿良々木くんにはばれるということよ。私の演技力は高いけれど、でも、いきなりそんなことを言ったら、あからさまに不自然だもの」

「だろうな。じゃあ、だったらいきなりじゃなく言えばいい。俺が一月をまるまる使って千石撫子に取り入ったように、お前は二月をまるまる使って阿良々木に取り入ればいい」

「取り入ればって……」

戦場ヶ原は呆れたように言う。

「あなたにとって人間関係って、駆け引きでしかないのね」

「駆け引きなんかしたことねえよ」

瞬間的に否定してしまうが、しかしまあ、この会話そのものが、見方によっては駆け引きとも言えた。俺は駆け引きの通じない人間であろうと心がけてきたが、それは俺が駆け引きをしないということではなかったのかもしれない。

「まあ、さしあたり、タイムリミットはなくなったんだ。もしも千石撫子を救いたいと言うのならば、それはお前達が大学生になってからでも遅くはないだろう――」

羽川に会ったことは、当然戦場ヶ原には秘密にしているわけだが、しかし俺は彼女の発言を念頭に置きながら、そう言ったのだった。

「だから阿良々木のことは、説得できないまでも、山に近付かないだけの適当な理由をでっち上げるんだな。命がかかってるんだ、それくらいのことはやれ」

「そうね……命がかかってるんだものね」

そう。

戦場ヶ原の命もかかっていれば、阿良々木の命もかかっているのだ——どのような言い方をしたとしても、それは不誠実だということにはならないだろう。

いや、なるのかな？

どんな理由があろうと、恋人に秘密は持つべきではないのかな？

俺にはわからなかった。本当にわからなかった。

「なあ戦場ヶ原。ひとつ訊いていいか？」

「何よ」

「お前、阿良々木のどこが好きなんだ？」

「あなたじゃないところよ」

戦場ヶ原としては、気の利いた、そして皮肉の利いた答を俺に返したつもりだったのかもしれないけれど、しかしそれでは、消去法的とは言え、恋人の選定基準が俺ありきになってしまうということに気付いたようで、

「阿良々木くんだからよ」

と言い直した。

「阿良々木くんが阿良々木くんでなかったら、きっと好きになっていなかったでしょうね」

「よくわかんねえな」

俺は言った。

「今はそんな風に熱が入っていて、お前は阿良々木のためなら自分の命も犠牲にするほどに入れ込んでいるみたいだが、どうせ大学生になったらあっさり別れたりするんだぜ、お前達は」

「…………」

「あるいはそれは社会人になったときかもしれない。

高校生のときに成立したカップルが、そのままゴールインすることなんて、そうそうありえないだろう。所詮はくだらん恋愛ごっこだ」

「……ま、聞き流してあげるわよ。ここに来て、すべてを引っ繰り返すほど、私も計算のできない女じゃないわ。ただ、どうしてそんな意地悪を言うのか教えてくれる?」

言い返さず、むしろそんな殊勝な感じの態度で言ってくるのは予想外ではあった。そして言われてみれば、どうして俺は、高校生の子供に、こんな意地悪を言っているのだろう。

恋愛ごっこであれなんであれ、本人達が楽しそうにしているのならそれでいいじゃないか。俺は何を、ねちねちといちゃもんをつけているのだろう?

言ってしまえば、公園の砂場でままごとをしている幼稚園児に、『実際の結婚生活はそんなものじゃない』と言っているようなものじゃないか。

俺は自分を恥じた。

だから返答もせず、半ば強引に話を終わらせるために、

「とにかく、おめでとう」

と言った。

「大好きな阿良々木ともども、生き残れてよかったな」

「……気が早いわね。それとも自信家なのかしら? 今日うまくいかなければ最初からうまくいかなかったも同然なのに、まさかあなた、もう成功したつもりなの?」

「つもりだな」

俺は千石撫子を説得するたやすさを、もう一度頭の中でシミュレーションしてから、ますます自信たっぷりにそう言った。

油断しているわけではないし、それに、やっぱり緊張はしているのだが、それを戦場ヶ原に伝達する必要はない。

「心配無用だ。お前が学校から帰ってくる頃には、

すべてが解決しているよ」

「……そう。じゃあ」

じゃあ、と言ったので、戦場ヶ原は電話を切るつもりなのだろうと思った——しかし、その後に言葉は続いた。

「あの、こういうことを、成功したあと……つまり、あなたの仕事が成功したあと、あなたが私を助けてくれたあとに言うと、感じが悪いと思うから、先に言わせてもらうわ」

「なんだ」

「私を助けたからといって、いい気にならないでね」

「…………」

「いえ、もちろん、感謝はするし、お礼を言うし、もしもあなたが気分を変えて追加料金を要求すると言うのならば、それを支払うつもりもある。言いなりにだってなる。ただ、これで私が昔の恨みや、確《かく》執《しつ》を忘れるだなんて思わないで。私は一生、あなたを恨み続ける。憎み続ける。きら……、嫌い続けるんだから」

「ああ……？」

俺は頷いたが、それは曖昧な頷きになってしまっただろう。こいつは何を当たり前のことを言っているのだろうか？　わざわざ、そんな風に改まって言うようなことなのだろうか。

よくわからん奴だ。

本当によくわからん奴だ。

思い返してみれば、二年前からそういうところのある奴だったが。

「約束も有効よ。この件が終わったら、一生、私の町に這入って来ないで。私の前に、私と阿良々木くんの前に、二度と姿を現さないで頂戴」

「安心しろ、俺は約束を破ったことがない」

仕方なく適当に答えておくと、戦場ヶ原は、「そうだったわね」と、極めて無感情に言った。

「今も昔も、あなたは私に嘘をついたことはなかったわ」

034

電話を切って、それから俺はそのままホテルをチェックアウトし、外に出た。ノートやら着替えやらなにやら、生活している内に随分荷物も増えてしまったので、手ぶらでチェックアウトするというわけには行かず、購入したキャリーバッグを引き摺りながらのチェックアウトとなった。

まさかキャリーバッグを持って、雪の山道を登れるはずもなかったので、俺はそれを駅のコインロッカーに預ける。いや、今はコインロッカーとは言わないのだろうか——実際俺も、携帯電話のＩＣチップでロッカーの扉に鍵をかけたわけだし。

どの道、今日仕事が完結すれば、あのキャリーバッグの中身はほとんど処分することになるので、いっそキャリーバッグごとその辺に捨ててしまってもいいのだが、まあ人生何が起こるかわからない。

家に帰るまでが遠足、というあの言葉は、よくよく考えてみれば用心深いというよりも若干病質的だが、それでも心がけとしては正しい。

実際、俺がこの日、北白蛇神社に行くまでには、もうワンクッションあった——何が起こるかわからない、それは確かな予想だった。

キャリーバッグをロッカーに収め、電車に乗って彼らの町に向かう途中、正にその電車の中——時間をラッシュ時からはズラしたので、ガラガラの車中——俺の隣に童女が座った。

式神少女、斧乃木余接である。

「いえーい」

と、横ピースで現れた。

無表情である。

「……今更何の用だ?」

俺は隣を見ず、正面を向いたままで彼女に話しかけた。

「俺は臥煙先輩には縁を切られたはずだが」

「いや、あなたとの縁を切ったのはあくまで臥煙さんであって、僕は違うよ。僕にとって貝木お兄ちゃんが、お兄ちゃんであることは揺るがない」

「揺るげよ、そこは」

貝木と呼べ、と言った。

わかったよ、と言い、

「しかし、ということは本当に、臥煙さんに逆らうつもりなんだね」

斧乃木はそう続けた。無感動に。極めて、そして極端に、無感動に。

「ぎりぎりの土壇場になって、その決断を引っ繰り返すつもりなんじゃないかと思っていたけれど……期待していたけれど」

「臥煙先輩に言われて来たのではないのか？」

「ううん？　違うよ。僕は鬼いちゃんのところに遊びに行くだけだよ」

「……………」

鬼いちゃんというのは、阿良々木暦のニックネームだろうか——斧乃木にしては、なかなか秀逸《しゅういつ》なネーミングセンスだ。

「可愛がってもらうんだ。だから貝木とここで隣り合ったのは偶然さ」

「……こんな偶然があるとは、世の中ってのは不思議なものだな」

「うん。不思議だよ。真っ赤な不思議さ」

俺は考えた。

普通に考えれば、斧乃木はそう言い含められているだけで、臥煙先輩ではないにしても、影縫やら誰やらから言われ、俺に最後の忠告をしに来たと見るべきなのだろう。

ただ、本当に偶然なのかもしれないと思った。

普段の俺ならばそんなことは絶対に思わないのだろうが、このときばかりはそう思った。

あるいは、斧乃木が——この自分の意志なんてほとんど持たないはずの、死体の憑喪神《つくもがみ》が、個人的な動機で、俺に忠告しにきたのかもしれないと、そう思った。

ありえないが、ありえてもいい。

そう思った。

「三百万円。臥煙さんに逆らう報酬としては安過ぎると思うけれど……、臥煙さんにそのつもりがなかったとしても、貝木、あなたはこれからこの業界では生きにくくなるよ」

「この世を生きやすいと思ったことなんて、一度もないさ。自分の人生を安いと思ったことなら、何度かあるがな」

「…………」

「臥煙先輩にだって敵対勢力がないわけでもないんだ——そいつらを適当に騙しつつ、しばらくは凌《しの》いでいくさ」

「……そんなに大事なのかね、他人の彼女が」

斧乃木は変な言い回しをした——やはり、付き合っている人間が悪いと、性格がひねくれてしまうようである。

「他人の彼女が——そして、昔の女が」

「どうやら何か誤解があるようだな。訂正しようとは思わないが」

人の勘違いは放っておくに限る。

怪異の勘違いもだ。

勘違いの斧乃木は、その的外れな勘違いに従って、更に、

「あなたらしくないよ、貝木。らしくないことをすると、本当、ロクな目に遭わないぜ。そういう失敗を、かつて経験したことがないわけでもないだろうに」

と言った。

「…………」

「ああ、でも、らしくないと言うわけでもないのか——二年ほど前だっけ？　貝木が結構大規模な、宗教団体を詐欺に引っ掛けて潰したのって」

「…………」

「間接的とは言え、僕も手伝わされたから憶えているよ。あれも戦場ヶ原のためだったんだろう？　あの子のお母さんが嵌まっていた、というか嵌められていた悪徳宗教団体を、あなたは大した金にもならないのに、あの子のために潰したんだろう？　……まあ、結局、あの子のお母さんは系列上位の別の団体に移っちゃっただけで、何の解決にもならなかったけどさ」

「……面白い見方をするな、お前は。俺はただ、行きがけの駄賃《だちん》に、仕事中目に付いた、俺の取り分をピンハネしようとした宗教団体にちょっかいをかけてみただけだというのに。だがまあ、大した金にならなかったのも事実だし、どう思ってくれてもいいさ。そんないい奴だと思われて、俺が損をするわけじゃない。ありゃあ仕事としては失敗だった」

「そして今回も失敗するんじゃない？　臥煙さんが本当に心配しているのは、それだよ。縁もゆかりもない、知らない町のことじゃなくて——臥煙さんはあなたの身を、あなたの心身を案じているんだよ。また、貝木がらしくないことをするんじゃないかって」

「あんな先輩に先輩面されるのは気に入らないな」

「戦場ヶ原家を、家庭崩壊させたのも——結果的に離婚せざるを得ないような状況に追い込んだのも、もうそれしかなかったからなんじゃないの？　お母さんを戦場ヶ原家から切り離さないことには、一人娘に未来がないと判断したからじゃないの？」

「ああ、そうそう。その通り、実は俺はとてもいい奴だったんだよ。そういう子供を思う心優しい奴だったんだ。悪ぶってるだけの奴だったんだ。詳しいじゃないか。よく知ってるな、お前。でも人に言うなよ、恥ずかしいから」

「……それも失敗だった。あなたには、母親を思う娘の気持ちが理解できていなかった」

「そうそう。そうなんだよ、いやー理解できていなかったなー、あの頃の俺。同じ失敗を繰り返さないように気をつけないとな。うん、長い人生、これからも頑張っていこう」

「……あなた、一生そんな性格なの？」

「そうだ。俺は一生こういう性格だ」

「自分で自分が、何をやっているか、実はわかってないいんじゃない？」

「自分で自分が何をやっているのかわかってる奴なんかいるのかよ。お前だって、どうして俺とこんな話をしているのか、どうして俺にそんな話をしているのか、わかってないいんじゃないか？」

「成功率はとても高いと思う。きっと貝木は、千石撫子をあっさり騙せるんだろう、普通に考えればそうなる。だけど——あなたはこういうとき、必ず失敗をする。してきた」

「…………」

「少なくとも臥煙さんはそんな風に思ってるんじゃないのかな。……僕から言えることはそんなところだ」

「そうか」

それだけ言った。特に反応せず、感想も言わなかった。

その後は、電車が目的の駅につくまで、影縫の近況などを聞いた——あの女は相変わらずずらしい。相変わらず、自分らしく生きているらしい。

035

戦場ヶ原ひたぎと初めて会ったとき、つまり二年前、俺は彼女のことを、

「脆そうなガキだな」

と思った。

無論その頃には戦場ヶ原は奇病にかかっていて、だからこそ信仰心厚い母親から、当時ゴーストバス

ターを標榜《ひょうぼう》していた俺が呼ばれたわけだが、しかし奇病云々を差し引いても、俺は彼女を『脆そう』だと思った。

その感想は今も変わらない。

『脆そう』。

奇病が治った今も、彼氏ができた今も、改心したという今も——『脆そう』だと思う。千石撫子が『壊れている』少女だとすれば、戦場ヶ原ひたぎは『壊れそう』な少女だった。

脆く、危ういと思った。

だからこそ今のあいつは奇跡だと思う。奇病ならぬ奇跡だ——あんなに壊れやすそうな人間が、二年前も、今も、十八年も、ずっと壊れずにきたというのは——

母親は壊れた。

だが娘は壊れなかった——これからどうなるのかはわからないが、しかし少なくとも、今、このときに壊れることはない。


俺が千石撫子を騙すからだ。

「撫子だよ！」

一万円札を賽銭箱に入れると、いつも通りに、先月の間、ずっと毎日見ていたように、千石撫子は登場した——面白いポーズもさすがに見飽きた、というか、いささか食傷気味だった。

とは言え、そんな千石撫子を見るのも今日が最後だと思うと、寂しく思う気持ちもあるので不思議なものだ。

いや待てよ。勢いホテルをチェックアウトしてしまったが、お百度参りと言った以上は、俺はこれからも——あと七十日か、この神社に通ったほうが、本当はいいのだろうか？

千石撫子に嘘の情報をつかませ、騙した途端にドロンじゃあ、その情報の信憑度が下がってしまうかもしれない。

ふむ……、ならば七十日とは言わずとも、三十日くらいは……おいおい。

これじゃあ本当に、千石撫子との別れを惜しんでいるみたいじゃないか。往生際の、引き際の悪い男というか……。

もちろん今日で切り上げたほうがいい。

通ったほうがいいという見方ももちろんあるが、接触が多くなれば、俺の嘘はむしろ露見しやすくなる。どうせ『大好きな暦お兄ちゃん』が手を下すまでもなく死んだというショッキングな情報を知れば、俺のことなんてどうでもよくなるに違いない。

「わーい！　一万円一万円！」

「…………」

俺は千石撫子の奇矯《ききょう》な動きにいささか飽きていたが、千石撫子は賽銭一万円にまだ飽きていないようで、いつも通りに喜んでいる。

まあお金で喜ぶ人間は素直でいい。

現時点での合計が既に三十万円を超えているので、そこだけ見れば、かなり金のかかる女だったと言っていいが——

いきなり本題に入るのもなんなので、まずはいつも通りに綾取りで遊んだり、酒を呑ませたりして、時間を費やした。

そして、どこで切り出したものかときっかけを探っていたとき、

「そうだ！　貝木さん！」

と千石撫子は手を打った。

その際、俺の手の中の綾取りの橋の形が崩れたのだが、千石撫子はそれを見もせずに、

「いい加減、そろそろ教えてよ！」

と言ってきた。

教えて、と言われても、何のことだかわからない——なんだろう、綾取りの新しい技だろうか？　もう、俺の知る限り、できる限りの技はすべて伝授していて、逆さに振っても何も出ないが……。

だが、そうではなかった。

千石撫子が言っているのは、俺に教えろと要求しているのは、俺がお百度参りをしてまで叶えたい、

願い事の内容だったのだ。

「ああ……願い事」

「そうだよ！　なんだかこれじゃあ撫子、ただでお金をもらってるみたいで心苦しいよ！　撫子、神様になったばかりだから、ちゃんとできるかどうかはわからないけれど、貝木さん、お願い事を言うだけ言ってみてよ！」

「………………」

しまった。失念していた。考えていなかった――後回し後回しにしにしているうちに、それにそもそも百度参りを達成するつもりもなかったから、俺としたことが、何も頭に候補がない。商売繁盛とだけ言ってあるんだったか――そんなこと言わなければよかった。まさか俺の商売の詳細など、語れるはずもない。

隙をつかれた気分になった――どうする。

俺は考えのないままに、

「願い事ってのは、しかし、人に言ってしまった瞬間に、叶わなくなったりするよな」

と、とりあえず会話を繋いだ。内心では精一杯誤魔化しにかかっているのだが、しかしそれでも、表面上は何の変化も出ていないはずだ。

「え？」

と、千石撫子は首を傾げる。

「どういうこと？」

「この神社の作法がどうだかは、これからお前が決めるんだろうが――初詣とかじゃあな、自分の願い事は他の人には教えないものなんだよ。言ったら願いが叶わなくなるっつってな」

「？　どうして、他の人に言うと、願い事が叶わなくなるの？」

「言葉なんて信用ならないからだろ」

もっと願掛け的な理由があったような気もするが、俺はここでは、あえて持論を述べることにした――千石撫子からの思わぬ不意討ちだったが、ならばむしろそこをきっかけに、俺は本題に入ることにしたのだ。

「口に出して、誰かに言ってしまった瞬間に、それは気持ちとはすれ違う。言葉なんてのは全部嘘で、全部ペテンだ。どんな真実であろうと、語った瞬間に脚色が入る。言葉は表現だから、そこに不純物が混じってしまうのさ。あるように、ただあるように願いたければ、ただ願いたいのなら、その願いを、決して口に出しちゃあいけないのさ」

「……え、でも」

千石撫子は戸惑ったように言う。

「それじゃあ撫子は、貝木さんのお願い事が何かわからないから、叶えてあげることができないし——それに、撫子は今まで、自分の願い事を、いっぱい喋ってきちゃったよ」

かかった。ひょっとすると俺がほのめかしたその点に気付かないんじゃないかと思ってひやひやしていたが、そのくらいの賢さはあるらしい。千石撫子はテントウムシよりは、ひょっとすると賢いのかもしれなかった。

「暦お兄ちゃんや、その恋人の人や奴隷の人を、殺したいって——ずっと言ってきちゃったよ」

「そうだな。だから——」

俺は言う。演出たっぷりに、脚色たっぷりに。

嘘の言葉を、ただの言葉を、千石撫子に言う。

「——だから、その願いは叶わない。お前がそんな願いを喋り続けたから、もうその願いを叶えることはできない」

「……どういうこと?」

「俺は今日、それを言わなくちゃいけないんだ。それをお前に、教えてやらなくちゃいけないんだ。お前が殺したいと言っていた阿良々木暦は、それに戦場ヶ原ひたぎも忍野忍も——昨日の夜、交通事故で亡くなったんだよ」

千石撫子は驚いたように目を剝《む》いて。

そして彼女の髪の毛も、十万匹以上の白蛇もすべて、目を剝いて——そして。

「貝木さんも『私』を騙すんだね」

と、うっとりと微笑した。

036

俺の仕事は完璧だった。そう言えるだけの自信はある。一ヵ月かけて、一ヵ月の間毎日、下手をすれば遭難しかねないような山道を登ってこの神社に通い、今日、この日のための下地を丁寧に作ってきた。

にもかかわらず千石撫子がこうもあっさりと俺の嘘を看破したのは、そもそもこいつは、俺のことなんて、まるっきり信用していなかったということだ。

信じていなかった。

疑ってもいなかったが、信じてもいなかった。

だから騙すも何もなかったのだ——そういう意味では、俺のほうが千石撫子に騙されていたと言っていいのだろうか。

知能的には、賢さとかそういう観点から見れば、千石撫子を騙すことは確かにたやすかっただろう。テントウムシと比べるのはいくらなんでも大袈裟だったとしても、それでも彼女を騙すことは、詐欺師にとっては簡単だったはずだ。

だけどそうではなく、俺はもっと、心の問題を重視すべきだったのだ——決して軽視していたつもりはなかったが、それでも、ここまでこの娘が、心を閉ざしていたとは思わなかった。

心の闇——ではなく、闇の心だった。

誰のことも相手にしていない。

羽川が言っていた言葉が、今更のように俺の頭の中でこだまする。一ヵ月間、綾取りやら賽銭やら酒やらで、ほんの少しでも信頼関係のようなものが生まれていたと思っていた俺は、千石撫子から信用を勝ち取ったと思っていた俺は、大馬鹿野郎以外の何者でもなかった。

俺は千石撫子の信者第一号かもしれなかったが――しかし、千石撫子は、俺を信じてなんて、まるっきり、いなかった。

信じることも疑うこともなく。

ただ俺を、ただの俺としていた。

綾取りの紐にされていた、一匹の白蛇のことを思い出す。自分で自分を食べている、ウロボロスを――自分しか相手にしていない、あの蛇を。

「本当……もう、嘘つき。みんなみんな――本当に嘘ばっかり――」

じゃ、と。

じゃじゃ、と。

じゃじゃじゃじゃじゃじゃじゃじゃじゃじゃ――と。

北白蛇神社をいただく山が、蛇へと化していく――否、そんな表現をすれば、まるで昔話か神話のように、山自体が一匹の大きな蛇だった、というようなイメージになってしまうし、そんなことは実際にはなかったのだが、だが、受ける印象としてはそう表現することが一番近い。

神社の境内からも、本殿の中からも、賽銭箱の中からも――神社周辺の、岩の下からも、雪の中からも、木の影からも、次々と白い蛇が、続々と大量に出現したのだ。

暗闇に光が差すように。

光が闇に呑まれるように。

空間に次々と、蛇が出現したのだ――それこそ、十万匹どころではきかない。大小さまざまな蛇が、同じ白でもまるで雪にまぎれることもなく、一面に満ちていく。

蛇、蛇、蛇、蛇。

あっという間に何も見えなくなった――神社の本殿も、鳥居も、地面も、樹木も、草も、何もかも――白い蛇で埋め尽くされた。

そこにかろうじて見えるのは。

千石撫子の姿だけである――いや。

彼女自身が誰よりも蛇なのだから、やはり俺の視界は、蛇で埋まっているのだ。

そんな環境の中、千石撫子は。

やはりうっとりと——微笑している。

「……う」

気持ち悪い、とか、怖い、とかいうレベルを既に遥かに超越している。全然違うし、一緒にすると怒る人もいるかもしれないが、いつだったか、どこかの海でスキューバダイビングをしたときのことを思い出した。そう、今の気持ちは、一面に広がるサンゴ礁を見たときの気持ちに似ていた。あまりに壮絶過ぎて、俺は、

「美しい——」

と。

そう思ったのだった。

当然のことながら、それら大量の蛇は、俺の身体にも容赦なくぐるぐると巻きついてくる——というより、俺の服の中からさえ、白蛇は現れるのだ。俺の口の中からも出てくるんじゃないかと思えるほどに、どこからでも、どこからともなく白蛇は出てきて、どこからでも現れるのだった。

偽物とは言え、いかさまとは言え、俺もゴーストバスターを名乗っている身だ、これまで様々な、そして数々の、怪奇現象を目撃してきた。

都市伝説も街談巷説も道聴塗説も。

それなりに体験してきた。

戦場ヶ原の奇病も、その一例であり、その一環だ——だから俺は、こうなった場合のパターンも、まるっきり想定していなかったわけではない。

臥煙先輩に忠告されるまでもなく、斧乃木に心配されるまでもなく、羽川に危惧されるまでもなく——失敗したときのことも考えてはいた。

自信はあろうと、しかし、世の中何が起こるかわからないことを俺は知っている——たとえば、俺がたとえ万全を尽くしたところで、誰か（尾行者でも誰でも）の妨害が入る可能性もあった。

だから千石撫子がこんな風に暴走する可能性を、

まるっきり警戒していなかったわけではない——疑い深い俺が、それを警戒しないわけがない。

だが、その想定がちっとも意味をなさないほどに、千石撫子の『暴走』は、枠を超えていた。視界をすべて蛇で埋め尽くすほどの怪奇現象など、俺は聞いたこともない。

この蛇が本物の蛇なのか、イメージとしての蛇なのかさえ、俺には判断できない——そして何より恐ろしいことに、千石撫子はこれで、

『暴走』

など、本当のところはしていないのだ。

まるっきりの正常な精神状態で、つまりは何の感情の起伏もなく、これだけのことをしてのけたのである。

俺の嘘を怒ってさえいない。

それは彼女にとって、最初からわかっていたことだから。

「本当に嘘ばっかり、本当に嘘ばっかり、本当に嘘ばっかり——世の中って、世界って、この世って、本当に本当に本当に本当に本当に、嘘嘘嘘嘘嘘ばっかりなんだから——」

千石撫子は言いながら。

己《おのれ》の周囲に大量の蛇を躍らせる——踊らせる。

山が蛇に化けていくような、と言うより、既に膨大なる蛇の体積は、山の体積を越えているようにさえ思えた。

仮に『失敗』したときのために備えていた俺の、まあ作戦めいたものというか——千石撫子に対する、暴力的な強攻策だったり、強引なる倒しかただったりするものが、あっけなく、自分の中で雲散霧消《うんさんむしょう》していくのを痛感した。

ああ。

こりゃあ、駄目だ。

手に負えないとはこのことだった。

戦場ヶ原は、それに羽川も、忍野の奴を探していて、まるで忍野ならばどんな状況でも解決してくれ

ると思っているようだったが、あたかも忍野のことをスーパーマンかなんかだと思っているようだったが――こんなものたとえ忍野がいたところで、何にもならなかっただろう。

当初の、忍野忍を蛇神とする計画とズレた結果となっているのに、あの臥煙先輩が『手を引』いたのも頷ける――この少女の怨念は。

メンタルは。

伝説の吸血鬼、あらゆるパラメーターが規格外であると言われる、鉄血にして熱血にして冷血の吸血鬼、キスショット・アセロラオリオン・ハートアンダーブレードさえ、超越しているのかもしれなかった。

「本当にもう――嘘つきなんだから！」

「は。誰に言っている」

失笑しつつ、そんな風に言う自分が信じられなかった。どれほど、どこまで虚勢を張るのだ、俺は。

しかしこの状況で、今更俺を嘘つき呼ばわりする千石撫子は、子供であるということを差し引いても、神様になったばかりだということを差し引いても、あまりに幼過ぎて。

失笑せずに、苦笑せずにはいられなかった。

「そして何を言っている――まるで自分は、嘘をついたことが一度もないかのような言い草だな。お前だって、周囲のすべてを騙してきた癖に」

「…………」

千石撫子の笑みは揺るがない。

俺の言葉が届いていない。

言葉が届かなければ、そりゃあ騙せるはずもない――ある意味、彼女はずっと自分を騙してきているのだから、そこに重ねて、俺が彼女を騙せるはずもない。

だから俺の、こんな悪足掻きのような言葉こそが、みじめだった。全身にのしかかってくるような蛇の重量に押し潰されそうになりながら、それでも必死にクールぶる俺のほうが、よっぽど、子供じみていたかもしれない。

「俺が嘘つきなら、お前は大嘘つきだろう。好きな人を殺そうだなんて、お前、わかりやすく滅茶苦茶だぜ——ほとんど破綻していると言っていい」

こんな風に俺が正論を言い始めたら、いよいよもうおしまいということでもある。仕方なく振るう、最後の最後の懐剣《かいけん》と言うか……、しかしこれは自害用の武器にも等しかった。

「暦お兄ちゃんのことが好きだとか、大好きだとか、お前、嘘をつくなよ。普通に嫌いなだけだろう？　普通にムカついてるだけだろう？　自分のことを一番に好いてくれない、他の女を恋人にした暦お兄ちゃんのことが、お前は憎くて嫌いでしょうがないんだろう？　ならばそう言えばよさそうなものなのに、だけど、そんな風に人を憎んだり嫌ったりする自分にはなりたくないから『好きだ』ってことにしているだけだろう？　結局、お前が好きなのは暦お兄ちゃんじゃなくて自分だよ。お前にあるのは自己愛だけだ」

自己愛だけだ。

自愛だけだ。

世界が、一人で閉じている。

だから——俺でも、忍野でも、臥煙先輩でも、阿良々木でも、この女子中学生を救うことはできないのだった。

誰にも助けることはできないのだった。

言うなれば、そう、忍野が学生時代からよく言っていたあれだ——人は人を助けることができず、自分で勝手に助かるだけ。

現状、既に幸せな、自己愛に満ちた——蛇に満ち満ちた千石撫子は、とっくに自己救済を済ませていて、だからそこには他者の入り込む余地がなかった。

「お前には、誰かの願いを叶えることなんかできないよ。いかに神様を気取っていても——実際に神様だとしても、究極的に、自分のことしか考えていないんだからな。自分のことしか信じていないんだからな——他人の心情を、他人の信条を、思いやれるはずがない」

どの口が言っているのか。

大体、俺は何を言っているのか。

こんなことを言っている余裕があるのなら、その隙に命乞いをするべきではないのだろうか？　既に、どんな行動を取ろうと、どんな言質《げんち》を取ろうと、状況はほとんど終了している。

千石撫子の合図ひとつで、周囲を満たす、周囲を乱す、無限の蛇が、俺の全身に牙を突き立てるだろう——そして毒が全身に巡るだろう。

不死身の吸血鬼である阿良々木暦でさえひとたまりもない毒である。

ただの人間である俺なんざ、半たまりもない。

否、俺に対する場合、千石撫子は毒を使うまでもないかもしれない。このまま、無限の蛇が無限に増えていけば、その重さだけで、俺を押し潰すことができるだろう。


現時点でもう、両肩や頭にのしかかる蛇の重量で、俺の身体は限界近くまで軋《きし》んでいる。蛇は小動物を、その長い胴体で巻きついて骨を砕いてから呑みこむこともあると言うが——そんな感じだった。

だから俺は言うべきだった。

『許してくれ』でも『勘弁してくれ』でも『ごめんなさい』でも『悪かった』でもいいから——プライドなんて捨て、大人としての体面も捨て、なんだったら土下座でもしてひれ伏して、彼女を騙そうとした自分を真摯に反省するべきだった。

身の程知らずを恥じて。

己の不明を恥じて。

助けてくれ——と、願うべきだった。

「お前は愚かだ。馬鹿だ。俺はお前を狂っていると思っていたが、違った。お前はただ幼く、あどけないだけだ——お前は自分のことしか考えていない、よくいる迷惑な奴でしかない。お前、神様になったからって、自分のことを特別な存在だとでも勘違いしていいるんじゃないのか？」

なのに俺はそう言わず、逆に千石撫子を責めるようなことばかり言う。ひねくれ者もここに極まれりといった感じだ。

許しを乞うべきなのに、どうしてそうしないのだろう——それはたぶん、俺が千石撫子を、許すことができないからだ。

勘弁ならないからだ。

こんな奴に——助けられたくないからだ。

こいつにだけは。

助けられたくないからだ。

「……嫌いだって、言われたんだ」

俺の言葉がまるで響かない、自分の世界に引きこもっている千石撫子は、にやにやしたまま、言うのだった。

「『私』みたいな『可愛いガキ』は嫌いだって——言われたんだ。えっと……誰に言われたんだったたっけな……、誰だっけな……、暦お兄ちゃんだったたっけな……」

「…………」

阿良々木は口が裂けても、たとえ神様でも、年下の女の子にそんなことは言うまい。言った奴がいるとするなら、戦場ヶ原だ。

今、俺が、絶体絶命の状況下においてもなお、千石撫子に悪態をついているように——あいつは千石撫子に毒舌を吐いたのだろう。

あいつの口の悪さを俺はよく知っているので——他でもないこの俺こそがあいつの口の悪さを加算させたようなところもあるので、それはよくわかる。

そして何より戦場ヶ原は。

毒舌とか悪口とかじゃなく、普通に——阿良々木のことを差し引いても、それでも千石撫子のことが嫌いだろうから。

よくわかる。

「だけどそれって、どうすればいいのかな」

「…………」

「私は確かに『可愛いガキ』だけれど、けどそれって基本的に私のせいじゃないじゃない。それで嫌われても、どうしようもないじゃない。私だって、こんな自分は嫌いだよ——だけど、これが自分なんだから、これが私なんだから、仕方ないじゃない」

「………」

「自己愛なんてないよ。自愛なんてないよ。私は自分のことしか考えてないし、自分のことしか信じていないけれど——私だって、私のことなんか大嫌いだよ」

千石撫子は言う。

どこまで本気なのかわからないようなことを、へらへらと笑いながら言う。

「だけどそれでも、そんな自分でも、自分なんだから、好きになるしかないじゃない。大嫌いな自分でも愛せるような——どんな自分でも愛せるような、神様みたいな人になるしか、ないじゃない」

「……そう」

そうだな、と言おうとした。

迎合しようとしたのだ、へりくだろうとしたのだ。

しかし俺の感性ではそれができない。全身に伸《の》し掛かってくる蛇の重さにいよいよ立ってられなくなってきて、俺は膝《ひざ》をつく。

膝をついた先にも蛇がいて。

ぐにゃりと気持ち悪い感触があった。

「そう、じゃ——ないな」

「………」

「聞こえのいい言い訳をするなよ。話は聞いているんだ、お前なんかただの成り行きで神様になっちまっただけだろう。別になりたかったわけじゃないだろう。神様になるために努力してきたわけじゃないだろう。なりたくてなったわけじゃないだろう。違うか？」

「なりたかった……わけじゃない。なりたくてなったわけじゃない。あは、まあ、それは、それはそうだけどさ——」

「行き当たりばったり——というか、出会いがしらの事故みたいなものだ。それなのに、そこに思想とか、なんとか、そういうものがあったみたいに振舞うなよ。お前は今、幸せなのかもしれないが、幸せなんだろうが、それはたまたま買った宝くじが当たったようなものだ。いや、当たったのは買ってもないもらいものの宝くじだな」

結局、と言う。

俺は言う——この期に及んで、千石撫子を挑発するようなことを。

「結局お前は、今に至ってもまだ、神様になってもまだ、昔と同じように、人間だった頃と同じように、周囲にいいように振り回されているだけなんだよ。可愛い可愛いともてはやされているように——神様神様と、もてはやされているだけなんだ」

可愛がられ、甘やかされているように。

奉《たてまつ》られ、もてはやされているだけだ。

「お前がお人形さんなのは、今も昔もちっとも変わらねえよ——そういうところ、俺の知っている女は違ったぜ」

「…………？」

千石撫子は、俺の言葉に初めて、眉をひそめた。困ったような笑み——と言えるのかもしれない。俺から見れば千石撫子が幼く見えるように、千石撫子から見れば、俺のほうがどうしようもなく、愚かな困ったちゃんに見えるのだろう。

だが続ける。俺は続ける。

「あいつは神様に救われることを拒否したぜ——楽になることを、幸せになることを拒絶したぜ。俺はな、あいつは、そのままのほうがいいと思っていた。折角、神様に願いを叶えてもらえたんだから、そのままのほうがいいと思っていた。どうしてあいつが、その奇病を治そうとしているのか、理解できなかった。逆に、あいつは病気が治ったほうが辛い思いをするだろうことは、俺にはわかっていた」

「…………」

「なのにあいつはあくまで——神に頼らない生き方を選んだんだ。願ったたんだ。成り行きとか、出会いがしらとか、誰かのせいとか、何かのせいとか——そういう心地よさそうなのを全部、否定してきた。色々気を回してやった俺を、逆恨みする有様《ありさま》だぜ。なあ、お前とは大違いだろう？」

そりゃ、相性が合うわけがない。

大嫌いだと言われるだろうし——千石撫子も、あいつを殺したいと思うだろう。

恋敵云々を脇に置いても、戦場ヶ原ひたぎを。

千石撫子は殺したいほど、憎むだろう。

「……そうだね。大違いかもね、誰のことをどんな気持ちで語っているのか、わからないけれど。でもさ」

千石撫子は言う。

「それでも現実問題、誰かのせいってことはあるでしょう——出会いがしらにしても行き当たりばったりにしても、私の場合、扇《おうぎ》さんのせいってのが、絶対にあるわけだし」

「扇？」

扇？

なんだ——誰だそれは。人の名前か？

そう言えばわからないことがあった。千石撫子が神様になった経緯は、窮地に追い詰められての逃避行動に近いものだったそうだが——どうして彼女が、阿良々木が臥煙先輩から預けられていた、託されていた、『神様のもと』の在処《ありか》を知っていたのだろう——それを俺は、知っていたのではなく、偶然見つけただけだと思っていたが、その言い方。

まさかそれを促した誰かがいたというのか？

千石撫子を、神様に仕立て上げた——誰かが。

そう言えば千石撫子はさっき、「貝木さんも『私』を騙すんだね」と言った。

貝木さん『も』。

ならば他にも、千石撫子を騙そうとした誰かがいつかどこかにいたということだ——それは阿良々木や戦場ヶ原だとも解釈できるが、奴らの行動は、騙そうとしてのものではない。

他の誰も、千石撫子を騙そうとしているわけじゃない――ただ、可愛がろうとしただけだ。

ならば誰だ。

千石撫子を騙し。

可愛がらずに神様に仕立て上げた誰かは――扇？

扇？

「……ぐ」

何か重要なヒントを、誰かに、たとえば臥煙先輩あたりに伝えるべき重要な情報を握ったような気がした俺だったが、しかし、それ以上考えることができなくなってしまった。

タイムアップ。

もう膝立ちでさえ立っていられなくなってきて、俺はうつ伏せの形に倒れていく。蛇の重さに上半身を立てておくことができない。

蛇の中に沈んでいき、俺はもう、息継ぎをすることだけに必死だった。

「まあ……どうでもいいんだけど」

「…………」

「いや、どうでもよくはないか。抵抗するのは仕方ないけれど、でも、暦お兄ちゃん、私を騙そうとしたのはよくないよね。私に嘘をついたのはよくないよね」

「……阿良々木は、別に、俺の行動とは関係がねえぜ」

重さに苦しみながら、俺は言う。これは極めて正直な台詞だったが、しかし誠実さには欠けていた。阿良々木本人に頼まれたわけではないとはいえ、俺の行動が奴を救うためのものであったことには違いなかったからだ。

その辺は千石撫子にとっても、論争するまでもない点だったようで、

「これはペナルティだよね」

と勝手に話を進める。

「約束は守る。卒業式までは待ってあげる。でも、もう少し殺そう。罰として、もう少し殺そう。暦お兄ちゃんの関係者を、あと五人くらいぶっ殺そう。暦お兄ちゃんの目の前で——」

「………」

五人か。

まあ、町をすべて壊すんじゃないかという、臥煙先輩が想定した最悪の予想よりは、だいぶんマシと言えよう。

俺は失敗したが、しかし、そう酷いことにはならずに済みそうだ——その事実に胸を撫で下ろす。ほっとする。忠告してくれた臥煙先輩や斧乃木に「ほれ見たことか」みたいなことを言われるのは、草葉の陰でも我慢できないからな。

しかし五人か。

このままここで始末されるであろう俺のことはさて置くとして、誰が殺されるのだろう——

「やっぱり月火ちゃんと火憐さんは鉄板かなあ。月火ちゃんはお友達だけど仕方ないかあ、だって暦お兄ちゃんのせいだもんね。あとは羽川さん……、それに、会ったことはないけど、暦お兄ちゃんが一番仲がいい友達だっていう、八九寺真宵《はちくじまよい》ちゃん？　そして、これもちょっとやだけど、すごくやだけど、神原さんかなあ」

「………」

ふむ。

まあ、人選としてはそんなところだろうな。

六人だったらそこに忍野が足されていたり、四人だったら八九寺って奴が引かれていたりしたのだろう——しかし、逆に言えば、その程度なのだ。

阿良々木暦と千石撫子の交友関係は、その程度なのだ——あれほど阿良々木暦に拘泥している風を見せておきながら、千石撫子は阿良々木暦のことを、何も知らない。

いくらなんでも、阿良々木の関係者が、友人関係が、たった五人やそこらということはあるまい——

要するにこの女子中学生、阿良々木のことなんて何も知らずに、ただ好きだとか大好きだとか、そういうことを言っているだけなのだと、俺は思った。

その程度の気持ちで、その程度の関係なのだ。

ふう、と。

俺は地べたに——というか、蛇の絨毯《じゅうたん》の上に寝転がりながら、考える。思ったよりも被害は少なく済みそうだし、俺はこのまま倒れてしまっても、構わないのではないかと考える。

どうやら俺の本心って奴は命乞いをしたくないようだが、ならばその気持ちもその気持ちとして尊重して、それはそれで折り合いをつけて、ここで死んだ振り、気絶した振りをすればしのげるのではないかと思われた。

俺は千石撫子を騙そうとしたものの、しかしそれは千石撫子にとってはある意味『わかりきっていたこと』であり、最初からわかっていたことであり、だから——俺に怒ってなんていない。


ずっと微笑んでいる。

怒りや、ペナルティみたいなものは、すべて他の方向に向いている——他の人間に向いている。阿良々木暦や戦場ヶ原ひたぎに向いている。

ならば知ったことじゃないと、尻をまくるのが俺のスタイルじゃあないか。千石撫子を騙すことはできなかったが、しかし、このまま死んだ振りでやり過ごすのだ。

そしてもう二度と、本当に二度とこの町に来ない——五人だか七人だか八人だかが死んでしまうが、その後、この町は霊的に安定し、みんな平和に暮らしました。

めでたしめでたし——なんとも嘘っぽいめでたしだが、なあに、まあ物語なんてすべて嘘っぱちなんだから、よしとしよう。よしよしとしよう。

仕事を達成できなかったこと、仕事を依頼してきた戦場ヶ原が殺されること、それに、その巻き添えで神原駿河が殺されること。

その辺りが気がかりと言えば気がかりだが、そんなの、しばらく時を置いて、ほとぼりが冷めた頃にまた金を稼げば、すっきり忘れてしまえるに違いない。

などと思っても、俺はもう自分を騙せなかった。

女子中学生一人騙せない詐欺師失格の俺は、もう自分に嘘はつけなかった。

「千石」

俺は、初めて千石撫子の名を呼んだ。苗字だけで呼んだ。

神様ではなく、蛇神でもなく。

騙す対象でもなく。

ひとりの女子中学生として呼んだ。

「お前、神様になんかなりたかったわけじゃないって言ったよな」

「言ったけど？」

「なりたくてなったわけじゃないって」

「言ったよ。それがどうかした？」

「じゃあお前、漫画家になりたいのか？」

037

突然突飛《とっぴ》なことを言って相手の不意を突き、あるいは虚《きょ》を突き、そしてそのまま隙を突くというのは話術の基本だ——占いの、もしくは詐欺のテクニックでは、それをコールド・リーディングという。要するに『あなた、今日は体調が悪いですよね？』というようなことを出し抜けに言うと、言われたほうが、もしも体調が多少でも優れなかったとすれば（いつでも万全のコンディションを保っていられる人間など存在しない）、それは真実を言い当てられたと思い、まあ、『どきっ』とするわけだ。

そして、もしも言われたほうが健康優良だったとしても、そんな的外れで——言ってしまえば意味不明のことを言われれば、やはりそれはそれで『どきっ』とする。そんな的外れなことを言われた意味を考えずにはいられない。

体調が悪い？　どうして体調がいいのに悪いと指摘されたのだろう？　ひょっとして私は何か自分では気付いていない疾患《しっかん》を抱えているのだろうか？

そんな風に考えてしまう——そんな風に考えてしまえば、それは意識が逸《そ》れているということで、考えていないのと同じこととなり、やはりつけ込める隙となる。

まあちょっと心理学の知識があれば、そんな初歩中の初歩のようなテクニックは知っているので、使う相手を選ばなければこんなもの、詐欺師としてのメッキが剝《は》げるだけである。

ただ、このとき俺が千石撫子に——千石に対してそんなことを言ったのは、決してコールド・リーディングのつもりではない。

それが真実だと、わかっていて言ったことだ。

見通していた。

その証拠に、千石は、俺の言葉を聞いて、『驚く』でも『考える』でもなく——

「あ……う、う、う……、うがああっ！」

と。

怒鳴《どな》った。

顔を真っ赤にして、目を見開いて、可愛いその顔を精一杯に歪ませて——怒りにその喉《のど》を鳴らしたのだった。

途端、千石と俺との間を埋めていた蛇の群れが真っ二つに割れる。

完全なる統率。

まさしく神の所業だった。

だが、千石のその後の行動は、お世辞にも神様らしいと言えるものではなかった——蛇色の髪を振り乱しながら、千石は俺のいる場所まで全力で駆けてきたのだ。神様らしい悠然《ゆうぜん》とした態度など、泰然《たいぜん》とした態度など、微塵もない。実際、蛇の重さに潰されそうになっている俺のところへ辿り着くまでに、千石は三回ほど、蛇の熱気で融けて、滑りやすくなっていた雪に足を取られ、引っ繰り返った。

ワンピースの中身がこちらに丸見えになり、みっともないことこの上ない。しかし千石はそんなことにも構わず、服の乱れを直そうともせず俺のところまで駆け寄ってきたかと思うと、

「わ、あ、あ、ああ、ああ、あああああ、ああああああ、ああ、ああ、あああ、あああああ、ああああ！」

と、そんな喚《わめ》き散《ち》らすような怒声と共に、俺の顔面をこぶしで殴りつけた。平手とかじゃない、チョップでもない、握り締めたこぶしである。

もちろん痛い。

だが、女子中学生の、腰の入っていない腕力任せのパンチである、修羅場を潜っている俺にしてみれば、少し顔を傾けるだけで、十分に勢いを殺せた。

しかし俺にダメージがあるかないかなど、千石はまるっきり構わずに、今度は反対側のこぶしで俺の顔面を殴った。

腰の入り方も、利き手も、何もない。

ただそれだけのパンチ。

「な……、なんで知ってる、なんで知ってる、なんで知ってる、なんで知ってる！　あ、うわああああああああっ！」

蛇に肉体を押さえつけられているので、抵抗と言えば首を傾けることくらいの俺だから、殴り放題と言えば殴り放題。

すべての勢いを殺せるはずがなく、そのダメージは少しずつ蓄積していく——だが、それは千石のほうも同じだった。

こぶしで人を殴れば。

こぶしだって破壊される。

いや、この場合千石のほうがダメージの蓄積は多いはずだ。

神様になろうが、神格を得ようが、どれほど強力な力を使い、大量の蛇を操《あやつ》ろうが——所詮は喧嘩慣れしていない女子中学生。

肉弾戦では弱い。

まあ、その辺は、ここ一ヵ月、時間をかけてじっくりと、綾取りでもしながら『許って』いたからこそ、断言できることである——もっとも、そこは『奇病』のこと。

壊れたこぶしは、しばらくすれば治ってしまうのだろうが——だが千石は、治療のほうに、その力を回すことを思いつけないほど、激昂し、逆上して——取り乱していた。

自分で直接殴るのではなく、蛇に——毒蛇に俺を襲わせれば、あっという間に蹴《け》りはつくのに、しかし自分で殴らないと気がすまないらしい。

「さ……さては！」

血まみれのこぶしを振るいながら、千石は叫ぶ。

顔を真っ赤にして叫ぶ。

「み……見たな！　見たな見たな見たな見たな見たな！」

「ああ、見たぜ」

コールド・リーディングではないとは言え、俺は超能力者でも、霊能力者でもないので、当然、忍野のような見透かしたことは言えない。

あいつの『見透かし』とは違い、俺の看破には当然、種がある。

そう、見透かしたのではなく、見たのだ。

「見たんだ」

俺は言った。歯が当たって、ずたずたになった口の中を意識しながら。

「十円玉でくるっと回して、鍵を開けてな」

お金ってなあ。

やっぱ大切だよなあ——と、笑った。

思いっきりニヒルに、誠意を込めて。

「あ……あああああああ！　ぜっ……、絶対に、開けちゃ駄目って言ったのに——暦お兄ちゃんにだって、見られたくなかったのに――！」

「うまいじゃねえか、絵」

　俺は言った。

　そう――それが千石の部屋にあった開かずのクローゼットの中身だった。俺が不法侵入をしてまで、というほど俺にとって不法侵入は珍しいことではないが、とにかくそんなことをしてまで調べたあのクローゼットの中身は、千石撫子を『騙す』上では、あるいは千石撫子を『探す』上でも、何の役にもたたないものだったのだ。

　それはノートだった。

　一冊や二冊ではない、大量のノートだった。

　まあ誰だって子供の頃、自由帳だったり大学ノートだったりに、枠線を引いて、漫画家の真似事をするものだ。

　恥ずかしながら俺だって描いたことはある。

　スポーツにでも青春を捧げていれば別なのかもしれないが、漫画好きの子供が、漫画家の真似事をしないわけがない。初期投資などゼロに等しい、ノートと鉛筆《えんぴつ》があれば、それでできることなのだから。

　千石のクローゼットに詰まっていたのは、そんなノートの山だった――くだらないものだが、くだらないものゆえに、そりゃあんなの、人に見られたくはないだろう。

　創作物を見られる。

　それは思春期の子供にとって、日記を見られるよりも恥ずかしいことだ。

　小学生の頃ならまだしも、中学二年生にもなって、今でも現役で、そんな夢見がちなあれこれを、描いて遊んでいるだなんて。

　己の妄想を――己の内面を見られたなんて。

　死にたいくらい恥ずかしいことだ。

「しかも、その内容がすごいって……、なんだよあの、とろけるようなご都合主義のラブコメは。八十年代かよ。あんな男が現実にいるかよ、馬鹿馬鹿しい。しかも展開的には結構えっちだったりしてな」

「う、わあああああああ！」

「設定資料集もかなりの分厚さで、圧倒されたぜ。しかしまあ、設定盛りすぎだろ、あれは――もうちょっとスマートにしたほうが、万人受けすると思うぜ、俺は」

「こ、殺す！　殺す、殺す、殺す――お前を殺して私も死ぬ！」

千石は、自分の中身を土足で踏みにじられた屈辱と、羞恥《しゅうち》に顔を染めながら、更に俺を殴りつけた。

やれやれ。

それにしても、『お前』か。

ようやく――対等に見てくれたじゃないか。

誰も相手にせず、誰も信じず、心を閉ざしていた千石撫子さんがよ。

「俺を殺しても無駄だぜ。俺もノートをつける癖があってな。その日あったことを、割と克明に記録してある。だからもしも俺が死んでも、そのノートが明るみに出れば、お前の『作品』のこともまた、明るみに出るだろう」

実際にはそんなことはない。

俺のノートはある程度暗号化されているので、そう簡単には解読できない。

「それでも、考えてはみなかったのか？　いくらお前を猫可愛がりしているお前の親だって、行方不明が続けば、いずれはあのクローゼットを開けるぜ。そのとき、中に詰まっているノートを読まずに燃やしてもらえるとでも思うのか？」

「…………！」

絶句する。

さすが馬鹿、そこまで頭は回っていなかったらしい。

「ま、でも、今すぐ神様をやめて人間に戻り、部屋に戻れば、問題なく自分の手で処分できるんじゃないのか？　見られるのがそんなに恥ずかしいんだったら――」

「～～ふざけんな！　そんな馬鹿みたいな理由で、

神様をやめられるわけないだろ！」

「そんな理由で、ね」

俺は言う。いや、殴られながらなので、うまく言えていないかもしれない。それでも言いたいことが伝わればいい。

「じゃあお前、どんな理由なら、神様をやめられるんだ？」

「…………！」

「誰に話を聞いてもよ……、戦場ヶ原から聞いても、羽川から聞いても、両親から話を聞いてさえ、お前があんな趣味を持っているだなんて、情報はなかった。誰もそんなことは言っていなかったし、誰もそんなことは思っていなかった。そんなことを匂わせる描写はどこにも、一切、なかった。伏線もほのめかしもありゃしねえ。お前が阿良々木を好いているかもしれないことを知っている奴はいっぱいいたが、お前のノートの内容を知っている奴はひとりもいなかった。阿良々木も知らなかったんだろうし、ということは阿良々木の妹も知らなかったんだろう。そこまでお前は頑《かたく》なに、あれらの恥ずかしい創作物を隠し切ったんだ」

顔面を殴られ続けながら、俺は言う。

「お前は誰にも言わなかった。それはつまり、お前にとってそれが、本当の夢だからだろ」

夢。

そのこっ恥《ぱ》ずかしい言葉を口にするのにはいささかの躊躇があった。俺のような人間が口にすると、そういう言葉は、途端に嘘っぽくなってしまうからだ。

しかし嘘っぽいからと言って。

それが嘘だとは限らない。

「本当の願いごとは、他人にも――神様にも言うもんじゃないからな。お前の好きな藤子不二雄先生も、漫画家になりたいという夢は、相方《あいかた》以外の誰にも言わなかったというぜ」

後半はただの嘘だ。知らない。嘘っぽい嘘だ。この状況でも嘘をついてしまう自分の舌がこのときばかりは憎らしかった。

「神様になったお前は幸せなんだろう。楽しいんだろう。そう思う。俺はそんなお前を、神様の座から引き摺り下ろそうとは思わない。だけどお前、神様になりたかったわけじゃないんだろう?」

成り行きだと。

行き当たりばったりの出会いがしらだと言っていた――それは事故みたいなもので、仮に誰かの意図が噛んでいたとしても、その意図は千石の意図ではない。

「お前は今、幸せなんだろう――だが、幸せで楽しい、それだけだ。たった半年待つだけのことで、綾取りに熱中してしまえるほど暇を持て余しているんだぞ? 阿良々木達を殺したあとは、一体どうするつもりなんだ? ずっと暇を持て余すのか? 言っておくが、誰も来ないぞ、こんな神社――どれだけ幸せだろうと、朽《く》ちるのを見守る番人でしかないぞ、お前は。お前は町の平和を押し付けられた管理人でしかないんだぞ。貧乏くじだ。老後だろ、そんなもん。花の女子中学生がそれで満足か? 第一の人生をやり切る前から第二の人生スタートか?」

「…………」

貧乏くじという言葉が強く刺さったらしく、千石は黙る。

黙って、俺を蹴る。

「お前は、神様になりたいわけでも、幸せになりたいわけでもなかった。漫画家になりたかったんだろう? だったら――なんでならないんだ」

そんな姿になってしまって。

そんな有様になってしまって。

お前は一体何をやっているんだ、千石。

「はあ、はあ、はあ、はあ、はあ、はあ……」

体力が持たなくなってきたらしい。

千石はようやく、俺を殴るのをやめた――しかし頭はまったく冷えていないようで、目を真っ赤に充血させたままで、俺を睨《にら》みつける。

「ば……馬鹿じゃないの。あんなの、ただの落書きだよ。つたなくて、恥ずかしいから見られたくなかっただけだよ。夢だなんて……馬鹿馬鹿しいこと言わないでよ」

息を切らしながら、言う。

「あんなの、ゴミだよ——捨てたいけど、捨てるのも恥ずかしいから、あそこに隠していただけに決まってるじゃない——」

「自分で作ったものを、そんな風に言うもんじゃないぞ、千石」

窘める口調で俺は言った——いや、いささかの怒りも含んでいたかもしれない。

「創作は恥ずかしいものだし、それに夢も恥ずかしいものだ。それは仕方がない。当たり前のことだ。だが、少なくともそんな風に、自分で卑下《ひげ》していいものじゃないんだぞ」

「………」

「それにうまかったじゃないか。展開やら設定やらキャラやらは、正直、おっさんの俺にはついていけるもんじゃなかったが、しかし絵のうまい下手くらいはわかるぜ。つーか、さっきも言ったが、俺もノートをつけていて、それには絵……っていうか、イラストを描いているからな。うん、少なくとも、俺よりはうまい」

おべんちゃらというか、これはまあ、お為ごかしの部類だ。俺のほうがうまいという自負はある。しかし、その自負があるからこそ、千石の画力がそれなりであることは保証できた。

「才能って奴があるんじゃないのか、お前」

「そんなわけ、ないじゃない」

即答だった。だが即答だからこそ。

「それに、なろうと思ってなれるものじゃないでしょう」

「だが、なろうと思わなきゃ、なれないものだぜ——神様とか、幸せとかと違って」

「…………」

「それに——神様では、なれないものだ」

人間じゃなければ、と言った。

人間じゃなければなれないものだ。

我ながら酷いロジックだった——神様は漫画家にはなれないから、神様なんてやめたらどうだと、要するに俺はそんな風に千石に迫っているのだ。

蛇に押し潰されそうになりつつ。

子供に対して、大人が言うのだ。

「痴情《ちじょう》のもつれで阿良々木や戦場ヶ原を殺すことは、神様ならばできるだろう。やってのけるだろう。だが、それはお前のやりたかったことか？　お前のなりたかったものか？　本当はそんなこと、お前はどうでもいいんじゃないのか？　だからぺらぺらと、あんな風に俺に語っていたんじゃないのか？　お前にとって重要なことじゃないから、ああも大っぴらに言えたんじゃないのか？」

これは言いがかりだ。


重要なことであれ、ついつい、うっかり喋ってしまうこともあるだろう——喋ることで自分を鼓舞《こぶ》することもあるだろう。

実際、阿良々木を好きだとアピールしていた頃の千石は、まあ公言していたわけではなくとも、そうやって自分を『追い込んで』いたに違いない——そうやって追い込まれていったに違いない。

それはそれで夢だ、俺はそれを否定しない。

そしてその夢は破れた。

その夢は、人間であろうと神様であろうと、叶えられないものになった——だからと言って、他の夢まで巻き添えにする必要がどこにある？

「千石。俺は金が好きだ」

「…………」

「なぜかと言えば、金はすべての代わりになるからだ。ありとあらゆるものの代用品になる、オールマイティーカードだからだ。物も買える、命も買える、人も買える、心も買える、幸せも買える、夢も買える——とても大切なもので、そしてその上で、かけがえのないものではないから、好きだ」

俺は言った。こんな風に金のことを話すのは、考えてみればなかなかないことだった。中学生の頃に——それこそ千石と同じ歳だった頃に、言って以来かもしれない。

「逆に言うと、俺はな、かけがえのないものが嫌いだ。『これ』がなきゃ生きていけないとか、『あれ』だけが生きる理由だとか、『それ』こそは自分の生まれてきた目的だ——とか、そういう希少価値に腹が立って仕方がない。阿良々木に振られたら、お前に価値はなくなるのか？　お前のやりたいことはそれだけだったのか？　お前の人生はそれだけだったのか？　あのな、千石」

言いかけたところで、千石は俺を蹴った。阿良々木の名前を、そんな風に使われたことに、更に激昂したのかもしれなかった。

そして蹴る分にはこぶしは傷まないことに、千石は気付いたらしい——だが、それは俺にとっていい知らせだったのかもしれない。

少なくともそれに気付けるところまで。

俺は千石を引き戻せたのだ。

その証拠に、一度蹴っただけで、千石は二度三度と、連続で俺を蹴ってくることはなかった。

「あのな、千石」

だから俺は改めて言った。続けた。

「阿良々木と付き合うなんてかったるいことは、代わりにどっかの馬鹿がやってくれるってよ。だからお前は、そんなかったるいことは終わりにして、他のかったるいことをやればいい。やりたいこともしたいことも、他にいくらでもあるだろ。あっただろ。違うか？」

「やりたいこと——したいこと」

「すべてを投げ出すほどに辛かったか？　本当にそうか？　制服を着たい高校はなかったか？　好きな月刊誌の最新号を読みたくはなかったか？　ドラマ

の続きが、映画の公開が、楽しみじゃなかったか？　なあ、千石。お前にとって、阿良々木以外のことは、どうでもいいくだらないことだったのか？　両親の、あの善良な一般市民のことは好きじゃなかったのか？　お前の中の優先順位で、阿良々木以外は全部ゴミか？」

「……違うよ」

「ならばどうしてだ。どうして阿良々木だけが特別扱いになる？　あいつはお前の分身か何かなのか？」

「……貝木さんに、何がわかるの」

千石は、じっくりと構えてから、サッカーボールでも蹴るように狙いを定めて、地面に転がる俺の顔を蹴った——さすがにそれくらいの勢いでの攻撃となると、多少顔を背《そむ》けたところでダメージは変わらない。俺はこのまま蹴り殺されるかもしれない。

「貝木さんは、私のことなんか、何も知らないでしょう」

「色々調べた。だが、そうだ。何も知らない。重要なことは、何も知らない。お前のことは——お前しか知らないんだから、だから、お前のことはお前しか、大切にできないんだぜ」

そして、と俺は言った。

たぶんもうすぐ、最後の発言だろう。

歯が何本か折れている。差し歯って、結構高かったよな……くそう。

「そしてお前の夢も、お前にしか叶えられない」

「……そんな、とっかえひっかえみたいな——あれが駄目ならこれで行こうみたいな、適当なこと、してもいいの？」

人間は、と千石は言う。

俺は血をはきながら、不明瞭な発音で答える。

「いいんだよ、人間なんだから。かけがえのない、かわりのないものなんかない——俺の知っている女はな、俺のよく知っている女はな、今している恋が常に初恋だって感じだぜ。本当に人を好きになったのは今が初めてって感じだぜ。そしてそれで正しい。

そうでなくっちゃ駄目だ——唯一の人間なんて、かけがえのない事柄なんて、ない。人間は、人間だから、いくらでもやり直せる、いくらでも買い直せる。とりあえず」

俺は目を、神社の本殿のほうへと向けた。

気付けば、いつの間にか——大量の蛇は消えていた。俺の身体の上に乗って、俺を押さえつけているに違いないと思っていた蛇も、いなくなっていた。単に、俺はもう、身じろぎできないほど、自分では起き上がれないほどに、満身創痍《まんしんそうい》の状態にあるというだけのことのようだ。

気付けば当たり前の神社の風景だった。

真新しい建物と寂れた境内。

大量の蛇による雪かきが行われ、しかし、ここだけ春が来たようでもあった。

俺は本殿の、賽銭箱を見る。

「俺がくれてやった金で、本格的な画材でも買いに行けよ。三十万円もありゃあ、一式揃えることができるだろう」

「……だから私、別に……漫画家になりたいなんて、思ったこと、一度もないって——それに、確かになりたくてなったわけじゃないけれど、折角神様になれた幸運を、蹴っちゃうのも勿体《もったい》ないって、普通に思うよ」

ふむ。

そう言われてしまえば反論はない。

人間、必ずしもなりたいものにならなければならないわけじゃないからな。

「でも」

そのとき、千石はもう一度、俺を蹴ろうとしたのかもしれない。ひょっとすると、殴ろうとしたのかもしれない。だけどどちらもせず、空中をつまらなそうに蹴るだけで、こぶしをぐっと、ガッツポーズみたいに握るだけで、

「漫画を描いて、神様って呼ばれた人もいたよね。勿体ないと思うなら、そうなればいいんだよね」

と言った。などと言った。

それは望みが高過ぎる。が、何を夢見ようと、それは個人の自由というものだった。

人の自由というものだった。

「ああ。お前ならきっとなれるさ。騙されたと思って、チャレンジしてみな」

騙されたと思って。

千石に対する、俺の最後の言葉となったこの台詞は、詐欺師を生業とするものとしてはあまりに陳腐《ちんぷ》で、我ながら絶句するようなものだった。

だが、千石は、

「わかった。騙されてあげる」

と、仕方なさそうに笑った。

騙されて笑ってるなんて、気持ち悪い奴だ。

ともあれ、予定とはほんの少しだけ違ったが、こうして俺は『千石撫子を騙して欲しい』という、戦場ヶ原ひたぎからの依頼を完遂した。

いや。

失敗したのかもしれない。

それも大失敗をしたのかもしれない。

俺は、ひょっとしたら蛇の重みで罅《ひび》くらいは入っているかもしれない右手を伸ばし、人差し指を立てて、

「こいつめ」

と、千石の額を突いたのだった。

038

「千石——貝木⁉」

と。

そのとき、丁度いいタイミングで現れたのが、私服姿の阿良々木暦だった。本当にベストタイミング、

それにジャストタイミングだった。

あともう少し早ければ、大量の蛇が勢いに任せて阿良々木を襲い殺していたかもしれないし、逆にもう少し遅ければ、俺は、意識を失い倒れた千石を、この後どうしたものか、持て余していただろう。放って帰っていたら、凍死していたかもしれないしな。だからと言って、骨が折れているんじゃないかというような身体で、人間ひとり背負って雪の山道を降りられる自信は俺にはなかった。

そういう意味では王子様の登場はありがたい。よく現れてくれたものだ。

受験勉強の真っ只中、二次試験を控える中こうして現われたのは、何か予感でもあったのだろうか──正義の味方は勘がいいな。

ま、元より、知り合いの女子中学生より受験勉強を優先するような奴でもないか。

「貝木！　お前──どうしてここに⁉　千石に何をした⁉」

阿良々木は、混乱の極みというように俺を怒鳴りつける──さて、どうしたものか。もうしんどいから、戦場ヶ原から依頼を受けてここで千石とついさきまで丁々発止《ちょうちょうはっし》、やりあっていたことをバラしてしまおうかと思った。

その結果、戦場ヶ原と阿良々木が気まずくなって別れたとしても、そんなのは俺の知ったことじゃない──と思ったが、俺は、

「臥煙先輩に頼まれてな」

と、自然に嘘をついていた。

「この娘を除霊《じょれい》していたところだ。今回は詐欺師としてではなく、ゴーストバスターとしての仕事というわけさ。この町に来たのはルール違反だが、しかし詐欺師としてじゃないから、いいだろう？」

便利な口だ、よくもまあ、我ながら抜け抜けと。

詐欺師としてしか来ていないし、生きていない。

最後の、ほんの五分くらい以外は。

「……臥煙さんが……」

阿良々木はそれを聞いて、混乱が収まったわけではないようだが、しかしある程度、この状況が腑に落ちたようだった。

俺の立場からしてみればそれはどう考えてもあり得ないことだが、どうやら『臥煙伊豆湖が事態を収拾するために動いてくれた』という説明は、阿良々木にとっては、比較的納得しやすいものであるらしい。

まったく、臥煙先輩と言い、忍野と言い。子供の前ではらしくもなくいい人ぶる。

俺はそんなことは絶対にしないぞ。

「で、でも――」

阿良々木は、俺の足元に倒れ、意識を失っている千石に目を落とし、

「千石に一体何をしたんだよ、お前」

と繰り返した。

約束を破ってこの町に俺がいることについては、臥煙先輩の取り計らいという説明で、とりあえずスルーすると決めたらしい。

まあ一度、俺は既に阿良々木の前では約束を破っているから、今更という気持ちもあるのかもしれないけれど。

「お前の妹にしたのと、同じことだ」

俺は端的に答えた。

「火憐ちゃんにしたのと、同じ……？」

「そう。もっとも今回は蜂じゃあないがな。お前の妹にはキラービーが相応しかったが、千石――千石撫子の場合は」

うっかり親しげに呼びそうになって、言い直してから、俺は言う。

「蛞蝓《なめくじ》だ」

「…………」

「三すくみの理屈から言って、蛇に対しては蛞蝓だろう――蛞蝓豆腐《どうふ》。もっとも、蛇神を封じられるほど強力な怪異ではない、相変わらずのでっち上げられた、偽物の怪異だからな。千石撫子自身に、ぬら

りと生きる蛞蝓を受け入れる気持ちがなければ、こうも拮抗《きっこう》はしなかった」

「受け入れる、気持ち……、って、貝木。お前、千石に──」

何をしたんだ、と言いかけて、阿良々木はやめたようだった。その質問を、いい加減繰り返しすぎたとでも思ったのだろう。

だから代わりにこう言った。

「──何を言ったんだ？」

「当たり前のことさ」

答えながら俺は、阿良々木を無視するように、千石の脇にかがみこむ。もう少しで仕事が完結するというのに、ここで子供に邪魔されたくはない。

「当たり前のことを言ったんだ。恋愛だけがすべてじゃないとか、他にも楽しみはあるとか、将来を棒に振るなとか、みんな恥ずかしい青春を送ってきたとか、しばらくすればいい思い出になるとか……、そういう、大人が子供に言うような、当たり前のことを言ったんだ」

だから何をしたかと問われれば。

俺は当たり前のことをしたまでだ。

言って俺は、千石の口の中に手を突っ込んだ。顎が外れるんじゃないかというくらいに、思い切り、腕の部分まで。

「お、おい！　貝木！　何してんだ！」

「うるさいなあ。引っ込んでろよ、阿良々木。弁えろ、お前が千石のためにできることなんか何もないんだから」

俺はそのまま、千石の体内を探るようにして、そして目的の『もの』をつかみ、その手を素早く引っこ抜いた──違和感なく、千石の小さな口が閉じる。

と、同時に。

千石の真っ白だった──白蛇に満ちた髪の毛が、すべて漆黒に、と言うか、当たり前の髪の毛に戻っていく。

祭り上げられた蛇神から。

ごくありふれた、女子中学生の姿に戻っていく
――なんだか、髪の毛が蛇でなくなったせいで明らかになったけれど、アルバムで見た写真と違って、この娘、前髪がやけに短い気がするが……、短過ぎる気がするが、気のせいだろうか。

と、服装もいつの間にか、変に神聖じみていた真っ白なワンピースから、この町でよく見る中学校の制服へと戻っていった。

どうも、三ヵ月前。

神様になる直前の姿に、戻ったらしい。

千石は、戻ったらしい。

阿良々木も、そのナリに見覚えがあるのだろう
――胸を撫で下ろしたようだった。俺はそんな阿良々木に示すように、千石の中に突っ込んでいた手に握っていた、お札《ふだ》を見せた。

蛇の札。

自食の蛇の、死体の札。

唾液《だえき》というか胃液というか、なんだか体液でどろどろになっているが、蛞蝓に這い回られたかのようにどろどろになっているが、まあ、それでもこれが神格を持ったお札であることには違いない。

とは言え、一応確認はしておこう。

「お前が臥煙先輩から託されていたというお札は、これか？」

「え……、ああ、そうだけど」

「そうか」

と言いながら、俺はどうしたものかと、考える。

これは売ったら高そうだというのが素直な気持ちであり、そしてこのまま自分の懐に入れてしまっても、千石も阿良々木も、俺を責めることはできないような気もするが……。

出どころがしかし、臥煙先輩だからな。

触らぬ神に祟《たた》りなしだ。

いや――この場合は、藪《やぶ》を突いて蛇を出す、必要はないって奴か。

「ほれ」

俺はいかにも恩着せがましく、そのお札を阿良々木に押し付けてやった。その際ついでに、阿良々木の服で、べとべとになった手をぬぐう。

「今度は、間違うなよ。これを使うべき相手を」

「……使わないよ」

阿良々木はそう言った。

「僕はこんなもの、使わない」

その決断のせいでこんなことになったというのに懲《こ》りない奴だ——まあ、別に俺がどうこう言うことじゃないがな。

俺は肩を竦め、そのまま阿良々木を通り過ぎる。

堂々と参道の真ん中を歩きながら、鳥居をくぐろうとする。

「お……おい待てよ！　どこに行くんだ、貝木！」

「どこにも何も……俺は本来、この町にいちゃあ駄目なんだよ。こんなところにいることがバレたら、戦場ヶ原に殺されてしまう」

庇ってやっているつもりはない。

ここから立ち去る口実として、あの女をうまく利用してやっているだけだ。

「仕事は果たした。いい金になったぜ」

俺はそう言って、背後の阿良々木を振り向かないまま、「ちゃんとその子を家まで送ってやれよ、阿良々木」と言った。

格好良く言っているが、要するに、行方不明になっていた女子中学生の帰還に同伴するという、非常に厄介なジョブを阿良々木に押し付けたのである。

ま、遅ればせながら丁度よく駆けつけたこいつにもそれくらいの活躍の場は、与えてやらないとな。

「ただし、お前が運んだということはバレないように、うまくやれ」

「え……」

「お前に助けられたなんて思ったら、またその娘、元の木阿弥《もくあみ》になっちまうぜ。ようやく俺が憑き物を落としてやったってのによ——」

成り行きだが。

「——蛞蝓豆腐は三日もすれば自然に離れるから、その後の心配もしなくていい。どうしても離れないようなら塩でもかけろ。そしてあとはお前は、一生、その子にかかわらないようにしてやるんだ。いいな、さっさと思い出になってやれ」

「……そんな無責任なことできるわけないだろ。千石がこんな目に遭ったのは僕のせいなんだから、僕は、その責任を——」

「わからないのか？」

馬鹿馬鹿しい。

なんで俺がこんな説教じみたことをしなければならないのだ——柄《がら》ではないということでは、臥煙先輩や忍野以上である。

だが言わなければならない。

俺が言わなければならない。

「お前はその娘のために、何をしてやることもできないんだよ。お前がいたら、その娘は駄目になるだけだ。恋は人を強くすることもあれば、人を駄目にすることもある——戦場ヶ原はお前がいたから、多少は強くなったんだろう。しかし千石撫子は、お前がいたなら駄目になるだけだ」

「…………」

阿良々木は今どんな顔をしているのだろう。

俺みたいな奴に言いたいことを言われて、どんな気分なのだろう。想像してみると、うん、ひょっとしたら自殺してしまうかもしれないと思った。戦場ヶ原が仕掛け人だということは何とか誤魔化せたとしても、阿良々木の失敗を俺が解決してしまったという事実は、もう隠蔽《いんぺい》できない。彼は今、恥ずかしくさえあるだろう。

まあ青春とは恥ずかしいものだが。

しかし一応、サービスでフォローしておくか。

「戦場ヶ原は俺がいたから駄目になった。それをお前が強くした。ま……、だから今回は適材適所というか、その借りを返してやったみたいなもんだ」

「貝木——」

そう言いかけただけで、阿良々木はそれ以上は、反論しなかった。

俺の言葉に納得したわけではないのだろうが、しかし、弁えたのだろう。

そしてその代わりにというわけでもないだろうが、阿良々木は、

「千石は」

と言った。

「僕がいなければ、幸せになれるんだろうか」

「さあな。さっきまで幸せだったみたいだが……、別に幸せになることが、人間の生きる目的じゃあないからな。幸せになれなくとも、なりたいもんになれりゃいいんだし」

俺は適当に答えた。

「けどま、なんにしても」

と、あくまで適当に言う。

「生きてりゃそのうち、いいことあるんじゃねえのかよ?」

「…………」

「じゃあ、また会おう」

もう二度と会わないとか、今度こそこの町に来るのは最後だとか、そういうことを言えば言うほど、どうやら俺はこの町に引き寄せられてしまうようなので、あえて俺はひねくれて、そんなことを言って、足を進め、鳥居をくぐって階段を降りる。

身体中が軋んで痛かったが、そんなことはもちろん、おくびにも出さないのが俺だった。

039

後日談がどうだったのかなんて知らないし、この話がどういう風に落ち着いたのかも、俺は知らない。知ったことじゃない。

俺は千石と阿良々木をおいて山を下り、それから

戦場ヶ原に電話をかけた。仕事が滞《とどこお》りなく終わったこと、ただし阿良々木にはバレてしまったことを、正直に脚色を加えて話した。

前半はともかく後半の事情に関しては戦場ヶ原はキレた。マジギレ、というような愛嬌《あいきょう》のあるものではなく、最早ヒステリーと言っていいほどの取り乱しようだった。

悪かったなあと思う反面で、ざまあみろという胸のすく気持ちがあったので、俺としてはとても複雑である。

でもまあこれでこいつの声も見納めならぬ聞き納めなので、やはり胸のすく気持ちのほうが強いかな。

「まあ最低限の誤魔化しはしておいてやったから、後始末は任せるよ。老兵はただ去るのみ、あとは子供達の時代だ」

「滅茶苦茶にしておいて、意味もなく格好つけないで……」

ヒステリー疲れなんてものがあるのかどうかは知らないが、散々喚き散らし、ぐったりした感じの戦場ヶ原は、それでも最後には、

「ありがとうございます。助かりました」

と、改めて言った。

この女、この一ヵ月だけでも、えらく素直になったもんだ。

「じゃあ、これでお別れね」

「そうだな。これでお前とは終わり。ジ・エンドだ」

「ばいばい」

「それじゃ」

互いに何の感慨もなく言い合う。昔の知り合いと町ですれ違ったような気まずさ、さえもない。俺達の間には、何もなかった。

しかし、互いに、とは言ったものの、戦場ヶ原のほうにとってはそうではなかったのか、

「ねえ貝木。ひとついいかしら？」

と言ってきた。

やれやれ、別れ際が下手とは、やっぱりまだまだ

子供だ。

「駄目だ」

「二年前のことなんだけど、あなた、本当に私があなたのことを好きだったと思ってる？」

「…………」

知るか馬鹿、と思い、電話を切ろうかと思ったが、しかし俺の口は勝手に、相変わらず勝手に、

「俺はそう思っていたな」

と言っていた。

「そう……」

と、頷く戦場ヶ原。

「それは、いいように騙されたわね。私に」

「……そうだな。で、それがどうした？」

「いえ……それだけだわ。これからは悪い女には気をつけなさい」

「そうだな。お前は——手紙を出すときには、署名を忘れないように気をつけろ」

そう言って俺は電話を切った。最後にしてやったような気分になって、俺も俺で、相当に器が小さいとショックを受けた。

なんのことはない。ホテルの部屋に差し込まれていたあの手紙の差出主が戦場ヶ原ひたぎであることなど、見抜いたところで褒められるものではない——即座に看破していればまだしも、見抜くまで結構かかってしまったのだから。俺から繁華街に呼び出された時点で、俺が滞在している地区の予想はつく。あとは、可愛らしい子供の声でホテルのフロントに、『そちらに滞在している貝木さんに届け物があるのですが』だのなんだの、当然のように言えばいい——ホテルは羽川が宿泊していたところも含めいくつもあるが、いなきゃいないでいい。その失敗は、どうせ俺には知られないのだ。

わざとらしく手紙の投入法を推理してみせたのも、そうすることで自分を容疑者のリストから外すようにするためだろう。

そりゃ、自分が書いたものを破いて捨てたとか言

われりゃ、怒るわけだよな。

ではどうして、自分で依頼しておきながら自分で『手を引け』なんて矛盾したことを言ってきたかと言えば、それはあいつが、俺のことをよく知っているからだ。

手を引けと言われれば、手を引きたくなくなってしまう俺の性格を、戦場ヶ原ひたぎはよく知っているからだ——実際、斧乃木のアプローチがまるで逆のものだったら、臥煙先輩が俺に『手を引くな』と忠告していたのなら、俺はその時こそ手を引いていたかもしれないのだから。

だから依頼すると同時に、逆のことも依頼した。

子供っぽい、くだらん策である。

それがわかっていて乗っかった俺も俺だが。

俺は携帯電話の電源を切り、そしてそのままその携帯電話を破壊した——いや、本体はそれなりに値の張るものだったので、壊したのは中に入っているSIMカードだけだ。

とりあえずこれで、戦場ヶ原と俺を結ぶ線は切れた。もちろんこの番号を調べたように、次に使う携帯電話の番号も、頑張れば知れるかもしれないが、もうあいつに、俺とかかわろうとする動機はない。一切ないのだから。

俺は空っぽになった携帯電話から、戦場ヶ原の番号だけを削除して、駅へと向かう。コインロッカーに預けてあるキャリーバッグを取りに行かなければならない。

あれこそ証拠だからな。

千石のクローゼットの中身じゃあないが、ちゃんと処分しなければ。

「……しかし」

二月の雪道を歩きつつ、俺は考える——戦場ヶ原はともかく、臥煙先輩のほうは、本当はどこまで計算ずくだったのだろうか。

手を引けと言われれば手を引きたくなくなる俺の性格を、戦場ヶ原以上に、あの人は知っているのだから——ひょっとして、三百万円という大金を俺に対して支払ったのは、単なる資金援助という目論見《もくろみ》があったのではないだろうか？

俺はあの女に、あの先輩に、いいように踊らされただけではないのか——まあそんなことを考えても仕方あるまい。たとえ踊らされたのだとしても、そのお陰で縁を切れたのだと思えば、安いものだ。

……縁を切れたのか？

何食わぬ顔をして、臥煙先輩は、明日にでも俺の前に現れそうな気もするが……、まあ、そのときはそのときか。金儲けの話を持ってきたというのならば、後輩として対応してやらんでもない。

それにしても、と思う。

臥煙先輩のドライで、割り切ったところはともかく——それに影縫がこの件にかかわってこないのは当然としても、しかし、忍野の奴はこんなときに、一体何をしているのだろうか？

確かに奴は放浪者だ。

俺同様の根無し草の放浪者で、俺以上の放蕩無頼《ほうとうぶらい》の放浪者で、その所在をつかむことは、雲をつかむよりも難しい——だがしかしだ。

あのお人よしが、子供の前では格好つけたがるあの男が、かつて自分が世話をした人間が何人もかんにんも、こうも追い詰められた状況にあったというのに——それでも姿を現さないなんてことが果たしてあるだろうか？

阿良々木や戦場ヶ原や旧キスショットや羽川や——その他、数々の人間が困難な状況にあるとき、こういうときにこそ、あの男は颯爽《さっそう》と現れるものではないのか。

あいつが現れなかったせいで、不様にも俺なんかが担ぎ出されてしまったが——本来は千石を助けるのも、阿良々木達を助けるのも、忍野メメの役回りのはずである。

あいつは一体、今、どこで何をしているのだ？

……気になるな。

いや、気にはならないが、そこを探ってみれば、金にはなるかもしれない——同じ放浪者として、こうなれば調べてみるか。久し振りにあいつと、酒でも呑むのも楽しそうだ。

そう決意をした瞬間、火花が散った。

何が起こったのかわからないまま、俺は雪道に倒れた。ぐらぐらする。蛇に押し潰された肉体的限界が、今頃になって襲ってきたのかと思ったが、しかし目前の雪が真っ赤に染まっていくのを見て、どうやら後ろから、強く頭を殴られたらしいとわかった。

「はあ、はあ、はあ、はあ——」

と、荒い息遣いが聞こえる。

血まみれの頭を無理矢理振り向かせると、そこには鉄パイプを持った中学生くらいの子供が、ひとりいた。鉄パイプが血に染まっているところを見ると、どうやらそれで俺を殴りつけたらしい。えらく長い鉄パイプなので、相当の遠心力があったようだ。

「——お……扇さんの言った通りだった。本当に帰ってきていたんだ、この詐欺師……」

ぶつぶつと、とても正気とは思えない目で、呟く中学生。

「お……、お前のせいで、お前のせいで、お前のせいで——」

「…………」

最初は誰だかわからなかったが、その血走った目を、顔を見ているうちに思い出した。名前は思い出せないが……、そうだ、前に俺がこの町に来たときに騙した、大量の中学生のうちの一人だ。ここに来る飛行機の中でノートに、イラストで描いた顔の中のひとつだ。

その後ろに蛇が見えた。

厳密に言えば、後ろと言うより、身体中に——巻き憑くように、とぐろを巻く、大蛇が。

見えた。ぼんやりとではなく、はっきりと。

なんだこいつ。

呪い返しにでもあったのか。

ならばこの中学生が——ことの発端である、千石に『おまじない』を仕掛けた中学生なのかもしれない。

……そう言えば、手紙の件が俺の中で解決して以降、どうせそれも戦場ヶ原の仕業なのだろうとたかをくっていたが——『尾行者』のほうの正体は、厳密には未だ不明のままだったな。

戦場ヶ原じゃなければ臥煙先輩のつけた監視者だと思っていたが……、もしもこの進行が臥煙先輩の思い通りであったなら、そんな監視をつける意味はない。

ならば尾行者は、この中学生だったのか？

いや、違う。俺は血まみれの頭で判断する。

人を尾行できるような『正気』が、こいつにあるとは思えない——そう言えばさっき、誰か人名を言っていなかったか？

扇？

誰だ——それは。

どこかで聞いたような気もする名前だったが、俺はそれ以上、考えることはできなかった。

「う、わあああああああああああああああああああああああああああああああああああっ！」

正気なき中学生が怒声と共に、横たわった俺に対して鉄パイプを振りかざす。憎しみや恨み、そして呪いのこもった一撃を食らいながら、俺はゆっくりと意識を失っていった。

地獄の沙汰《さた》も金次第と言う。貯金のない俺だから、最後にいくらか小銭を稼いでおいて、本当によかったと心から思った。

あとがき

この小説は僕にとって約五十冊目くらいの小説になるんだと思いますけれど、割合としてそれらの中には『嘘つき』のキャラクターがかなりたくさん登場しているように思います。というか、『正直者』を、これまでいったい何人書いたのかというような話です。まーそれはたぶん、作者の確固たる、決して揺るぎのない価値観として『物語は嘘だ！』というものがあるからだと思います。外枠が『嘘』だからこそ、そこに登場する人物も必然『嘘つき』ばかりになるというのか……まあでも、そんなことを言い出したら、物語の枠外、我々のいる現実のほうにしたって、どれほどに『真実』味あふれているのかというような話でして。本人に『嘘』をついているつもりがなくっても、『嘘』をついている自覚がなくっても、『心ならずも』『嘘』をついてしまっているという状況は、嫌というほどありますし。もちろんその逆で、『真実』を『真実』と受け取れず『嘘』として解釈し、『嘘』として信じてしまうこともあると言うか……、誰かが『真実』を語ったとして、聞いた誰かがそれを『嘘』と認識すれば、その『真実』は『嘘』として伝播し、成立するということは、じゃあ『真実』は、裏返すまでもなく、イコールで『嘘』ってことになるのではないでしょうか。なんて、色々言いましたけれど、結局作者が嘘つきだからキャラも嘘つきばっかりになるだけかもしれないです。でも正直者しか出てこない小説って面白いかなあ。

そんなわけで嘘つきしか出てこない本書でした。書いているうちに作者も、何が本当で何が嘘なのか、何が本音で何が嘘なのか、全然わからなくなってしまいましたけれど、物語シリーズ・セカンドシーズン最終巻です。語り部の交代劇なんかもありましたけれど、これが僕にとっては斬新で、人によって物語や人物がまるで違うもののように語られるのは、一人の作者として「お前、前と書いてること違うじゃねーか！」と、戦々恐々でした。こういうサプライズがあるから小説を書くのはやめられませんね。というわけで、本書をもって、予告していた物語シリーズのすべてを出し終えた形になります。無茶なスケジュールでしたけれど、多方面からのお力添えによって、こうして最後までやり遂げることができました。もう二度と迂闊な予告はしないとここに違います。いえ、誓います。そんな感じで本書は百パーセント悪趣味で書かれた小説です。『恋物語　第恋話　ひたぎエンド』でした。

戦場ヶ原が表紙を飾るのは、実は、実に五年ぶりの快挙となります。驚きですね。雪の中の戦場ヶ原を、VOFANさんに描いていただきました。最終巻ということで、儚げな雰囲気が素晴らしいです。講談社BOX編集部にもスケジュールに関して数々のご迷惑をかけたものですが、それもこれが最後となりますので、どうかご寛恕《かんじょ》ください。そして先行きそのものが不安定だったセカンドシーズンにお付き合いいただきました読者の皆様に、深く御礼申し上げたいと思います。

ありがとうございました。

奥付の後にファイナルシーズンの予告がありますので、よろしくね。

西尾維新

初　出　本作品は、書き下ろしです。

著者紹介

西尾維新《にしおいしん》

1981年生まれ。第23回メフィスト賞受賞作『クビキリサイクル』（講談社ノベルス）に始まる〈戯言《ざれごと》シリーズ〉を、2005年に完結。近作に『鬼物語《オニモノガタリ》』（講談社BOX）、『難民探偵』（講談社）、『少女不十分』（講談社ノベルス）がある。

Illustration

VOFAN《ヴォーファン》

1980年生まれ。代表作に詩画集『Colorful Dreams』シリーズ（台湾・全力出版）がある。現在台湾版『ファミ通』で表紙を担当。2005年冬『ファウスト Vol.6』（講談社）で日本デビュー。2006年より本作〈物語〉シリーズのイラストを担当。

協力／全力出版

講談社BOX

KODANSHA BOX

恋物語《コイモノガタリ》

定価はケースに表示してあります

2011年12月20日 第1刷発行

著者 ── 西尾維新《にしおいしん》

発行者 ─ 鈴木　哲

発行所 ─ 株式会社講談社
東京都文京区音羽2-12-21　郵便番号 112-8001
編集部 03-5395-4114
販売部 03-5395-5817
業務部 03-5395-3615

印刷所 ─ 凸版印刷株式会社

製本所 ─ 株式会社若林製本工場

製函所 ─ 株式会社岡山紙器所

ISBN978-4-06-283792-7　N.D.C.913　280p　19cm

〈物語〉シリーズ
ファイナルシーズン

終《オワリモノ》物《ガタリ》語

第完話　おうぎダーク

続《ゾク》終《オワリモノ》物《ガタリ》語

第本話　こよみブック

西尾維新史上、
最長巨編

悲鳴

S I N

『人間試験』完全漫画化！
それでは始めよう。悪を、愛を、青春を！
悩める女子高生・無桐《むとう》伊織《いおり》の前に、
奇怪な大鋏《おおばさみ》を操る男が現れた。
殺人鬼一家「零崎《ぜろざき》一賊《いちぞく》」の
長兄を名乗るその男、
零崎双識《そうしき》との出会いが、
未知なる伊織を目覚めさせる！
悪と愛に彩られた奔放なる
青春活劇、待望の第1巻！
ンにて全力全開連載中!!

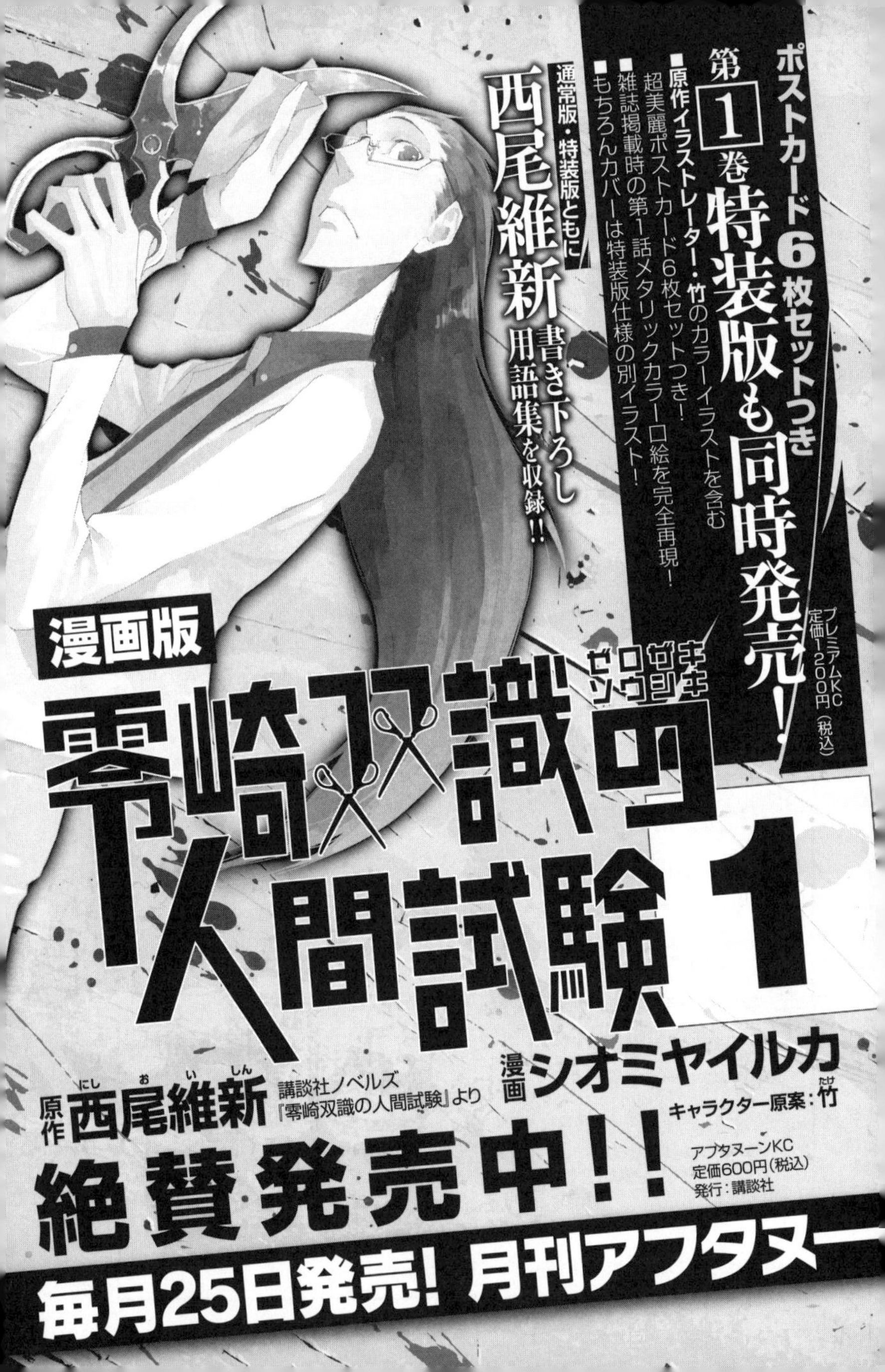
ポストカード6枚セットつき
第1巻特装版も同時発売！
■原作イラストレーター・竹のカラーイラストを含む
超美麗ポストカード6枚セットつき！
■雑誌掲載時の第1話メタリックカラー口絵を完全再現！
■もちろんカバーは特装版仕様の別イラスト！
プレミアムKC
定価1200円（税込）
通常版・特装版ともに
西尾維新書き下ろし
用語集を収録!!
漫画版
零崎双識《ゼロザキソウシキ》の人間試験 1
原作 西尾維新《にしおいしん》
講談社ノベルズ
『零崎双識の人間試験』より
漫画 シオミヤイルカ
キャラクター原案：竹《たけ》
絶賛発売中!!
アフタヌーンKC
定価600円（税込）
発行：講談社
毎月25日発売！ 月刊アフタヌーン